KB146606

멜라지는 마음

김멜라

PIN
003

멜라지는
마음

김멜라
에세이

좋아하는 것을 좋아한다고 말할 수 있는 자유.

나에게는 이것이 글을 쓰는 중요한 이유 중 하나다.

차례

처음 온점이
프로필을 찍어줄 때 1

시작하며

사랑하는 사이에는 그다지 말이 필요 없다. 가까이에서 서로를 바라보고 몸의 어느 한 부분이 맞닿아 있는 것만으로도 충분히 사랑 안에 머물 수 있으니까. 몇 개의 단어와 이야기가 오간다 해도 그것은 말의 뜻이라기보다 소리나 리듬이 만드는 탄성에 가까운 흐름이고, 그 흐름은 두 사람만의 베일을 만들어 얼마쯤은 관습적이고 또 얼마쯤은 가시를 세운 언어가 감히 그들의 영역을 침범하지 못하게 한다.

하지만 그 '말 없음'의 둘레에서 빠져나와 자신이 속해 있던 사랑을 설명하기 위해선 어쩔 수 없이 더 많은 단어와 질서, 구성을 갖춘 이야기가 필요하다. 그러니 사랑을 표현하는 모든 말은 실은 그 사랑의 순간에서 물러나 바깥의 자리에 서서 그 말 없는 순간을 다시금 붙잡아 흐름을 정지시키고 색을 표백하는 일이다.

설명이 참 길었다.

나는 언제부턴가 말이 많아졌다.

❦

열심히 읽지 말아주세요.

그런 제목의 글로 에세이 연재를 시작했다. 한 달에 한 번씩 월간지에 실리는 연재는 그해 봄부터 이듬해 봄까지 이어졌고, 그 뒤로 몇 계절이 지나 이렇게 책으로 나오게 되었다. 책을 내기에 앞서 나는 앞머리에 실릴 '여는 글'을 쓰기 위해 며칠간 고심했다. 진정으로 내가 하고 싶은 말이 무엇인지 되짚어보며 문장을 썼다 지웠다 반복하고, 내 안에 있는 그럴듯한 말을 꺼내기 위해 골몰했다. 전에 썼던 메모를 보니 연재를 시작할 때도 나는 지금처럼 표현 하나하나에 고민하고 망설였다.

그때 나는 풀리지 않는 글의 시작점을 찾기 위해 평소 에세이 읽기를 좋아하는 나의 언니에게 연락해 에세이를 읽는 이유를 물었다. 독자로서 어떤 에세이가 좋은지, 무슨 이유로 그 사람의 책을 읽기 시작하는지 궁금했기 때문이다. 자서전과 회고록을 좋아해서 시간만 나면 찾아 읽는 내가 새삼스럽게 다른 이에게 던질 만한 질문은 아니었지만, 그만큼 나 한 사람의 의지만으로는 부족해 다른 이의 생각과 느낌에 기대야 했다.

"에세이를 왜 읽어?"

단도직입적인 내 질문에 언니는 오래 고민하지 않고 대답했다.

"어떤 사람이랑 마주 앉아 얘기하는 거지. 실제로 누굴 만날 기력은 없고, 난 여행을 좋아하니까 그 여행 이야기를 누가 들려주면 좋잖아."

담백하고 진솔한 대답에 힘입어 나는 생각지 않았던 질문까지 던졌다.

"그럼 소설은 왜 읽어?"

이번에도 언니는 그리 망설이지 않고 대답했다.

"그건 독백이랄까. 누군가의 깊은 속마음으로 들어가는 거지."

통화를 마치고 나는 생각했다. 역시, 나는 에세이를 쓰기에 적합한 사람이 아니구나. 에세이가 누군가와 마주 앉아 대화하는 거라면 나는 그런 쪽으로 영 소질이 없으니까. 그러면서 오래전 일화가 그 생각에 대한 근거로 떠올랐다. 대학 시절, 한 친구가 길을 가다 카페 유리창으로 나를 보았는데, 나는 어떤 사람과 마주 앉아 있었다고 했다. 나와 마주 앉은 사람 둘 다 평소 말이 없는 편이었는데, 둘이서 무슨 얘기를 하나 궁금해 친구는 유리 벽으로 다가가 들여다봤다. 그런데 아니나 다를까. 두 사람은 아무 말도 없이 자기의 커피잔만 골똘히 내려다보고 있었다는 것이다. 각자 자기 생각에만 빠져 있는지 친구가 가까이 다가간 것도 알아채지 못했다고.

언니와의 통화, 그리고 이어서 떠오른 친구의 이야기. 그 둘을 종합해보면 나는 애초에 에세이 쓰기를 포기하고 한 사람의 독백에 가깝다는 소설 쓰기에 열중하는 게 나아 보였다. 뚜렷한 이유나 목적도 없이 내게는 넘기 힘든 에세이라는 산을 향해 걸음을 시작할 수 없었다.

어떤 사람이 나와 마주 앉을까.

그 사람에게 내 얘기를 할 수 있을까.

일부러 숨기는 건 아니지만, 나는 누군가와의 사이에 말하지 않은 부분이 남아 있는 게 좋다. 말할 수 없는 비밀을 소중히 여긴다. 그렇게 말하지 않는 것들이 내 안에 쌓여 문장이 된다. 나는 그 고인 물을 다 퍼내고 싶지 않았다. 그 웅덩이에 맺힌 그림자, 바람에 흔들리는 물결, 잠자리가 날아와 알을 낳을 수 있는 수면, 검은빛을 띠고 잘 썩어가는 냄새. 나에게는 그런 풍경이 알맞다고 여겼다. 하지만 모순되게도, 말 뒤에 감춰놓은 것들을 낱낱이 꺼내어 밝고 쨍한 언어의 빛으로 모조리 비추고 싶기도 했다. 진실로, 언젠가는 나의 삶 그대로를 글로 쓸 수 있으면 좋겠다고 바랐다. 그럴 수 없다는 걸 알지만, 좀 더 나이가 들면, 60이 되고 70이 넘으면, 글 속에 나오는 사람들이 대부분 세상을 떠나고, 나조차 죽음을 앞둔 순간이 되면 마치 소설 속 허구의 인물처럼 나라는 사람을 등장인물로 놓고서 마음껏 쏟아내고 양말 속을 뒤집듯 삶의 이면을 뒤집어 까발릴 수 있지 않을까 하는, 순전히 이기심으로만 가득 찬 욕구를 품기도 했다.

"위악도, 위선도 아닌, 그냥 너 자신으로 살아."

언젠가 연인이 내게 말했다. 어쩌다 그런 말이 나왔는지 구체적인 상황은 잊었지만, 나에게 했던 그 말은 에세이를 쓰는 내내 이따금 떠올랐다. 본래 나의 태도보다 차갑고 날카롭게 굴 필요도 없고, 내가 가진 이해심을 과장해 더 좋은 사람으로 보이려고 애쓰지 않아도 된다는 말이었다. 그 두 개의 가면 모두 자연스러운 내 모습을 억눌러 입을 뻥긋하지 못하게 하고, 마주 앉아 도란도란 이야기를 나눠야 할 순간마저 시선을 떨어뜨린 채 커피잔만 바라보게 했던 것일까. 네가 어떤 모습이든 나는 너를 좋아한다고, 같이 있을 거라고, 그렇게 연인이 하지 않은 말까지 미루어 짐작하며 나는 위악도 위선도 아닌 있는 그대로의 내 모습이 무엇일까 생각했다.

사랑, 사랑의 순간. 내가 느낀 기쁨과 아픔의 기억들.

나는 그 기억을 꺼내어 어떻게 글로 쓸지보다 그런 이야기를 세상에 내보여도 될까 하는 고민에 더 오래 흔들렸다. 내가 쓴 문장들에 마침표를 찍기 두려웠다. 그래서 소설을 쓰는 것처럼 나라는 사람을 하나의 캐릭터로 만들고 그 여정을 함께할 길동무를 만들었다.

소설 두더지와 온점.

나는 소설 쓰는 두더지가 되어 사랑하는 연인 온점과 함께 혼자서는 갈 수 없는 에세이의 길을 가보기로 했다. 그렇게 탄생한 '소설 두더지의 재미'라는 제목의 에세이는 다음과 같은 서문으로 시작한다.

서른둘 겨울, 처음 소설을 발표한 때부터 6년이 흐를 동안 내가 받은 원고 청탁 횟수는 3회였다(이 중 2회는 등단 매체에서 보내는 생존 확인 같은 것). 어디 가서 소설가라고 말하기에도 민망한 내 집필 이력을 뒤로한 채 비정규직 일자리를 전전하던 그 시절. 인터넷 검색창에 '김멜라'라고 치면 축구선수 라멜라가 주르르 나오던 나날을 지나 미발표 원고까지 긁어모아 겨우 첫 소설집을 냈지만, 인터넷 서점 판매 지수가 도무지 오르지 않아 초조해하고 서글퍼하던 불면의 밤. 내 돈 주고 내가 산 내 책이 택배 포장 그대로 원룸 한쪽에 쌓여가던, 떠올리기에 민망하고 질척한 습기 가득한 그때. 아니, 나는 대기만성형이라고, 내 나이 60이 되면 빛을 볼 거라고, 누가 묻지도 않은 말을 되뇌어봐도 가슴속 해갈되지 않은 불안이 시시각각 쌓여 좀처럼 웃지 못하는 시무룩한 얼굴로 길을 걷던 어느 오후, 한 상점의 쇼윈도에서 두더지 인형을 보았다. 노란 플라스틱 몸통에 갈색 코를 가진 두더지 친구들이었다.

"저 두더지 좀 봐. 꼭 너 같아."

내 곁에서 같이 걷던 온점이 말했다. 온점은 그렇게 나란 사람을 다른 생물이나 상태에 비유했다. 돼지, 올챙이, 싹이 난 양배추…… 그리고 이번엔 성실하게 땅속의 굴을 파는 두더지였다. 처음엔 무슨 두더지냐며 질색하던 나는 얼마 안 가 나의 가장 가까운 사람이 보는 내 모습을 인정하고 받아들였다. 그래, 나는 두더지구나. 소설을 쓰는 두더지야. 그렇다면 두더지처럼 열심히 소설의 굴을 파야지. 언젠가 그 굴이 나의 길이 되겠지. 나에게는 그 길을 같이 가는 연인이 있으니까. 언제나 내가 쓴 글을 읽어주고 내 문장의 마침표를 찍어주는 든든한 첫 번째 독자, 온점이 있으니까. 그렇게 마음을 다잡고 주변을 보니 막 움트기 시작한 거리의 나무들과 내 옆에 있는 온점의 얼굴이 보였다. 온점은 두 번째 손가락을 뻗어 말했다.

"두더지야, 오늘은 저기까지 가보자."

그리고 그날, 우리는 새로운 산책길을 발견했다. 그렇게 나는 소설 두더지의 생활을 이어갔다.

다시 이 글을 보니 나는 그때와 그다지 달라진 점이 없는 듯하다. 여전히 나는 잘 써지지 않는 문장을 다듬으며 한숨 쉬는 나날을 보내고 있으니까. 작업실로 쓰는 작은방에서 나와 차를 끓이고 간식을 먹을 때면 무의식적으로 깊은 한숨이 나온다. 그러던 어느 날, 나도 모르게 연달아 큰 숨을 내쉬는 나에게 온점이 말했다.

"그렇게 힘들어?"

온점은 내가 한숨을 쉴 때면 그렇게 힘든 일을 계속하고 있구나, 하는 마음에 안쓰럽고 속상하다고 했다. 반쯤 풀린 눈으로 바람 빠진 풍선 인형처럼 거실을 오가던 나는 그 말을 듣고 정신이 번쩍 들었다.

"아니, 힘들다기보다…… 힘들긴 한데…… 그래도 힘을 내보자, 하면서 쉬는 거야."

어떻게든 한숨에 좋은 의미를 붙이려는 나에게 온점이 말했다.

"그럼 다른 말을 해봐. 여엉차! 이렇게."

여엉차! 그때부터 나는 비어져 나오는 한숨을 삼키고 다른 말을 뱉어봤다. 여엉차, 으랏차, 힘을 내보자! 그러나 그렇게 해도, 써야 할 글이 숙제처럼 기다리는 매일매

나의 책『옥상정원』에 실렸던
두더지 삽화

일을 지나다 보면, 한숨은 시동이 걸리지 않는 경운기처럼 털털털 내 입술 밖으로 흘러나왔다. 게다가 나는 정말 두더지처럼 갈수록 시력이 안 좋아져서 한여름 오후 창으로 빛이 가득 들어오는 시간에도 실내가 잘 보이지 않아 불을 환하게 켜야 했다. 밤이면 좀처럼 암적응이 되지 않는 눈으로 안경이나 휴대전화를 찾아 주변을 더 듬거렸다.

"벌써 노안이 온 거야? 정말 두더지가 된 거야?"

온점의 말에 나는 조금 머뭇거리다가 목을 움츠리고서 두 손을 허우적거렸다. 두더지가 세차게 앞발로 땅 파는 모습을 흉내 냈다. 그 모습에 온점이 웃음을 터뜨렸고, 나도 따라 웃었다. 그렇게 우리는 두더지 이야기로 웃었다. 한숨을 웃음으로 바꾸기 위해 우리는 다른 말을 만들었고 그 말로 지친 서로를 일으켜 세웠으며, 도저히 일어날 수 없을 땐 그대로 쓰러져 둘만의 굴속으로 들어갔다.

그러니 여기에 실린 글들은 전적으로 온점의 도움으로 시작되었다. 글의 많은 부분이 우리의 이야기를 담고 있기에 온점의 허락도 필요했다. 월간 『현대문학』에 연재할 때 매회 글을 열어준 사진도, 문장의 마침표를 찍을 용기도 온점에게서 왔다. 다시 말해 소설 두더지의 재미는 내가 온점과 보낸 일상의 이야기다. 우리가 웃는 얼굴로 모양을 바꾼 슬픔의 흔적들이다. 그런 기억을 꺼내 쓸 때면 나는 새 운동화를 신으면 한쪽 밑창만 빨리 닳는 온점의 걸음걸이처럼 자꾸 내 어린 시절의 순간으로 기울어졌다.

서두가 참 길었다.

하지만 말이 많아진 내 모습이 싫지만은 않다.

더 설명하고 더 활짝 열어 나와 마주 앉으실 분을 기다린다.

내가 말없이 애꿎은 잔만 내려다본다 해도, 그렇게 말 없는 시간조차 나에게는 당신과 나누는 대화의 바탕이다. 그 말 없음의 시간이 쌓여 우리가 함께 있지 않을 때도 보이지 않고 들리지 않는 대화가 이어지리라 믿는다. 서툴게나마 사랑을 말하는 나의 이야기가 또 다른 사랑의 말로 이어지기를 바란다.

카메라 앞에선 숨고 싶은
내 마음

호방한 나의 대문니

제대로 시작하기도 전에 마음을 짓누르는 부담감 때문에 근육통까지 느끼는 일이 있다면, 나에겐 사진 찍는 일이 그렇다. 사진기 앞에서 밝고 자연스러운 표정 짓기란 나에겐 줄넘기로 2단 뛰기를 하는 것만큼 고난도의 기술이 필요한 일이다. 머릿속으로는 세세한 근육을 재빠르게 움직이며 성공할 것 같지만, 결과는 발을 더 높이 들지 못하거나 줄을 더 힘차게 돌리지 못해 실패하고 만다. 사진을 찍을 때도 비슷하다.

한쪽 입술 끝만 올라간 채 어색하게 웃거나, 화난 사람처럼 무표정하거나.

대학 시절, 친구들과 함께 사진을 찍으면 사진 속 나를 보며 친구들이 놀렸다.

"얘 또 비웃었어."

나름대로 밝게 웃는 표정을 지은 건데, 사진 속 나는 내가 보기에도 억지로 웃는 사람 같았다. 불만과 냉소를 숨긴 채 가까스로 조금 웃어주는 듯한 표정. 친구들이 놀리는 것도 무리는 아니었다. 보다 못한 사람들이 사진을 찍다 말고 내게 활짝 좀 웃으라고 말하면, 나는 입술 끝이 파르르 떨리며 그저 앵글 밖으로 도망치고 싶어진다. 웃고 싶지 않은데, 어떻게 웃으라는 거야.

은은한 미소 짓기가 어색하고 어렵기도 하지만, 내가 활짝 웃지 못하는 이유는 따로 있었다. 입술을 벌리고 웃으면 나의 커다란 앞니와 함께 고르지 못한 치열이 드러났기 때문이다. 얇은 입술 사이로 보이는 커다란 대문니와 덧니는 나라는 사람의 인상을 내가 꿈꾸는 이상과 다른 방향으로 몰고 갔다. 자연스럽게 나는 사진 찍는 걸 피하게 됐고, 잘 나온 사진을 찾으려면 아직 영구치가 나지 않은 열 살 이전으로 거슬러 올라가야 했다. 살면서 미소 띤 정면 사진이 필요할 일이 많지 않았기에 나의 사진 공포증은 큰 걸림돌이 아니었다. 신분증 사진이야 남들도 나처럼 구청에 있는 즉석 사진소에서 급하게 찍었을 테고, 사진 속 내 모습을 친구들이 놀리면 나도 같이 웃으며 재밌어 하면 그만이니까. 그러나 소설가로 살면서 책에 사진을 실어야 할 때면 문제가 복잡했다. 독자들에게 비웃는 작가의 사진을 보여줄 순 없지 않은가. 다행히 그동안 나는 그다지 알려지지 않은 작가여서 불특정 다수에게 공개할 사진이 여러 장 필요하지 않았다. 그러나 내 사진을 원하는 곳들이 조금씩 늘어나면서 나는 책에 들어갈 프로필과 더불어 신문 기사에 실릴 사진도 제공해야 했다. 인터넷에 올라가 내 이름과 함께 떠돌아다닐 나의 웃는 얼굴.

❦

어린 시절 나의 사진을 보면 누구나 사진 속 아이가 상당한 고집쟁이라는 걸 짐작할 수 있을 것이다. 동네 어른들에게 돌아가며 꿀밤이라도 맞았는지, 나의 작은 입술은 굳게 닫힌 채 중력의 힘에 이끌려 아래로 처져 있다. 아직 커다란 앞니가 나기 전인데도, 이를 드러내며 활짝 웃는 사진을 찾기 힘들다. 즐거워 죽겠다는 듯 어깨를 비틀며 웃는 사진이 드물게 몇 장 있긴 하다. 그 중 한 장은 대여섯 살 무렵인데, 흰 민소매 원피스를 입고 포니테일 머리를 한 나는 까무잡잡한 얼굴로 함박웃음을 짓고 있다. 미스터리한 점은 바로 그다음 사진에서 나는 똑같은 옷을 입고 똑같은 장소에 앉아 포효하는 하마처럼 입을 크게 벌린 채 대성통곡하고 있다는 것이다. 두 장의 사진을 찍는 동안 도대체 이 아이에게 무슨 일이 벌어진 걸까.

"어느 게 먼저야?"

나는 우는 사진과 웃는 사진이 연달아 붙어 있는 사진첩을 보며 물었다. 그러자 옆에서 같이 사진을 보던 언니가 당시 상황을 말해줬다.

"우는 게 먼저야."

"근데 갑자기 왜 웃어?"

"처음엔 사진 찍기 싫다면서 울다가 엄마가 뭘 해주니까 웃던데?"

기억력이 좋은 언니는 어린 시절 나의 심술과 변덕을 회상했다. 쟤는 왜 저렇게 울까. 한 살 터울의 언니는 날 보면서 그렇게 생각했다고 한다. 우는 아이라고 알까, 자신이 왜 우는지. 분명한 건 나는 늘 울 준비가 돼 있는 아이였단 것이다.

내가 어릴 때 우리 가족은 내 울음소리로 하루를 시작했다. 내가 하도 울어서 어느 날은 동네 아주머니가 날 앉혀두고 이렇게 말했다.

"너 그렇게 아침마다 울면 너희 집 재수 없어서 엄마 아빠가 돈 못 벌어."

기분이 나빠 나는 다음 날 아침 더 크게 울었다. 그렇다고 유치원이나 학교에서까지 울며 패악을 부리는 애는 아니었다. 나는 단체생활에 비교적 잘 적응했는데, 눈 똑바로 뜨고 선생님 말씀을 하나도 놓치지 말라는 엄마의 당부를 온몸으로 지켰다. 그렇게 심하게 긴장한 상태로 지내다 보면 피곤이 쌓여 나도 모르게 잠이 몰려왔다. 그러면 나는 엄마의 당부고 뭐고 우선 내 본능에 따라 책상에 엎드려 잤다. 그러니까 나란 아이는 아침에 울면서 일어나 온 가족의 정신을 사납게 만든 다음, 학교에 가서 두 눈 크게 뜨고 선생님을 보다가(그래서 피곤해져서 자다가), 하교하면 동네 골목에서 단 한 명의 친구와만 노는 아이였다.

단 한 명의 친구.

그리고 엄마.

내 유년을 숫자로 표현한다면 아마도 '1'이 아닐까.

가장 원하는 유일한 하나에 모든 힘을 쏟는 사람.

유일한 하나는 엄마였다가 친구였다가 지금은 연인이 되었다.

어릴 때는 24시간 내내 만화가 나오는 유선방송 채널이 제일 중요했다. 대학에 들어가서는 시와 책과 술(그세 개는 나에게 하나의 세트로 함께했다)을 1순위에 놓았다. 다이제스티브와 콜라를 옆에 두고 만화를 보던 습관은 시집이나 책을 읽으며 혼자 술 마시는 것으로 바뀌었다. 나는 내 안에서 끊임없이 순위를 매겨 '1'을 찾았다.

1이 정해지면 나머지는 꼴등이든 탈락이든 옆집 아주머니가 어떤 무서운 소릴 하든 대체로 무관심했다. 제일 좋은 하나에 정신을 쏟느라 다른 것에 마음을 줄 여력이 없었다. 그러다 단 하나를 잃을 것 같으면 이판사판 난장판으로 울었다. 만사에 무심해 통 짖지 않던 개가 깔고 자던 방석을 빼앗기면 무섭게 이를 드러내는 것처럼.

내가 우는 걸 받아줄 정도로 세상이 호락호락하지 않다는 걸 깨달은 후에도 나는 사진기 앞에서 좀처럼 웃지 못했다. 내면의 기분 레이더가 유별나게 저 혼자 지직거린다는 걸 자각한 동시에 나의 입술이 유달리 얇고 작다는 걸 인지했기 때문이다. 아이의 비교 대상은 주로 형제나 자매인지라, 나도 내 얇은 입술을 언니와 비교했다. 또렷한 딸기색 입술 선에 딱 알맞은 정도의 도톰함, 웃을 때 보이는 가지런한 치아까지. 뺨도 오동통하고 턱의 생김새도 예뻐서 언니는 웃을 때 귀티가 난다는 소리를 들었다. 그와 다르게 내 입술은…… 내 입으로 이렇게까지 말하고 싶지 않지만, 가만히 있으면 심통 나 보이고 웃으면 빈티가 났다. 그렇게 나는 하관의 빈부격차에서 오는 상대적 박탈감을 느끼며 점점 더 사진기 앞에서 웃음을 잃어갔다.

"할머니 닮아서 그래. 내 입술은 할머니야."

나는 내 얇은 입술이 누구로부터 비롯되었나 분석했다. 양친 집안의 입술 모양을 관찰하며 나에게 유난히 옹졸해 보이는 입술을 물려준 분이 누구신가 되짚어봤다. 단연 아버지의 엄마, 나의 할머니였다. 할머니는 입술이 얇고 끝이 아래로 처져 있어 젊은 시절이나 노인이 됐을 때나 사진을 찍으면 어딘가 뽈난 사람처럼 보였다. 그러나 할머니는 흥도 많으시고 언제나 노래 부르기를 즐기셨으니, 내면의 심성과 다른 얇고 작은 입술로 인해 다소 억울한 사진을 갖게 된 것이다. 나는 내 얇은 입술이 할머니에게서 아빠를 건너뛰어 내게 왔다고 믿으며 20여 년을 살았다. 그러던 어느 날, 나는 외할아버지의 젊은 시절 사진을 보고 내 입술의 또 다른 기원을 찾았다.

"할아버지네. 딱 할아버지야. 내 입술이랑 똑같아."

어릴 때부터 나는 노인이 된 할아버지만 봐왔던지라 할아버지의 얇은 입술이 노화 때문인 줄로만 알았다. 그런데 젊은 시절의 할아버지를 보니 할아버지는 본래 입술이 얇고 선도 희미했다.

얇은 입술 더하기 얇은 입술.

그리하여 나는 양쪽 집안의 얇은 입술 유전형질을 한꺼번에 물려받은 짠순이 입술을 갖게 되었다. 립밤 하나를 사면 평생 쓸 것처럼 도통 양이 줄지 않으니, 의도치 않게 돈을 아끼게 된달까.

어차피 사람은 나이 들수록 눈꺼풀이나 볼살이 조금씩 처지고, 그와 함께 입술도 얇아지기 마련이다. 그러니까 내 희미한 입술 선은 세월을 거슬러 이르게 도착한 삶의 흔적쯤으로 받아들일 수 있다. 대학 시절 한 선배도 내게 이렇게 말했다.

"넌 웃을 때 삶의 때가 묻어나."

때가 묻어난다니, 그게 무슨 뜻일까? 대화의 맥락으로 봐선 칭찬으로 건넨 말 같았지만, '때'가 묻어난다는 표현은 좋게만 받아들이기에 비유의 난도가 높았다. 게다가 그때 나는 이제 막 대학에 입학한 신입생, 웃을 때 삶의 '때'가 육수처럼 우러나기엔 좀 이른 나이 아닌가?

아무래도 나의 얇디얇은 입술과 웃을 때 병풍처럼 펼쳐지는 앞니 때문인 것 같았다. 나의 이런 짐작을 확신으로 바꿔준 사람은 다름 아닌 온점이었다. 온점과 사귀기 시작한 초반, 온점은 내가 웃을 때 어느 만화 캐릭터와 닮았다고 말했다.

"공실이 같아. 둘리 여자 친구."

여자 친구? 둘리에게 여자 친구가 있었나? 나는 불길한 예감에 휩싸여 인터넷을 검색했다. 그리고 배신감에 몸서리쳤다. 그동안 내가 예쁘다고 한 건 거짓이었니?

내 얼굴을 보면 기분이 좋아진다더니, 이런 뜻이었어?

나는 온점에게 내 윗니들에 얽힌 사연을 말할 수도 있었다. 젖니가 빠지고 영구치가 나기 시작할 무렵, 엄마와 아빠는 일 때문에 정신없이 바빴고, 나를 치과에 데려가 교정을 계획할 즈음엔 사업이 폭삭 망해버렸어. 치아 교정은커녕 하루아침에 뒤바뀐 환경에 가족 모두가 적응하기 힘들었다고. 그래서 난 삶의 때가 묻어나는 덧니와 대문니를 갖게 된 거야.

하지만 서로를 알아가는 연애 초기의 애인에게 이런 구구절절한 얘기까지 해야 할까.

삶의 때가 묻어나는 공실이 웃음.

나는 내 웃는 얼굴에 덧붙여진 표현을 받아들일 수 있었다. 활짝 웃으며 사진을 찍어야 할 때를 빼고는.

몇 년 전, 첫 소설집을 준비하며 나는 책에 실릴 작가 프로필의 후보로 두 장의 사진을 편집자분께 보냈다. 생각 같아선 벙거지를 뒤집어쓰고 작은 서점에서 책을 고르는 사진으로 하고 싶었지만, 손익계산서의 마이너스 지표가 명확히 보이는 작가의 책을 펴내는 출판사 측에 그런 요구까지 할 배짱이 없었다. 사진 중 하나는 아련한 표정으로 어딘가를 바라보는 옆모습이었고, 다른 하나는 정면을 보며 활짝 웃는 대문니 얼굴이었다. 속마음

이야 그나마 잘 나온 옆모습 사진만 보내고 싶었으나 그래도 후보 중 하나를 고른다는 구색을 갖추기 위해 나는 두 장의 사진을 이메일로 전송했다.

프로필 후보인 두 장의 사진 모두 언니가 찍어준 것이었다. 언니는 사진 찍는 걸 꺼리는 내가 편하게 표정을 지을 수 있는 사람이었다. 다행히 언니도 사진 찍는 걸 좋아했고, 같이 여행을 가면 쉴 새 없이 나를 여행지에 세워놓고 사진을 찍어주기 바빴다. 교토의 어느 작은 카페로 나를 데려간 언니는 빛이 잘 드는 곳에 나를 앉게 하고, 내 첫 소설집에 실리게 될 사진을 찍었다. 옆으로 얼굴을 돌리고 비스듬히 턱을 든 그윽한 표정. 그 얼굴의 방향 또한 언니가 오래전 내 얼굴에서 찾아준 '사진이 잘 나오는 각도'였다.

두 장의 사진을 확인한 편집자는 의외로 활짝 웃는 사진이 좋겠다는 의견을 전해왔다. 부채꼴로 펼쳐진 앞니를 내보인 사진이 좋다고요? 나는 그렇게 되묻고 싶었지만, 마음을 추스르며 웃는 사진은 쑥스럽다는 말로 곤란한 상황을 피했다. 그 후 출판사에 갔을 때 마케팅부의 한 직원분이 나에게 사진에 관한 조언을 건넸다.

"작가님, 나중에 시간 내서 꼭 스튜디오 가서 프로필 찍으세요."

한 살이라도 젊을 때 찍는 게 좋다면서 그분은 오랜

시간 책을 만들어온 사람의 경륜을 담아 말했다. 나는 그 말을 귀담아들으며 고개를 끄덕였고, 작가는 글의 소재를 생각하는 것만큼이나 쓸 만한 사진을 만들어놓는 게 중요하다는 걸 알았다. 그날 나는 출판사 직원들과 함께 근처 카페로 가서 홍보용 사진을 찍었다. 내가 쓴 소설을 재밌게 읽었다는 또 다른 직원분이 여기저기 자리를 옮겨 가며 공들여 내 사진을 찍어주었다. 사진기에 대해선 잘 모르지만 언뜻 보기에도 꽤 좋은 렌즈가 달린 전문가용 사진기 같았다. 그런데 사진과 함께 인터뷰가 공개되자 기사를 본 지인들이 하나같이 내 사진에 아쉬움을 표했다. 정확히는 나의 뚱한 표정에. 사진은 잘 찍어준 것 같은데, 넌 도대체 왜 그런 표정이냐며 잔소리가 빗발쳤다.

"내가 원래 그렇잖아. 생긴 대로 나온 거지."

말은 그렇게 했지만, 기분이 유쾌하진 않았다. 게다가 사진 속 내 얼굴은 직원분이 포토샵으로 보정 작업을 해준 것이었다. 턱도 갸름하게 깎고, 얼굴빛도 환하게 바꾸고. 한마디로 내 본래 얼굴보다 몇 배는 잘 나온 사진이었다. 그것조차 이런 평가를 받다니.

그 일로 나는 사진기 앞에 서는 것에 더 두려움이 커졌다. 낯선 장소에서, 낯선 이들에 둘러싸여 어색한 표정으로 사진을 찍는 일은 되도록 사양하고 싶었다. 그런 내가 잡지사의 화보 사진을 찍다니, 잠시 나의 대문니를 잊었던 걸까. 아니면 어떻게든 내 이름을 알려야 한다는 열망에 눈이 멀어 사리 판단이 흐려진 걸까.

몇 해 전 봄, 나는 어느 패션 전문지에 실릴 인터뷰에 응했다. 전문 메이크업과 함께 협찬으로 제공한 옷을 입고 스튜디오에서 사진을 찍는다는 말에 망설였지만, 나는 어렴풋한 희망의 빛에 의지한 채 모험을 감행하기로 했다. 혹시라도 내가 기적적으로 자연스럽고 밝은 표정을 지을 수 있지 않을까? 스튜디오에서 전문적으로 사진을 찍어보라는 조언도 떠올랐다. 무엇보다 젊은 소설가들의 글 쓰는 이야기를 전하고 싶다는 에디터의 기획의도가 좋았고, 내심 화보 촬영이 어떻게 이뤄지는지도 궁금했다. 소설가들이야 기회가 있을 때 다른 사람의 직업 현장을 탐방하고 싶어 하니까. 나중에 내가 어느 분주한 촬영지를 소설의 한 장면으로 쓸 수도 있으니 말이다. 그런 안이한 생각들이 나를 사진기 앞으로 이끌었다. 그리고 나는 집필 전 취재라는 아리송한 명분과 함께 '뚱한 사진 2탄'을 얻었다.

노파심에 밝히지만, 그때 내 사진이 좀 심술궂게 나온 것은 사진 기술이나 메이크업의 탓이 전혀 아니다. 촬영하는 동안 나는 진심으로 자신의 분야에서 최선을 다하는 사람들의 열정에 감탄했고, 존경심을 품은 채 집에 돌아왔다. 메이크업을 받을 땐 어느 화가들의 집단 창작 현장을 보는 듯했다. 그림을 잘 그리는 사람이 화장도 잘한다더니, 정말 그럴 것 같았다. 메이크업 아티스트들은 온갖 종류의 파우더와 붓, 섀도와 마스카라를 능수능란하게 사용했다. 빈틈없는 꼼꼼한 손놀림과 라이터와 핀셋을 이용하는 고난도 기술에 몸을 맡기며 나는 국제기능올림픽 미용 분야에서 한국인이 메달을 휩쓸었던 역사를 체감했다. 더불어 내가 글을 쓰며 들이는 노력은 이들의 노고에 비하면 그리 힘든 게 아니라는 깨달음도 얻었다.

촬영할 때도 여러 사람의 손과 정성이 필요했다. 특히 조명을 든 스태프는 사진작가의 지시에 따라 두 팔을 높이 들고 묘기에 가까운 자세를 취했다. 모델인 내가 자연스러운 표정을 지으면 좋으련만, 포즈를 바꾸고, 앉아 있는 의자를 바꿔도, 좀처럼 사진작가의 눈에 만족스러운 컷을 얻어내기 힘든 것 같았다. 대부분 그 정도의 수고는 들인다고 했지만, 나는 잘 나온 내 사진 한 장을 위해 그렇게 여러 사람이 진땀을 흘리는 게 미안했다.

그 사진 역시 촬영 후 보정 작업이 이뤄졌다. 턱선은 물론이고, 메이크업과 조명으로도 환해지지 않는 나의 피부색도 포토샵 기술로 손봤으리라 짐작된다. 내가 전

후 사진으로 직접 확인한 것은 나의 다리가 실물보다 훨씬 가늘어진 것이다. 그러나 보정으로도 바꿀 수 없는 것이 있었으니, 나의 얇은 입술과 뚱한 표정은 어디 가지 않고 사진에 남아 있었다. 대문니를 보여주지 않으려고 굳게 다문 나의 입술.

❧

한때 진지하게 치아 교정을 고민한 적이 있다. 사랑니를 뽑기 위해 치과에 다닐 때 나는 교정에 관해 의사에게 물었다. 내 입안을 들여다본 의사는 미용 때문이라면 잇몸 건강을 위해 권하지 않는다고 했다. 그래도 하고 싶다고 내가 고집을 피우자 "아니요. 안 하는 게 낫겠어요"라며 강경한 거절 의사를 밝혔다. 내가 웃을 때 공실이가 떠오른다는 온점 역시 교정에 강하게 반대했다. 자신은 정말 네 웃음이 좋아서 그렇게 말한 거라며, 믿기 힘든 위로를 늘어놓으며 너의 대문니가……(온점은 머릿속으로 적당한 단어를 골랐다)……호방해 보인다고 했다. 나는 '호방'이란 단어의 뜻을 정확히 알기 위해 사전을 찾아보았다.

호방하다 의기가 장하여 작은 일에 거리낌이 없다.

하긴, 내 윗니들이 좁은 구강 구조에 거리낌 없이 자라나긴 했지. 교정을 해볼까 생각했지만, 마음 한편으론 나도 나의 대문니와 덧니를 떠나보내고 싶지 않았다. 어쨌든 내 잇몸을 뚫고 자란 튼튼한 나의 몸이니까. 지금은 돌아가신 나의 할아버지가 좋아했던 덧니니까. 할아버지는 다른 사람의 외모에 관해선 한 번도 호불호를 표현하지 않으셨지만, 나의 덧니에 관해선 딱 한 번 의견을 표하셨다.

"아가, 그 덧니는 꼭 갖고 있어라."

덧니가 무슨 보석 주머니도 아니고, 뜬금없이 무슨 말일까. 그때 나는 할아버지 옆에 앉아 덧니와 상관없는 얘기를 나누던 중이었다. 그런데 할아버지는 말 그대로 하회탈처럼 웃으시며 처음이자 마지막으로 내 덧니를 콕 집어 애정을 표현하셨다. 그리고 나는 내 대문니와 덧니가 부끄럽긴 해도 그 기억만큼은 소중히 간직한다.

❧

시인이자 소설가인 이상은 자기의 노트에 이렇게 썼다.
'나의 생활은 나의 생활에서 1을 뺀 것이다.'
나는 이 문장의 '1'이 등뼈라고 생각한다. 빼면 설 수 없고 숨 쉴 수 없는, 존재를 떠받치는 근본적인 기둥. 나의 1이자 등뼈는 온점이다. 내 목과 어깨를 받쳐주고 몸속 장기를 보호해주고, 내가 걷거나 눕고, 앉아서 글을 쓰게 해주는 나의 핵심 골조.

그리고 내가 가장 환하게 웃을 수 있는 사람.

나에게는 호방한 나의 대문니를 사진에 담아주는 전속 사진가가 있다. 언제부턴가 나는 사진을 찍을 일이 생기면 온점에게 부탁한다. 초반에는 온점이 중고 마켓에서 산 사진기로 날 찍어주었고, 지금은 좀 더 좋은 카메라를 사서 찍고 있다. 우리는 평소에 산책하며 봐둔 넝쿨이 자란 담벼락 앞이나 동네 놀이터에서 책이나 기사에 실릴 사진을 찍는다. 어떤 사진은 내 머리카락 한쪽이 삐쭉 튀어나와 있어 잘못 찍은 사진이 아닌가 싶다. 그래도 우리는 어딘가 장난스러워 보이는 그 사진을 좋아한다. 뭐니 뭐니 해도 내가 가장 좋아하는 사진은 온점이 휴대전화로 찍은 우리의 일상들이다. 헐렁한 옷을 입고 턱살이 접히도록 고개를 숙인 채 책을 읽고 있는 내 모습은 내가 봐도 좀 귀엽다.

내가 저렇게 집중하고 있구나. 아예 책에 푹 빠졌네.

언젠가 그런 사진을 나의 프로필로 쓸 수 있지 않을까.

내리고 있어요

어제 늦은 밤부터 하늘에서 황금이 내렸다. 농부에게 봄비는 하늘에서 내리는 황금이란 말을 어디에선가 본 뒤부터 나는 봄비가 오면 하늘에서 황금이 떨어진다고 생각한다. 금보다 비를 더 좋아하는 내게는 그리 알맞은 비유가 아니지만, 그만큼 봄비가 반갑다는 뜻으로 이해하며 비 오는 풍경을 뿌듯하게 바라볼 어느 농부의 마음을 떠올린다.

오늘 하루는 빗소리를 들으며 깨어났고 빗소리를 들으며 잠들 것이다. 끝나지 않는 음악에 고요히 잠겨 있는 듯하다. 하루를 살아가는 데 필요한 기쁨이 충분하게 채워진다. 흠뻑 젖은 땅에서 물을 빨아들여 우듬지까지 올려보내는 나무처럼. 나는 행복에 겨워 웃는다. 창밖의 빗소리가 웃음소리 같다. 빗방울은 간지럼을 태우듯 도시의 단단하고 험상궂은 얼굴을 웃게 한다.

나 좀 봐! 나 좀 보라고!

내내 조용하던 창틀과 유리창이 빗방울을 튕기며 목소리를 낸다. 거친 배기음을 내던 오토바이도 빗물이 만든 웅덩이를 지나며 철벅, 촤르르, 상쾌한 음향을 퍼뜨린다. 창문을 열면 물기를 머금은 세상이 저마다 자기의 색으로 조금씩 더 짙어져 있다. 푸른 것은 더 푸르게, 검은 것은 더 검게. 낮게 깔린 잿빛 세상에 빗줄기가 무수한 빗금을 그린다. 커다란 국자로 퍼 올리듯 멀리서부터 크게 바람이 불어온다.

시인 메리 올리버는 「마렝고 늪」이란 시에서 자신이 죽는 날에 비가 왔으면 좋겠다고 썼다. 길고 느린 비. "영원히 그칠 것 같지 않은 비."

나도 그런 마음이다. 애써 무덤을 만들진 않겠지만 만약 내게 무덤이란 것이 있다면 청개구리 동화에서처럼 비가 오면 떠내려가는 무덤이면 좋겠다. 떠내려가고 떠내려가 물풀과 진흙 사이로 흩어져 사라지는 무덤. 내가 죽는 날은 개구리들이 활기차게 울고 비 맞은 나뭇잎들이 소란스럽게 흔들렸으면 좋겠다. 내가 죽는 순간은 장대비가 쏟아지는 늦은 오후여도 좋겠고 가랑비가 흩뿌리는 이른 아침이어도 좋겠다. 끝없이 이어지는 소리의 촉감들 사이로 편안하게 스며들 수 있다면 나에게는 더없이 좋은 죽음일 것 같다.

비를 좋아하는 나는 생애 첫 타투도 비와 관련된 글자로 했다. 매일 비 오는 풍경에서 살고 싶어 손목에 'Rainy'라고 새겼다. 몇 주 뒤 두 번째 타투를 할 땐 같은 손목 안쪽에 'cloudy'를 썼다. 이제 나는 어디를 가나 비가 쏟아질 듯한 흐린 날과 함께한다. 어디서든 투둑투둑 빗소리를 들을 수 있다.

누군가의 글을 읽을 때 맑게 해가 비치는 날을 묘사한 것도 좋고, 끝없이 모래바람이 부는 배경도 좋지만, 지금 이 글에서만큼은 계속 비가 내렸으면 좋겠다. 비를 좋아한다고 말하며 내가 좋아하는 다른 것들을 말할 수 있게.

좋아하는 것을 좋아한다고 말할 수 있는 자유.

나에게는 이것이 글을 쓰는 중요한 이유 중 하나다. 나는 그 자유를 확인받기 위해 책을 읽고, 나처럼 책을 통해 확인하고 싶은 누군가를 떠올리며 글을 쓴다. 한편으론 좋아하는 마음을 말할 수 없어 다른 것으로 빗대어 말하고, 말할 수 없다며 숨어버린 시간들이 내가 소

자세히 봐야 알아챌 수 있는
손목에 새긴 타투

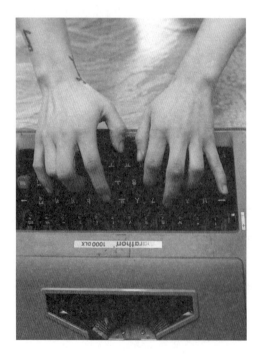

설을 읽고 쓸 수 있게 한 원동력이 되었는지 모른다. 하지만 지금은 그저 좋아하는 것을 좋아하는 방식으로 펼치고 싶다. 그리 대단한 취향이 아닐지라도 내가 좋아하는 것들을 기록해나가고 싶다.

이를테면 나는 먹구름이 반갑고 빗방울에 설렌다고. 어릴 때 좋아하던 영화는 비 오는 장면으로 시작해 평평 눈이 쏟아지는 장면으로 끝나는 「쉘부르의 우산」이라고.

나는 이 영화를 아홉 살 때 EBS 〈세계명작극장〉에서 보았다. 모든 대사가 노래로 되어 있는 그 영화에 나는 세상이 두 개로 쪼개지는 듯한 충격을 받았다. 세상에 이런 게 있다니. 사람의 말이 음악이 될 수 있다는 것을 그 영화가 어린 나에게 각인시켜주었다. 또 나는 그 무렵 어른들을 따라 노래방에 가면 「비 오는 날의 수채화」를 불렀다. 마이크를 비스듬히 잡고 서서 진지한 표정으로 간주 점프 버튼을 누르며 2절까지 다 불렀다.

"빗방울 떨어지는 그 거리에 서서."

지금도 그 노래를 즐겨 듣는다. 노래가 시작되면 내가 어디에 있든, 세상이 어떤 날씨든, 빗물에 젖은 거리가 눈앞에 펼쳐진다.

내가 처음으로 완성한 단편소설도 비에 관한 것이었다. 대학 입학 후 어쩌다 소설창작 모임에 들어간 나는 그 모임의 회칙에 따라 소설을 써서 내야 했다. 한 번도 소설이란 걸 완성해본 적이 없어서 나는 무엇을 어떻게 써야 할지 몰랐다. 영감을 떠올려야 한다는 생각에 비오는 풍경을 생각했고, 인터넷으로 세계의 다우지를 찾아봤다. 그러다 뉴질랜드의 '밀퍼드 사운드'라는 곳을 알게 되었다. 나는 밀퍼드 사운드로 떠나는 한 여자의 이야기를 썼다. 내가 직접 그곳에 가본 게 아니라서 소설 속 인물이 그곳을 여행하는 장면을 쓸 수는 없었다. 오직 가고 싶은 마음, 온종일 빗소리에 잠겨 비가 들려주는 허밍을 듣고 싶은 마음을 표현했다. 지금은 그 소설의 제목도, 주인공의 이름도 떠오르지 않지만, 글을 읽은 모임의 선배들이 내게 했던 말은 또렷이 기억한다.

"읽으면서 이 부분이 좋다고 생각했어."

"맞아. 나도 그랬어."

두 명의 여자 선배들은 등나무 아래 벤치에 앉아 내게 말했다. 그때 그들의 목소리와 표정, 연두색 등나무 넝쿨과 바람이 불 때마다 쌀쌀한 기운이 맴돌던 봄날의 풍경이 아직도 눈에 선하다. 그날이 내가 소설이란 걸 써서 처음으로 다른 이에게 감상을 들은 때였다. 선배들은 스무 살이었던 나보다 한두 살 많았을 뿐이지만, 나는 그들이 나보다 성숙한 어른으로 보였다. 그들이 하는 말을 신뢰했고 내가 쓴 글의 어느 부분이 좋았다는 말에 진심으로 기뻤다. 어쩌면 그때 그 말에 기대어 지금 껏 소설을 쓰는지도 모른다. 좋아하는 마음을 함께 좋 다고 말해줬던 사람들.

❧

왜 좋은지, 무엇이 좋은지, 그 이유를 자세히 밝히면 좋아하는 마음의 환상이나 신비감이 사라진다고도 하 지만 나는 그렇지 않다. 나는 좋은 이유를 하나하나 떠 올리며 그 마음을 되새기는 게 좋다. 무언가를 좋아하 는 나에게 '마땅히 좋아할 만하다'라고 말하며 그 마음 을 지지해주고 싶다.

내가 클래식의 협주곡을 좋아하는 이유는 곡의 모티 프를 독주 악기와 오케스트라가 번갈아 연주하는 것이 좋기 때문이다. 어떤 음악가는 협주곡의 그런 구조가 경 쟁과 대결의 감정을 불러일으킨다고도 하지만, 나는 그 런 반복이 상대의 말을 똑같이 따라 하며 교집합을 넓 혀가는 사려 깊은 대화 같다. 비슷한 곡조가 시간을 두 고 되풀이되면 한 번 본 영화나 소설을 다시 볼 때의 안 도감이 든다. 아는 장면이고, 아는 문장인데도, 또 보면 역시 그 부분이 좋아서 좋은 것의 결이 쌓여가는 느낌.

내가 남산도서관의 4층 자연과학실을 좋아하는 이유

는 열람실의 통유리창 너머로 보이는 산의 능선과 널따란 책상에 비치는 햇살이 좋기 때문이다. 그 모든 것이 누구에게나 무료로 열려 있다는 것이 내게는 크나큰 행운처럼 느껴진다. 또 내가 데이비드 호크니의 그림을 좋아하는 이유는 파란색과 흰색으로 이뤄진 물의 질감을 잘 표현해서인데, 내가 파란색과 흰색을 좋아하는 이유는 그림에서 묘사되는 물의 색이기 때문이다. 이렇게 두 개의 이유를 연결해놓고 보면 어딘가 논리의 오류에 빠진 것 같기도 하다. 마치 홍시 맛이 나서 홍시 맛이 난다고 말하는 어느 드라마 속 아이처럼. 어떤 느낌은 그 느낌의 이유를 말할수록 어리숙한 사람이 되는 것 같다.

그래도 좋다. 어리숙해 보이는 사람의 어색한 태도 역시 좋으니까. 대학원 시절, 시인 이상에 관한 글을 쓰기 위해 수많은 관련 논문을 읽었을 때 가장 인상 깊었던 표현은 어느 일본인 연구자의 말이었다. 그가 말하길 이상이란 사람은 기본적으로 이 세상을 '어색해하는' 사람이었다.

기억할 순 없지만 내가 아기였을 땐 더 단순한 것을 좋아했을 것이다. 까꿍, 까꿍. 손으로 얼굴을 가렸다가 보여주는 단순한 동작에도 언제나 웃음을 터뜨리는 나의 조카처럼.

시간이 흐르며 경험과 정보가 많아진 나는 좋아하는 것도 늘어나고 그 호감의 이유를 더 그럴듯하게 말할 수 있게 되었다. 하지만 아무리 말하기의 기술을 익혀도 어떤 마음의 이유는 말하고 설명하는 게 버겁고 막막하다. 이유를 설명하려고 하면 마음의 좁고 깊은 부분을 펼쳐야 해서 힘든 고백처럼 느껴진다.

내가 온점을 좋아하는 이유도 그렇다.

우리가 처음 만난 순간이나 둘이 처음으로 함께 간 식당, 서로에게 준 첫 번째 선물에 관해 나는 꼼꼼하고 사실적으로 묘사할 수 있지만, 내가 세운 마음의 벽을 온점이 뛰어넘은 순간은 언제나 말로 표현하기 어렵다.

점프.

이유를 말하는 대신 그 이유에서 점프할 순 없을까. 온점이 나에게 올 때 그랬던 것처럼.

서로 친해지기 전, 온점과 나는 함께 남산 자락을 걸었다. 아마도 내가 남산도서관에서 책을 빌려야 했거나 아니면 빌린 책을 반납해야 해서 온점이 그 길을 동행했을 것이다.

초여름, 나뭇잎이 우거진 비탈길을 오르며 우리는 남산에서 걸어서 갈 수 있는 곳들을 얘기했다. 이쪽으로 가면 이태원, 저쪽으로 내려가면 후암동, 또 거기서 좀 더 가면 숙대입구……. 그러다 청파동이란 지명이 나왔다. 우리는 둘 다 청파동을 좋아했다. 최승자 시인이 쓴 「청파동을 기억하는가」라는 시를 좋아하기 때문이었다.

그 시절 나는 청파동을 포함해 시에 나오는 지명을 좋아했다. 이성복 시인이 쓴 「남해 금산」을 읽고 혼자 남해로 가 금산에 오르기도 했고, 김승희 시인이 쓴 「낙화암 벼랑 위의 태양의 바라의 춤」을 읽고 부여의 낙화암에 가기도 했다. 부여에 도착했을 때 봄비가 부슬부슬 내리기 시작했다. 나는 작은 슈퍼에서 비닐 우비를 사 입고서 인적이 드문 빗길을 걸어 낙화암으로 갔다. 백문이 불여일견이란 말을 좀처럼 실천하지 않는 나였지만, 그땐 여러 번 시 속의 지명을 직접 찾아가 그 풍경에 머물렀다.

"청파동도 가봤어?"

남산을 오르며 온점이 내게 물었다. 나는 숙대 앞과 그 주변은 가봤지만 거기가 청파동인지는 잘 모르겠다고 했다. 그러자 온점은 「청파동을 기억하는가」를 암송했다.

(……)
봄이 오고 너는 갔다.
라일락꽃이 귀신처럼 피어나고
먼 곳에서도 너는 웃지 않았다.

자주 너의 눈빛이 셀로판지 구겨지는 소리를 냈고
너의 목소리가 쇠꼬챙이처럼 나를 찔렀고
그래, 나는 소리 없이 오래 찔렸다.

온점은 조금의 더듬거림도 없이 시를 읊었다. 그리고 다음 구절, "찔린 몸으로 지렁이처럼 기어서라도"를 말할 때, 걸음을 멈추고 두 발을 모았다. 그러더니 그다음 구절을 말하면서 앞으로 점프했다.

"가고 싶다 네가 있는 곳으로."

온점은 풀쩍 뛰어 반걸음 앞서 있는 내 곁으로 왔다. 그 순간 내 마음도 점프했다. 그렇게 처절한 시를 이렇게 맑게 암송하는 사람이라니. 내게는 경이로운 충격이었다. 모든 대사가 노래로 된 영화를 처음 봤을 때처럼.

점프.

온점은 몇 번이나 나에게 점프해 다가왔다. 어둡고 구석진 내 마음을 이유나 설명으로 채근하지 않고 가볍게 뛰어넘었다.

온점이 내가 살던 집에 처음 왔을 때도 그랬다. 당시 나는 엄마와 둘이 허름한 다가구 주택에서 살았다. 방 두 개에 작은 부엌이 있던 그 집은 단층집인데도 화장실에 가려면 계단 두 개 높이의 문턱을 올라야 했다. 방의 외벽을 뚫어 만든 문지방과 이어진 슬레이트 건물이 우리의 화장실 겸 욕실이었다.

나는 화장실 때문에 집에 손님을 초대하지 않았다. 어쩌다 이모가 와도 화장실은 쓰지 말라며 이모를 막아섰다. 그런데 온점은 어떻게 그곳에 데려간 걸까. 정확한 과정은 떠오르지 않지만 아마도 온점과 나는 집 말고는 갈 데가 없었던 것 같다. 가난한 연인은 가난함으로 기괴해진 화장실을 두고 실랑이했다. 온점은 화장실을 쓰겠다고 했고, 나는 안 된다고 버텼다. 음침한 복도 같은 좁고 긴 공간에 양변기와 수도꼭지가 가까이 붙어 있는 궁색한 구조를 온점에게 보여주고 싶지 않았다.

"안 볼게. 아무것도 안 보고 변기만 쓰고 나올게."

온점은 여러 번 다짐했다. 나는 어쩔 수 없이 화장실에 들어가 처음 온 사람은 찾기 힘든 전기 스위치를 켜준 후 나왔다. 얼마 후 온점이 볼일을 마치고 화장실 문을 열었다. 나는 문턱 아래 앉아 온점을 올려다보았다. 온점은 문지방에 두 발을 모으고서 말했다.

"점프!"

마치 재미난 놀이를 하는 아이처럼 온점은 내가 있는 방으로 뛰어내렸다. 그 순간 잔뜩 날이 섰던 내 마음이 탁, 하고 풀어졌다. 신기한 일이었다. 오르내릴 때마다

고욕이었던 그 문턱이, 매번 현실의 누추함만 일깨워주던 그 기괴한 통로가, 온점이 두 발을 모아 점프하는 순간 다른 것으로 변했다.

❦

"이젠 비 많이 와도 걱정 안 되지?"

큰비가 내리는 날이면 온점은 가끔 내게 묻는다. 온점과 나는 비가 많이 오면 갑자기 전기가 끊겨버리던 나의 예전 집을 떠올린다. 화장실의 문턱이 높았던 그 집은 비가 많이 오면 누전차단기가 내려가 정전이 되었다. 전문가를 불러 전기 공사를 해도, 누전차단기를 새로 설치해도 시간이 지나면 다시 반복됐다. 나는 빗물이 들이친 화장실에서 세탁기 코드를 콘센트에 꽂다가 여러 번 감전되기도 했다. 그렇게 나는 점점 비가 무서워졌다. 큰비나 태풍이 온다는 예보를 들으면 온점에게 전화해 또 집이 정전되면 어떻게 하냐고 울먹였다. 나를 한없이 설레게 했던 비가 나를 불안과 공포로 밀어 넣었다.

좋아하는 걸 계속 좋아할 수 있으려면 무엇이 필요할까.

하지만 그때도 나는 비를 좋아했다. 한꺼번에 많이 쏟아지지만 말고, 우리의 낡은 집이 감당하지 못할 만큼 폭우로 퍼붓지만 말라고, 거센 빗소리를 들으며 초조하게 기도했을 뿐. 비 새는 집에서 촛불을 켜고 있어도 나는 계속 비를 좋아할 수밖에 없었다. 왜냐하면,

빗소리는 언제나 나에게 가장 아름다운 음악을 들려주었기 때문이다. 내려서 적셔주는 평화이자 가여운 안식이기 때문이다. 손처럼 나를 만져주고 사랑하는 사람의 점프처럼 나의 가장 어두운 부분을 뛰어오르게 했기 때문이다. 좋아하는 이유를 말해도 여전히 말할 수 없는 이유가 남아 있기 때문이다.

거기서 알 수 없는 비가 내리지
내려서 적셔 주는 가여운 안식
사랑한다고 너의 손을 잡을 때
열 손가락에 걸리는 존재의 쓸쓸함
거기서 알 수 없는 비가 내리지
내려서 적셔 주는 가여운 평화

— 최승자, 「사랑하는 손」

그날의 '호감' 예보

지난여름, 어느 웹진에 장편소설을 연재했다. 매주 1회씩 소설이 올라간 페이지 하단에는 클릭하면 파란 불이 켜지는 엄지 모양의 이모티콘과 함께 '○○명이 좋아합니다'라는 문구가 있었다. 금요일 아침, 그 주의 소설이 업로드되면 나는 혹시 있을지 모를 오타를 찾기보다 '좋아요' 숫자를 먼저 확인했다. 연재도 끝났고, 소설도 비공개 상태로 바뀌어서 하는 말이지만, 어느 회차에는 '좋아요' 숫자가 2인 경우도 있었다. 두 개 중 하나는 온점이 누른 것이었고 나머지 하나는……

온점이 바쁜 날엔 엄지 숫자가 한동안 1에 멈춰 있었다. 비공개 글도 아니고 글을 쓴 작가 본인만 좋다고 하는 연재라니, 민망하고 어리둥절한 기분이었다. 나는 멀쩡한 홈페이지 시스템을 의심하며 틈날 때마다 페이지를 새로고침했다. 이렇게 신경 쓸 거면 SNS에 장편을 연재 중이라고 알리고 사이트 주소라도 올려놓든가. 숫기 없는 성격에 시원스럽게 '읽어주세요!'라고도 못 하면서 혼자 속을 태우는 모습이란.

그래도 뭐, 때가 되면 볼 사람은 보겠지, 보고서 글이 좋으면 누르겠지. 그렇게 주말을 지나면서 내가 쓴 글에 거리감이 생기며 나는 '그 주의 엄지'에서 풀려났다. 실은 몇 명이나 좋아하는지가 아니라 글을 쓴 나 자신에게 붙들려 있다는 걸 모르지 않았다. 그럴 땐 글이나 감정에서 멀어질 시간이 필요했다.

돌멩이가 가라앉을 시간.

감정이나 글이나, 나에게는 그것들이 내 안을 휘젓고 가는 일정한 주기가 있다. 한복판에 있을 때는 그 들뜬 에너지가 무한히 상승할 것 같아도 시간이 흐르면 강에 던진 돌처럼 가라앉기 마련이었다. 나는 시간이 주는 그 안전한 거리감을 좋아했다. 감당하기 힘든 마음에 휩싸일 땐 혼자만의 반추와 되새김이라는 구명조끼로 몸통을 꽉 조인 채 그것이 무사히 지나가길 기다렸다.

잘 가라앉길, 물살에 갈리고 깎여 모서리가 둥글어지길.

그렇게 의식적으로 모난 감정들을 수장시키다 보니

어느새 나의 강바닥에는 물이끼 가득한 돌들이 즐비했다. 강물의 위아래를 뒤집는 태풍이라도 불면 순식간에 떠올라 악몽으로 출몰하길 기다리는, 내가 동여맨 나의 느낌들.

❦

버스의 하차벨을 누르고 싶어 자기 좀 안아서 올려달라고 말하는 아이처럼, 어떤 글은 읽는 도중에 정지 버튼을 누르고 싶어진다. 빨간불이 들어오는 버저를 누르듯 책을 높이 쳐들고 탬버린처럼 흔들며 "이 글을 써주신 작가님, 사랑합니다, 만수무강하세요!"라고 소리쳐야 할 것 같은 느낌. 얼마 전 그런 경험을 했다. 작은 책자에 실린 어느 소설을 읽다 나도 모르게 숨이 멈춰졌다. 문장과 문장을 쭉 따라가는데, 문득 주변의 모든 소음이 지워지면서 몸의 혈관이 한꺼번에 조이는 듯했다. 몸을 압박하는 그 문장들에서 도망치듯 나는 읽던 책에서 얼굴을 들고 생각했다.

글쓴이에게 고맙다고 전해야겠다, 좋은 글을 써주어 감사하다고 말할 거야.

마음으로는 벌써 이메일의 첫 문장을 쓰고 있었다. 책을 찍은 사진도 함께 보내고 싶어 사진의 구도도 떠올렸다. 요즘 매일 한강 변을 걷고 있으니 책을 들고 나가 물둑에 핀 갯버들 사이에서 책 사진을 찍으면 좋을 것 같았다. 지난번 눈여겨봐 둔 팽나무로 가자. 거기에서 사진을 찍자. 아니, 사진은 너무 과할까. 그냥 이메일만 쓸까. 우선 나가자. 나가서 걷고, 이 글을 생각하면서 걷다가 어느 벤치에 앉아 다시 읽자. 그리고 이렇게 좋은 글을 써줘서 고맙다고 말하는 거야, 이번엔 꼭.

나는 서둘러 옷을 갈아입고 외출을 준비했다. 그런데 무슨 일인지 가방에 책을 넣고 집을 나서기도 전에 총알처럼 날아가 무언가를 꿰뚫고 싶던 나의 욕구가 풀썩 주저앉았다.

뜬금없이 메일을 받으면 부담스럽지 않을까. 잘 읽었다는 소감에 기분이 좋을 수도 있지만 한편으론 당황스럽고, 또 어쩌면 자신이 쓴 글을 돌이켜보며 생각이 복잡해질지 몰라. 그렇게 내가 건넨 꽃목걸이가 가시 달린 올가미가 되어 정작 써야 할 글을 못 쓰게 할 수도 있지.

좋다고 말하는 것의 첫 단계를 밟기도 전에 나는 망상의 실을 뽑아 부정적 영향의 가능성을 실뜨기했다. 결단코 이 감정이란 물살에 휩쓸려 가지 않을 거라는 듯, 모든 시도와 표현을 꼭꼭 싸매어 다시 내 안의 강물에 던졌다.

그리고 익숙한 게으름으로 돌아가는 마지막 한마디.

제가 눌러도
될까요

그래, 내가 말로 안 해도 다 알 거야.

좋아요, 라고 소리 내 말하면 누군가 입술을 찰싹 때리며 '너, 한 번만 더 그 말 했다간 가만 안 둔다!'라며 겁을 주는 것도 아닌데, 나는 왜 그 말을 표현하기 어려운 걸까.

돌이켜보면 나야말로 누군가의 확인이 필요했던 사람이었다. 좋았어, 잘했어, 잘하고 있어, 같은 말. 눈꺼풀에 수면 가루를 뿌린 듯 나는 그 말이 주는 달콤함에 나른해지며 더 나아갈 힘을 얻었다. 사람에겐 필수 비타민의 고른 섭취가 필요한 것처럼 저마다 자신의 인정 욕구를 잘 먹이고 입혀야 한다는 걸 나는 실감하며 살았다. 그러지 않으면 배고픔에 허기져 아무 말이나 주워 먹고 꾀죄죄한 몰골이 되어 칭찬 한마디만 해달라며 조르게 되니까. 대학 시절 어느 소모임을 할 때 내가 그랬다.

그때 나는 학과 사람들과 정기적으로 모여 시를 읽고 쓰는 모임에 참여했다. 하루는 어떤 워크숍 자리에서 모임 멤버들과 둘러앉아 그간 못다 한 얘길 나눴다. 모임의 중심이 되는 세 명의 여자 선배들이 한 명씩 후배들에게 기운을 북돋는 말을 건넸다. 빡빡한 스케줄을 따라가는 게 힘들겠지만 너의 글이 좋다고, 계속 썼으면 좋겠다고, 그렇게 격려와 응원을 전했다. 모임의 임원이었던 나는 곁에 앉아 듣기만 하다 선배들만 남았을 때 나도 모르게 이렇게 물었다.

"왜 저한텐 칭찬 안 해주시나요?"

떠올리면 지금도 세차게 고개를 내젓게 되는 낯 뜨거운 기억이지만, 그래도 그때 들었던 대답은 오래 간직한다. 주정인지 투정인지 모를 내 질문에 나란히 앉은 세 명의 선배들은 당황한 표정으로 서로의 얼굴을 살폈다. 그러다 한 여자 선배가 차분한 말투로 내게 말했다.

"말 안 해도 넌 알 거라고 생각했어."

모임에서 책 얘기 외에는 다른 말을 거의 하지 않던 선배였다. 가만히 날 보며 말하는 그 선배의 표정에 나는 알코올과 부끄러움에 달아오른 얼굴을 숙였다. 그랬구나, 말 안 해도 알 거라고 생각했구나. 나는 단박에 그 말에 수긍했다. 하긴, 알고 있긴 했다. 말하지 않아도 사람이 사람에게 느끼는 마음은 분위기나 태도에 배어 나오기 마련이니까. 하지만 어떤 순간엔 다 아는 그 말이 필요했다. 뜨거우면 뜨겁다, 짜면 짜다, 그런 반사작용 같은 말이 서로에게 통하는 공기를 신선하게 해주니까. 사람 마음이란 게 뜸을 들여야 하는 가마솥 밥이나 푹 삭혀야 하는 장아찌도 아니고, 이따금 상대가 날 어떻게 생각하는지 열어보고 확인하고 싶은 거니까.

당신을 향한 내 마음은 슈뢰딩거의 고양이입니다. 죽

었는지 살았는지 알 수 없어요. 잘못 열면 고양이를 죽일 수 있으니 알 수 없는 이 상태로 둬야 합니다.

이렇게 긴가민가한 상태, 이건지 저건지 모를 애매함을 받아들이는 것이 흑백의 이분법이 가진 폭력을 줄여가는 태도가 된다는 걸 알고는 있었다. 하지만 그 절제가 혼자만의 감정 놀이가 되어 간질간질하고 희뿌연 몽롱함에 둘러싸인 망상으로 변색되지 않으려면, 간간이 열 길 물속처럼 고인 마음속 우물을 퍼 올려야 하지 않을까. 그러니까 상대를 꿰뚫어 보는 투시력이나 고차원의 텔레파시까진 연마하지 않아도 되는 것이다. 틀린 답으로 가기 쉬운 '미루어 짐작하기'의 망상력은 접어두고, 그때그때 서로의 상태를 주고받는 일기예보 같은 말이 나에게 필요하다.

그렇게 나는 입을 꽉 다물고 있는 나 자신을 설득했다.

말이라는 게 하고 나면 찜찜한 후회가 따라붙고, 오해와 왜곡을 실어 나르는 취약한 도구가 되기도 하지만, 그런 위험과 함정을 무릅쓰고 시도하는 게 용기야. 아니, 아니지. 좋다고 말하는 데 무슨 용기까지. 그렇게 나라를 구해야 할 것 같은 웅장한 준비 자세 하지 말고, 몸풀다가 삐끗해 드러눕지 말고, 그저 나비가 날갯짓하고 물고기가 헤엄치듯 어떤 사람의 어떤 모습에 느끼는 너의 호감을 즐겁게 표현해.

그렇게 나는 나를 교육했다.

오래 둔 피클 뚜껑처럼 열기 힘든 사람 분위기 좀 그만 풍기라고. 당신은 접힌 책 같아, 문 없는 벽 같아, 라는 영화 대사에 혼자 뜨끔하지 말고, 하나씩 따라 해봐.

입을 벌려 '안녕하세요', 입꼬리를 올려 '우리 가볍게 이야기 나눌까요?'

주입식 교육이 통했는지, 몇 년 사이 나는 예전의 나보다 사람과 나누는 총 대화 시간이 길어졌다. 어떻게 그렇게 연락을 안 할 수 있느냐고 서운해하는 누군가의 노크에 네, 그랬네요, 라며 웃음으로 대꾸하고, 결혼할 남자 데려오라니까 왜 또 혼자 왔느냐고 3분마다 한 번씩 결혼 타령을 하시는 구순을 앞둔 할머니에게 버럭 화내는 대신 담엔 데려오겠다며 좋게 좋게 얼버무린다. 이런 게 대화인지는 모르겠지만, 아무튼 전처럼 대화 단절의 의지를 온몸으로 내뿜으며 주변을 싸늘하게 만들진 않는다.

일할 때도 얘기를 주고받을 수 있는 일정한 틀이 갖춰지면 함께하는 사람에 대한 마음을 표현하려고 한다. 작업을 마치면 서로의 노력과 수고로움을 찬미하기도 하는데, 종종 수위를 못 맞추는 나의 감정 대방출에 멋쩍어지기도 해서 되도록 일상적인 톤을 유지하려고 한다. 오늘 듣고 내일 들어도 내일모레 또 들을 수 있게. 그렇게 계속 이어질 수 있게.

가끔은 힘겹게 연 그 쪽문으로 반갑지 않은 인기척이 들어서기도 한다. 그럴 때면 다시 자질구레한 돌들을 쓸어 담아 나만 아는 강가로 달려가고 싶지만, 나는 아직 교육생 신분이란 걸 되새기며 흠흠, 목소리를 가다듬어 본다. 과거의 좋지 않은 감정이 켜켜이 쌓여 있는 사람이라도, 일단 내게 말을 걸어오면, 그건 과거의 날씨고 미래는 다를 거라는 어리석은 기대로 덜컹거리는 말하기 수레를 끌고 대화의 장터에 나갔다 돌아온다. 날씨란 일정한 패턴과 주기로 반복된다는 것을 잊은 채. 그렇게 마른 수건을 쥐어짜듯 말하고 응대하고 나면 며칠씩 몸살을 앓는다. 그러기를 여러 번, 어느새 나는 한 귀퉁이라도 잘못 새어나갈까 아끼고 절약하는 감정 구두쇠로 돌아가 있다.

이런 내가 좋아하는 감정을 마음껏 표현하는 대상이 있다면 동물과 아기 정도랄까. 길가에서 산책하는 개나 볕을 쬐고 있는 고양이와 마주치면 나도 모르게 속으로 환호성을 지른다. 돌이 안 된 조카와 영상 통화할 땐 고음과 비음을 섞은 목소리로 아기의 시선을 사로잡기 위해 갖가지 표정을 선보인다. 입술을 떨며 전자 오락기 소리를 내는 것은 물론 혀를 내밀고, 콧방울을 넓히고, 변검 공연하듯 고개를 획획 꺾는다. 내가 그러거나 말거나 아기나 동물은 대체로 나에게 무관심한데, 어쩌면 내마음 따윈 상관없다는 듯한 그런 태도가 나를 더 편하게 해주는지도 모른다. 변덕스러운 나의 감정과는 무관하게 그저 잘 있는 존재들.

하지만 산책하는 개나 휴식 중인 고양이의 심기를 어지럽히지 않으려면 반가움의 고성은 밖으로 내질러선 안 되며, 아기와의 관계에서도 앞으로는 조금씩 나의 애정을 적절히 표현하는 방법을 배워야 한다. 그러니 좋아하면 좋아한다고 거리낌 없이 말해도 되는 나의 유일한 대상은 온점뿐이다.

부담스럽지 않을까, 실례가 아닐까, 내가 의도하지 않은 영향을 미치진 않을까. 염려하고 두려워하며 마음을 출력하는 스피커의 음량을 조절하지 않아도 되는 사람.

"내가 너무 좋다고 하면 싫지 않아?"

이따금 나의 애정 표현이 지나친 게 아닐까 싶어 조심스럽게 물으면 온점은 의아하다는 표정으로 말한다.

"왜 싫어?"

왜, 어떻게 그게 싫을 수 있느냐는 듯 해맑게 되묻는 목소리를 들으면 안심이 된다. 그러나 감정 스크루지인 나는 의심을 거두지 않고 또 확인한다.

"아이스크림이 좋다고 하나 먹고 두 개 먹고 세 개 먹으면 배탈 나잖아. 내가 너무 좋다고 하면 탈이 날 수도 있어. 어쩌면 귀신이 보고 있다가 우리 사이를 질투해서 갈라놓을지도 몰라. 그래도 계속 좋다고 표현해야 할까?"

"응, 계속해."

온점은 간단하고 명쾌하게 대답한다. 말하고 꺼내놓는 태도는 내가 생각하는 것보다 훨씬 단순하단 걸 나는 온점에게 배운다.

그저 하고 싶어서.

당신은 거기 있고 나는 여기 있는데, 당신의 '거기 있음'을 내가 보았다고, 그리고 응원한다고, 그렇게 안부를 건네고 싶어서.

그런 인사들이 나에게 찾아온다.

강연이나 문학 행사에 참여하면 행사가 끝난 후 나에게 찾아오는 독자들이 있다. 내 글을 잘 읽었다고 말하며 이따금 선물이나 편지를 건네기도 한다. 그럴 땐 무릎이라도 꿇고 받아야 하나 싶게 몸 둘 바를 모르겠다.

나 자신을 낮추는 마음 때문만은 아니다. 받는 게 익숙지 않은 사람의 서툴고 어색한 태도 때문만도 아니다. 그런 면이 내게 있겠지만, 그런 기질로 다 설명하지 못하는 이유가 있다. 대학 시절에도 그랬듯 나는 내 머리도 쓰다듬어달라고 정수리를 들이밀 만큼 다른 이의 칭찬과 인정을 필요로 한다. 언젠가 어느 북토크 자리에서 내가 쓴 소설이 좋았다는 리뷰는 쑥스러워 흐린 눈을 뜨고 본다고 말했지만, 흐린 눈으로 볼 건 다 본다. 다만 그런 말을 들을 때 나도 모르게 입가의 팔자 주름이 깊어지는 이유는 그 좋아하는 마음에 내가 합당한 사람인가 돌이켜보게 되어 그렇다. 그 이유가 가장 크다. 내가 이걸 받을 만한 사람인가. 정말 그런가. 나에게 오는 이 말들에 내가 알맞은 사람인가.

말하고 싶고 주고 싶다는데, 받는 사람 주제에 왜 자격이 있는지 고민할까. 그 고민조차 하나의 통제 욕구인지도 모른다. '잘 읽었습니다'라는 인사를 '잘 먹었습니다' 정도로 받아들일 수 있을까. 잘 먹고 기분 좋게 가게 문을 나서는 손님처럼, 책의 마지막 페이지를 덮은 독자가 작가에게 인사를 건네는 것이다. 하지만 좀 더 생각해보면, 식당에 온 손님들이 벽이나 방명록에 자기 이름을 쓰긴 해도 식당 주인에게 편지를 쓰거나 사인을 받지는 않는다. 그래, 그러면 나도 앞으로 사인을 부탁하는 독자들에게 똑같이 사인을 받을까?

『제 꿈 꾸세요』라는 제목의 소설집을 펴내고서 그 책에 사인할 때면 문득 내가 어떤 정신으로 이런 제목을 지었을까 싶다. 자신의 꿈을 꾸라니, 당신 꿈에 나오고 싶다니. 너무 과한 요구 아닌가. 물론 제목이 된 해당 문구는 소설 속 인물이 자신 때문에 다른 이가 아파하지 않길 바라는 마음에서 소원하는 말이다. 하지만 그렇다고 해도 내가 작가의 말에 "당신 꿈에 나오길 바라는 부푼 마음"이라고 쓴 것까지 어물쩍 넘어갈 순 없다. 꿈이라니, 거긴 너무 깊은 장소 아닌가. 무의식에 남길 바란다는 건가? 다른 이의 꿈에 갔다가 그게 악몽이면 어쩌려고.

그러니 다시 말하자.

꿈을 꿔달라는 비대한 자의식은 접어두고, 내일의 온도와 습도를 전하는 예보관처럼 말하자. 나쁜 의도만 아니라면 틀려도 괜찮고 삐걱거려도 좋다. 슈퍼컴퓨터의 계산도 백발백중은 불가능한 법이니까. 오늘 엇나가도 내일 또 기세 좋게 예측하면 되니까. 장전된 총알 말고 환하게 들어왔다 시간이 지나면 꺼지는 가로등 빛처럼 내 마음을 전하자.

제가 쓴 소설을 읽어주세요, 읽고 말해주세요, 제 글

에 '좋아요'를 눌러주세요.

하차벨을 누르고 싶어 팔을 뻗는 아이처럼, 재미 삼아, 전하고 싶던 그 말을 조금씩 해보자. 연습하자.

잘 읽었습니다. 좋은 글을 써주셔서 고맙습니다.

떡뻥과 사과 향

중학교 수업 시간, 한 남자 선생님이 이런 말을 했다.

"아기의 코가 막히면 입으로 콧물을 빨아줄 수 있어야 해. 너희는 그때도 더럽다고 할래?"

왜 이런 말이 나왔는지 정확한 이야기의 과정은 모르겠다. 그 시절 선생님들은 종종 교과목과 관련 없는 인생 스토리를 풀어놓았고, 수업 시간이면 딴짓하거나 졸던 나는 그 곁길로 새는 얘기가 나올 때만 귀를 쫑긋하곤 했으니까. 선생님이 던진 말의 방점은 '그때도 더럽다고 할래?'에 찍혀 있었다. 그러니까 그분은 자신의 한계를 뛰어넘는 혼돈의 늪 같은 상황의 예시를 '육아'로 든 것이다. 그러나 10대 학생들에겐 그 사례의 정도가 좀 과했던지라 반 친구들은 질색하는 몸짓으로 야유를 보냈고, 졸고 있던 나는 부스스 깨어났다. 학생들이 부정적인 반응을 보이자 선생님은 한층 더 흥분해 말했다. 코가 막힌 아기가 얼마나 괴로울지 생각해봐라. 면봉으로 빼주는 것도 한계가 있다. 아기가 숨을 제대로 못 쉬는 상황에서 그 가득한 콧물을 어떻게 할 테냐. 그러더니 급기야 선생님은 고개를 비스듬히 꺾고 아기의 콧물을 입으로 빨아들이는 시범을 보였다. 그 실감 나는 연기를 보고 있자니 내 입에 콧물이 가득 차는 기분이었다. 그때부터 나에게 육아란 '입으로 콧물을 빨아주는 것'이 되었다.

육아에 대한 나의 선입견은 오랫동안 바뀌지 않았다. 출산 현장을 극사실주의로 찍은 다큐멘터리를 본 후 아기 낳는 것에 두려움을 느끼는 사람과 비슷하달까. 실제로 임신과 출산은 산모의 생명을 거는 매우 크고 중대한 일이다. 그에 이은 육아는 아무리 만반의 태세를 갖추고 시작해도 중간중간 퇴각의 깃발을 흔들고픈 험난한 장기전인 것 같다. 육아야말로 자기의 인내심을 외부적 압력에 의해 늘리고 넓혀야 하는 몹시도 고된 연마의 과정이 아닐까. 수없이 두들겨대는 망치질에 몸과 정신이 너덜너덜해지면 아기는 포동포동 살이 오르고 성장한다. 밀려오는 잠에 취해 양치질하기에도 벅찬 저릿한 손목으로 젖병을 소독할 때면, 그까짓 콧물 따위, 입에 머금고 가글이라도 할 수 있을 것 같다.

물론 나는 이 육아의 시간을 한 발짝 물러서서 간접적으로만 겪었다. 육아가 주는 그 힘겨움 못지않게 순간순간 느끼는 기쁨이 크다는 것도 안다. 힘든데, 힘든 걸 잊게 할 만큼 아기가 예쁘다. 예쁜데, 예쁜 게 안 와닿을 만큼 내 몸이 힘들다. 이 극단적인 양자 사이를 오가다 보면 육아의 강을 건넜던 지상의 수많은 양육자의 노고에 무릎을 꿇게 된다.

인간이란 종이여, 어째서 너는 태어나자마자 네발로 서서 걷는 저 얼룩말처럼 못 하니?

쓸쓸하게 중얼거리다 보면 아기를 낳고 기른 양육자들에게 경외심 가득한 찬가를 바치고 싶어진다.

❦

내 귓가에 양육 찬가의 전주곡이 시작된 것은 언니가 출산을 위해 한국에 왔을 때부터다. 외국에 사는 언니는 임신 후반기에 접어들며 건강 상태가 안 좋아졌고 부득이하게 한국에 와야 했다. 언니는 만삭의 몸으로 혼자 서울에 왔다. 감염병이 극심할 때라 집에 도착해서도 한동안 누구를 만나기는커녕 방문 밖으로 나갈 수조차 없었다. 그때부터 출산 직전까지 언니는 입원과 퇴원을 거듭하며 언제 아기가 나올지 모르는 비상 상태로 지냈다. 나도 간간이 병원에 가는 언니를 도우며 마음을 졸였다. 그렇게 태어난 아기는 복도에서 기다리는 할머니를 향해 손을 활짝 펼치며 우렁찬 울음으로 첫인사를 건넸다. 나는 엄마가 찍은 그 동영상을 몇 번이나 거듭해 보며 기뻐하고 감사했다. 하지만 실제로 아기를 마주했을 땐 고소공포증을 느낄 때처럼 옅은 불안감이 일었다.

저렇게 작고 여리다니.

아기를 보고 있으면 꼭 무슨 일이 벌어질 것만 같았다. 아기를 둘러싼 모든 것에 위험이 도사리고 있었고, 뭐든 잘 쏟고 넘어뜨리는 나도 그 위험 중 하나였다. 나는 아기에게 벌어질 수 있는 온갖 사고들을 떠올리며 아기에게 다가서지 못했다.

"안아볼래?"

언니가 말하면 나는 고개를 내저었다.

"괜찮아. 보기만 해도 예뻐."

언니의 그 권유가 아기를 안고 좀 거들어달라는 소리였다는 걸 나중에야 알았다. 신생아를 돌봤던 분들은 알 테지만, 산모와 아기에겐 와서 '보기만 하는' 인간은 아무래도 좀 쓸모가 없다. 선물을 주거나 덕담을 건네는 것도 하루 이틀이지, 본격적인 육아에 돌입하면 그곳에 들어선 사람은 뭐라도 거들어야 한다. 하다못해 청소기를 돌리거나 빨래라도 널어야 한다. 산후 도우미가 와서 이런저런 일을 해주지만, 아기가 있는 집엔 늘 사람 손이 부족하기 마련이다. 그러니 나도 그저 아기를 들여다볼 수만은 없었다. 게다가 아기와 나 사이에는 남다른 연결 고리가 있었다.

임신 초기, 언니는 태몽인 것 같은 특별한 꿈을 꾸었고, 전화로 그 얘기를 전해 들은 나는 꿈에서 연상되는 이미지를 어떤 단어로 말했다.

"좋다. 그걸로 해야겠다."

아기의 이름을 고민하던 언니는 내가 말한 그 단어로 이름을 정했다. 여러 반대 의견에도 불구하고 언니는 자기의 결정을 밀고 나갔다. 이제 아기는 내가 얼떨결에 내뱉은 그 단어를 살면서 가장 많이 듣게 될 것이다. 그러니 그 이름을 만든 나도 뭐라도 해야 하지 않겠나.

용기를 내자. 넌 할 수 있어. 넌 아기를 떨어뜨리지 않을 거야.

나는 산삼의 잔뿌리를 캐는 심마니처럼 조심스럽게 아기를 품에 안았다. 산삼은 잔뿌리가 끊어지면 그대로 씹어 먹을 수 있지만, 아기의 몸은 내 실수를 받아줄 만큼 따로 여분이 있는 존재가 아니었다. 나는 겸허한 마음과 자세가 되어 육아의 선배들을 향한 기도문을 중얼거렸다.

세상 곳곳에서 조카를 돌보는 이모, 고모, 삼촌 들이여. 부디 제가 아기와 있을 때 딴생각하지 않게 하옵시고, 팔에 힘이 풀리거나 발을 헛디디지 않게 하옵시며, 아무 일 없이 이 시간을 지나 무사히 내 집으로 돌아갈 수 있게 해주소서.

내 기도가 응답받은 건지, 아니면 아기가 순한 편이어서 그런지, 내가 건넌 육아의 강은 수심이 그리 깊지 않았다. 물론 중간중간 거센 물살에 휩쓸려 몸이 휘청거린 적은 있었다. 오지도 가지도 못하게 하는 감염병 때문에 출산하고 한 달 뒤에 떠나겠다는 언니의 계획이 기약 없이 미뤄졌고, 약해진 몸과 마음으로 언니는 자주 우울해했다. 그런 사람에게 나는 소리치며 화를 내기도 했다. 매주 하루나 이틀을 온전히 아기와 언니를 위해 보내면서도 나는 원치 않은 공을 넘겨받은 선수처럼 어떻게 이 책임을 덜 수 있을까 우왕좌왕했다. 패스도, 슛도 녹록지 않은 순간이란 걸 인정하고 난 다음에야 나는 공을 끌어안았다. 그러고 나니 생각지 못했던 나의 재능이 튀어나왔다. 잘하는 거라곤 앉아서 책 읽는 것밖에 없다고 생각했는데, 그런 내게도 의외의 특기가 생긴 것이다.

아기 안아주기.

더 정확히 말하면 아기를 안고 재우기. 더 구체적으로 표현하면 잠든 아기가 깨지 않게 계속 안고 있기. 그러니까 한마디로 안고 버티기. 무슨 일이 있어도 돈다발이든 이 가방을 내려놓지 않겠다는 사람처럼 나는 아기를 안고 버텼다.

내 소질 발휘의 시작은 실내조명을 어두침침하게 만드는 것이었다. 그다음 파도 소리나 단순한 멜로디로 반복되는 피아노 반주를 틀어놓고서 나는 아기를 안고 천천히 집 안을 배회했다. 그러다 아기가 잠들면 그렇게 기분 좋을 수 없었다. 마치 도서관 서가에서 나만 아는 불후의 명작을 발견해 집으로 돌아가는 기분이랄까. 내가 바라고 추구해야 할 삶의 가치가 명확해졌다. 오직 아기의 잠에만 집중하고 있으면 늘 소란스럽던 내 머릿속도 잠잠해졌다. 잠든 아기를 안은 채 소파에 반쯤 눕는 자세를 취하는 것에 성공하면 그다음은 탄탄대로였다.

부동자세로 앉아 숨만 쉬기.

이건 내가 자신 있는 분야였다. 그쯤 되면 나는 아기 재우기에 타고난 사람이 아닌가 싶어진다. 아기가 자는 동안 나도 명상 같은 휴식을 취할 수 있으니 한편으론 재충전의 시간이기도 했다. 그런데 왜 아기를 보고 나면 이렇게 피곤한 걸까? 집에 돌아가면 나는 한동안 넋이 나가 누워서 숨만 쉬었다. 아기가 아니라 지구를 짊어지다 온 것 같았다. 나는 다시 양손을 모으고 육아에 헌신한 양육자들에게 진심 어린 찬송을 바쳤다.

대체 세상의 저 수많은 인간은 누가, 어떻게 기른 겁니까?

❧

아기의 모계 혈통에 잠꼬대가 심한 이모가 있어서 그런지, 아기는 나쁜 꿈을 꾸는 것처럼 자면서 얼굴을 찡그리거나 숨을 몰아쉬었다. 그럴 땐 가만히 아기를 다독여주라는 언니의 말에 나는 아기의 가슴을 토닥여주었다. 그러면 얼굴을 찌푸리던 아기가 웃었다.

한쪽 입꼬리를 당겨 씨익.

태어나 처음으로 바다를 본 산골 아이의 심정이 이럴까. 아기가 웃으면 내 가슴에 파도가 쳤다. 내 품에 안겨 트림하고, 작은 물장구 같은 방귀를 뀌고, 기저귀가 축축해졌다는 걸 알리듯 딸꾹질할 때, 나는 내가 낼 수 있는 환호성을 총동원하며 아기의 성장을 응원했다. 아기가 조금씩 목을 가눌 때의 기쁨이란! 무엇을 보든 아기는 난생처음 보는 것이었고, 그런 아기와 함께 있다 보니 나도 가뭄의 강바닥처럼 말라 있던 인류애가 샘솟았다. 생애 처음으로 거리를 오가는 행인이 다르게 보였다.

가래침을 뱉고 가는 저 인간도 한때는 누군가의 아기였겠지?

사람을 볼 때마다 그 사람을 키웠을 누군가의 돌봄이 함께 떠올랐다. 자기 자신은 볼 수 없는 등이나 뒤통수에 그 사람을 키운 '돌봄의 역사'가 함께하고 있었다. 물론 세상에는 낳아만 놓고 제대로 돌보지 않은 양육자가 많다는 걸 알고 있다. 하지만 스스로 싹틔워 물과 햇빛으로 자라나는 식물이 아니고서야 어느 인간이든 일정 기간 누군가의 보살핌을 받았을 것이다. 세상에 태어날 때부터 목을 가누는 아기는 없지 않은가. 인도의 한 남자는 태어나자마자 사방으로 일곱 걸음을 걸은 후 천상천하 유아독존이라 외쳤다지만, 아마 외치고 나서는 목을 가누지 못했을 것이다. 사람은 태어나자마자 걷는 말이나 사슴이 아니니까. 몸을 뒤집고, 허리를 세워 앉고, 무언가를 씹어 삼킬 때까지, 그 사람을 안고, 재우고, 먹이는 또 다른 사람의 돌봄이 필요하니까.

짧게나마 아기의 성장을 지켜본 나는 살아 숨 쉬는 생명이 당연하지 않다는 걸 알게 되었다. 하나하나 전부 기적이었다. 한 사람이 말하고, 움직이고, 느끼는 모든 것은 언제나 격려하고 축하해줄 일이었다. 자라면서 이룩해온 수많은 성공을 잊어버린 채 더 많이 이루라고 다그치는 건 기적의 입장에서 보면 좀 뻔뻔한 일 아닐까. 기적을 기적 취급하지 않으면 나중엔 그 기적이 자취를 감춰버릴지 모른다.

혼자선 몸을 일으키거나 목을 세울 수 없는 아기는 온전히 나에게 자기 몸을 맡겼다. 잘 쏟고, 툭하면 엎지르고, 여기저기 부딪치는 허술한 나에게 아기는 아무 의심 없이 안겨 잠들었다. 아기의 그 순전한 믿음이 나에겐 또 하나의 기적처럼 느껴졌다.

❀

안타깝게도 나의 특기가 명성을 떨치기도 전에, 내 재능은 할머니의 포대기에 밀려났다. 아기 띠를 하면 30분이 넘게 걸리던 아기의 입면 시간이 포대기를 하고 등에 업으면 10분 이내로 줄어들었다. 가만히 누워만 있던 아기는 이제 젖병을 손으로 쥐거나 엎드려 고개를 들었고, 기저귀를 갈 땐 매너 좋게 자기의 두 다리를 번쩍 들어주었다. 그런 모습을 보며 나는 아기의 주 양육자가 경험한다는 '우리 아기 천재설'에 빠지기도 했다.

그러던 중 엄마가 두려워하던 '그때'가 왔다. 누구에게나 잘 안기던 아기가 낯을 가리기 시작한 것이다. 기껏해야 "어아" 하고 불분명한 발음으로 울던 아기가 어느 순간 "엄! 아!" 하고 또렷하게 자기 뜻을 펼치며 울었다. 그럴 땐 내가 아무리 안고 달래도 울음을 그치지 않았다.

"왜 울어? 엄마 없다고 울어? 엄마 없다고 왜 울어?

그게 울 일이야?"

　나는 아기를 어르고 달래며 말했다. 그게 한창 뒤집기를 하는 아기에게 이모가 할 소린가. 더구나 그 이모란 사람은 아홉 살이 넘도록 자다가도 엄마가 없으면 세상이 떠나가게 울지 않았나.

　"내가 뭘 잘못했니? 우리 이런 사이 아니었잖아."

　나는 막 옹알이를 시작한 아기와 대화를 통한 협상을 시도했다. 우리의 협상이 파국에 이를 때쯤 외출했던 언니가 돌아왔고, 나는 아기와 단둘이선 세 시간을 넘기지 못하는 아기 울리는 사람이 되어버렸다.

　위기는 연달아 닥쳐왔다. 운동신경이 발달하고 갖가지 감각에 흥미를 보이기 시작한 아기는 이제 안아주는 것보다 놀아주는 걸 더 좋아했다.

　놀아주기.

　이건 내가 30년 넘게 살며 갈고닦지 못한 미개척 분야였다. 누군가와 노는 걸 잘 못해서 나는 나 자신과도 못 놀았다. 그래서인지 나는 잘 놀고, 잘 놀아주는 사람을 흠모하고 존경했는데, 다행히 내 주위에는 아이와 잘 놀아주는 어린 마음의 사람이 가까이 있었다. 온점은 내가 아는 사람 중에서 아이와 가장 재밌게 노는 어른이었고, 나의 엄마도 그에 못지않았다. 엄마는 내가 범

접할 수 없는 표정과 하이톤의 목소리로 아기의 관심을 끌며 한시도 지루하게 내버려두지 않았다.

아, 엄마는 나에게도 저렇게 놀아줬을까.

아기와 할머니가 재밌게 노는 걸 보면, 나는 아기도 부럽고 아기의 할머니도 부러웠다. 동요가 나오는 튤립 봉부터 꼬꼬댁 울며 움직이는 장난감, 수박 모양의 치발기까지. 무엇이든 5개월 된 아기와 놀아주는 것이라면 나는 존경의 마음이 일었다.

모유와 분유의 세계에 살던 아기는 이유식을 시작하며 미음의 맛에 눈떴고, 곧이어 육아의 신 '떡뻥'을 만났다. 쌀을 뻥튀기한 그 간식은 등장하자마자 모든 장난감을 제치고 왕좌에 올랐다. 떡뻥 하나를 쥐여주면 아기와 어른 모두 평화를 얻었기에 나도 떡뻥을 좋아했다. 어느 날엔 사과를 조금 잘라서 손에 쥐여주었더니 아기는 이좋은 걸 이제껏 당신들만 먹고 있었냐는 표정으로 사과향을 음미했다. 떡뻥과 사과의 힘을 빌려 나는 아기와 단둘이 근처 공원으로 봄나들이를 가기도 했다. 유아차를 끌고 거리를 지나면서 나는 처음으로 세상의 울퉁불퉁한 길과 높은 도로 턱을 실감했다. 여러모로 아기는 나에게 생애 최초의 시선을 갖게 해준 것이다.

개나리가 지고 철쭉꽃이 하나둘 떨어질 무렵, 아기와

아기의 엄마는 본래 살던 곳으로 떠났다. 다행히 아기는 첫 비행에 잘 적응했다고 한다. 옆자리에 앉은 다른 아기 엄마는 아기가 우는 통에 허겁지겁 기내식을 먹었는데, 언니는 여유롭게 칼질을 했다고.

집에 가서도 아기는 '난생처음'을 이어가고 있다. 난생처음 고양이 언니를 만나 자매의 정을 나누었고, 난생처음 단호박과 애호박의 맛을 탐구했다. 한 가지 문제는 서울에서 포대기를 가져가지 않아 아기가 밤에 잠을 잘 안 잔다는 것이었다.

"그러니까 떡뼹 좀 빼고 포대기를 가져가라니까."

한때 포대기로 아기의 마음을 사로잡았던 할머니가 말했다. 나는 포대기와 아기 간식을 넉넉히 담아 아기가 있는 곳으로 부쳐주었다. 아기를 위해 비워놓던 주말이 통째로 내 것이 되자 해방이란 말이 절로 나왔다. 그런데도 문득문득 아기가 떠오르는 건 어쩔 수 없었다. 아침마다 사과를 깎을 때면 사과 향을 맡으며 숨이 넘어가도록 웃던 아기가 생각났다.

그럴 땐 나도 아기처럼 사과의 냄새를 맡아본다. 그 어떤 것도 시시하거나 무덤덤하지 않게. 사과의 향 하나도 제대로 누리며 방긋방긋 웃던 아기를 떠올리며.

그들에게선 좋은 냄새가 나

어떤 기미가 느껴질 때가 있다. 빛보다는 어둠에 치우쳐 있어 가까이 가면 분명 그 어둠에 긁히고 다칠 거란 걸 알지만, 알면서도 어쩔 수 없이 끌리고 마는 야릇한 손길이나 낌새들. 손짓하는 손은 보이지 않고 모호한 소리나 냄새로만 감지되는, 좀처럼 떨쳐내기 힘든 긴장감.

내부의 핏줄이 팅 하고 건드려지는 느낌이랄까.

그럴 땐 무슨 일이 벌어질 것 같은 예감이 든다. 아홉 살 때였나, 수업이 끝나고 학교 운동장 스탠드에 앉아 있다가 날아오는 야구공에 정통으로 맞았을 때처럼. 이상하게 그날은 그런 일이 생길 것만 같았다. 탕 하고 알루미늄 배트와 맞부딪치는 야구공 소리에 끌려 나는 걸음을 멈췄고, 가까이 가면 위험할 거란 걸 알면서도 스탠

드로 향했다. 우연히도 그날은 바로 집에 가지 못하고 무언가를 기다려야 했는데, 나는 야구 경기를 구경하면서 시간을 때우리라 생각했다.

이 정도면 안전하겠지.

나는 포수의 대각선 방향으로 멀찌감치 떨어져 자리를 잡았다. 투수가 팔을 뻗어 공을 던지면 퍽 하는 소리와 함께 포수 미트에 공이 내리꽂혔다. 그 무섭고도 둔탁한 울림에 소름이 돋으며 두려움이 일었다. 그러면서도 더 자세히 공의 궤적을 보고 싶었다. 하지만 그즈음부터 시작된 난시 때문인지 눈에 보이는 사물들의 경계는 조금씩 뭉개졌고, 내 산만한 주의력은 흙먼지 날리는 운동장 풍경으로 흩어졌다. 정글짐과 교문, 신발주머니와 축구 골대. 그렇게 컷과 컷으로 옮겨 가던 나의 눈앞에 갑자기 희끄무레한 공이 나타났다. 피해야겠다고 생각했을 땐 이미 늦었다. 날아오는 공에 오른쪽 눈두덩이를 맞은 나는 얼굴을 감싼 채 허리를 숙였다. 세상이 온통 칠흑으로 변하며 얼떨떨한 통증과 함께 창피함이 온몸을 휩쓸었다.

뭐야, 꼭 만화영화 같잖아.

나는 야구공에 맞아 눈언저리가 퍼렇게 멍드는 만화 속 장면을 떠올렸다. 내 눈두덩이도 그렇게 될까? 눈 한쪽만 파랗게 되면 되게 웃기겠다. 여전히 허리를 숙이고 얼굴을 감싼 채 나는 쉽사리 믿기지 않는 현실의 불운을 비현실 속 코믹 장면으로 바꾸었다.

왠지 이럴 것 같았어. 공에 맞을 것 같았다고.

그런데도 나는 왜 이곳으로 왔을까. 공에 맞을까봐 무서웠다면 되도록 멀리 피해야 했지만, 나는 오히려 가까이 다가가 그 두려움에 얻어맞았다.

어쩌면 그게 불안을 대하는 내 방식이었는지도 모르겠다. 보글보글 끓어오르는 불안을 이기지 못해 맨손으로 뚜껑을 열어젖혔다가 기어코 살갗을 데고 마는 무모함이랄까. 그런 태도가 삶의 위험들에 가슴을 열고 도전하는 용기는 아닌 것 같다. 그보단 어떤 기미가 느껴지면 일찍부터 그 긴장감에 항복해버리는 허약함이 아닐까 한다. 좋은 쪽으로 해석하면 자기 눈으로 실체를 확인하고 싶은 호기심이지만, 잘 뜯어보면 째깍째깍 초를 재며 다가오는 두려움에 두 손을 들고 마중 나가 맞아야 할 매를 다 맞고 어서 해방되고 싶은 열외자의 심정.

달의 테두리가 주기적으로 이지러지듯 나는 정기적으로 그런 감정에 휩쓸린다. 일상의 가지런한 줄 밖으로 엉덩이를 걷어차이는 듯한 그런 순간은 대체로 소리나 냄새로 시작한다. 평소엔 습관에 둘러싸여 감지하지 못하다가 내 이성의 주파수가 지직거릴 때면 때마침 주변을 배회하던 어떤 기미와 딱 들어맞고, 기다렸다는 듯 내 세포의 돌기들이 활짝 열리며 그 불안의 낌새를 들이마시는 것이다.

❀

그렇지만 나는 냄새나 소리로 보이지 않는 세상의 진동을 감지할 만큼 예민하지 못하다. 개와 비교하면 인간의 후각은 실질적으로 없는 것이나 마찬가지라던 버지니아 울프의 말대로,˙ 소리와 냄새를 감지하는 내 능력은 인간 외 생물과는 비교할 처지가 못 되고, 같은 종과 견주어도 좀 떨어지는 편이다.

후각으로 그 공간의 지도를 그리는 듯한 개코 언니 덕분에 나는 일찍부터 내가 냄새나 맛 그리고 색에 둔감하단 걸 알았다. 가령 언니는 오랜만에 친척 집에 방문하면 그 집 냄비에 담긴 김치찌개가 얼마큼 오래됐는지, 안방의 가구 배치가 어떻게 달라졌는지 즉각 알아챘다. 색이나 형태에도 민감해서 누군가의 옷맵시를 자기도 모르게 판단하곤 했는데, 무슨 브랜드를 입었는지가 아니라 머리부터 발끝까지 색이나 선의 조화가 어떻게 맞아떨어지는지 감으로 파악했다.

"참, 눈을 어디에 둬야 할지 모르겠네."

그런 언니가 이따금 내 옷차림을 보며 말했다. 내 옷

과 신발의 어떤 부분이 언니의 신경을 건드린다는 뜻이었다. 나로서는 뭐가 문제인지 알 수 없기에 그런 식의 감각적 곤혹스러움은 언제나 예민한 사람의 몫이었다.

때로는 그 불편함이 커지면 통증이 되기도 하는 듯하다. 촘촘한 신경다발을 자극하는 불쾌한 소리나 냄새가 신체적으로 몹시 고통스럽다는 걸 나는 온점을 통해 자주 봐왔다. 한때 온점은 지상에 존재하는 온갖 먹을 것에서 다양한 비린내를 맡았는데, 곁에서 지켜보니 그런 민감함은 먹는 것과 입는 것을 넘어 가만히 앉아 숨 쉬는 것조차 어렵게 만들었다. 담아서 처리할 수 있는 용량은 작은데 커다란 깔때기 안으로 수많은 감각 정보가 끝없이 밀려드는 것이다. 아무래도 더 자극적으로 조작된 질 낮은 냄새와 맛들이 가득한 세상에선 어지간한 향은 무던히 넘기는 나 같은 사람이 생존하기 더 편한 듯하다. 하지만 그런 내게도 어떤 냄새는 강렬하게 다가와 후각 너머의 감각을 불러일으킨다. 눈에 보이지 않는 향기의 입자들이 덜거덕거리며 어떤 풍경을 이끌고 온다.

● 버지니아 울프, 『플러쉬』, 지은현 옮김, 꾸리에, 2017, 155쪽. 어느 개의 전기 형식으로 쓴 이 글에 따르면, 냄새에는 거칠거나 반듯한 형태가 있고, 시끌벅적한 소리도 있으며, 그늘진 바위에선 냄새와 함께 신맛이 난다.

두부의 맛, 두부의 풍경.

두부를 좋아하는 나는 한때 진지하게 두부를 만들어 파는 직업을 가져야겠다고 생각했다. 전국의 손두부 장인 가게를 찾아보며 그중 한 곳에서 견습생으로 두부 만드는 기술을 배워볼까 하고 구체적인 계획도 세웠다. 실제로 서울 어느 시장의 두부 가게에 전화해 일손이 필요하지 않으시냐고 묻기도 했다.

낮에는 두부를 만들고, 밤에는 글을 쓰는 삶.

시를 습작하던 시절엔 두부 특유의 질감을 비유로 썼다.

찌르시면 두부처럼 찔리겠습니다.

비록 이 비유는 시 속에서 통일감 있게 자리 잡고 있지 못하고, 공감하기도 힘들다는 평을 듣긴 했지만, 당시 나는 내 안에서 어떤 감각을 꺼낼 때면 두부가 이끄는 길을 따라가는 경우가 많았다.

노르스름한 콩을 푹 삶아 으깬 다음 불순물을 걸러내 소금물과 응고시킨 물컹한 결정체.

어느 날엔 두부를 먹다가 내가 왜 이렇게 두부에게 안온한 친밀감을 느끼는지 궁금해 엄마에게 물었다.

"엄마, 나는 왜 이렇게 두부를 좋아할까?"

내 질문에 엄마는 조금은 미안한 표정으로 아마 나를 임신했을 때 두부를 많이 먹어서 그럴지 모른다고 말했다. 한창 바쁘고 힘들 때라 쉽고 간편한 요리로 두부를 기름에 부쳐 먹었는데, 어쩌면 그래서 네가 두부를 좋아하게 된 건지 모르겠다고.

엄마의 배 속에서부터 두부를 먹었다고 하니 나와 두부의 관계가 더 깊어진 것 같았다. 내가 두부에 끌리는 건 단순한 입맛이 아닌 내 살과 피를 조직한 몸의 자양분이기 때문이었다. 그래서 어릴 때 그 두부 공장에 이끌렸던 것일까.

두부의 길, 혼자 걷는 길.

어릴 적 집에서 피아노학원으로 가는 길에 두부 공장이 있었다. 피아노학원 가는 길은 나에게 저승 가는 길과 같았는데, 피아노 선생님이 몹시 엄해서 나는 선생님 앞에서 몇 번이나 오줌을 지렸다. 그때 나를 꼼짝 못 하게 붙들었던 공포는 내가 너무 뭉툭하다는 느낌, 아무리 집중해 눌러도 나는 틀린 음계만 짚을 것 같다는 두려움이었다. 하얗고 까만 건반들은 지나치게 그 간격이 좁았고, 딱딱했으며, 나는 한 시간 내내 눈앞의 악보와 더듬거리는 손가락 사이에 낀 채 바동거려야 했다. 학원 수업이 끝나고 골목에 모여 아이들과 함께 신발 멀리 던지기를 할 땐 누구보다 목소리가 컸지만, 새까만 피아노가 떡하니 버티고 선 카펫 위에선 겁에 질려 오줌을 찔 끔거렸다. 싫으면 파업하고 집에 틀어박혀 만화영화나 보면 됐으련만, 어린 나는 학교나 학원은 반드시 개근해 야 하는 줄 알았고, 몇 년이나 그 고통의 길을 묵묵히 걸 어갔다. 그리고 그 길에 두부 공장이 있었다.

그 두부 공장은 높고 커다란 철문으로 막혀 있었다. 내가 지나갈 때면 이따금 문 앞으로 흰 작업복에 고무 장화를 신은 사람들이 오갔지만, 그곳에서 만들어지는 두부를 실제로 본 적은 없었다. 높은 철문 아래로 뜨거 운 김이 피어오르는 물이 흘러나왔고, 공장 가까이 가 면 시큼하면서도 눅진한 냄새가 났다. 그리고 그 너머에 서 느껴지는 무언가 뜨겁게 끓고 있는 기미.

어느 날 오후, 나는 평소처럼 신발을 끌며 그곳을 지 나다 두부 공장 앞에 병원 구급차가 서 있는 것을 보았 다. 공장의 문은 열려 있었고, 주변에 사람들이 모여 있 었는데, 나는 처음으로 공장 안을 볼 수 있겠다는 기대 에 어른들을 헤치고 문 앞까지 갔다. 어두침침하고 습한 건물 안쪽에서 구급대원들이 들것을 들고나오는 게 보 였다. 들것 위에는 사람이 누운 모양대로 흰 천이 덮여 있었다. 눈이 부실 정도로 새하얀 천. 그 천에서 차갑고 싸한 냉기가 뿜어져 나와 내 뺨을 할퀴는 듯했다. 그때 뒤에서 누군가 말하는 소리가 들렸다.

"약 먹고 그런 거야?"

그 순간, 나는 생애 처음으로 내가 죽은 사람을 보고 있다는 걸 깨달았다. 천에 덮여 얼굴은 보이지 않았지만, 덜컹거리며 들것이 움직일 때 혹시라도 천이 흘러내려 그 사람의 모습이 보이면 어쩌나 겁이 났다. 서서 그 모습을 구경하는 게 잘못된 일이라는 생각이 스쳤다. 나는 응급차에 들것이 실리는 걸 끝까지 보지 못한 채 몸을 돌려 공장에서 멀어졌다. 혼자 길을 건너 학원으로 가면서 나는 조금 전 내가 본 그 광경을 결코 잊지 못할 거라는 생각이 들었다. 오랜 시간이 흐른 후에도 나는 이 순간을 떠올릴 거라고, 그런 어렴풋한 예감이 가슴에 새겨졌다. 어쩌면 잊지 않을 거라는 다짐이었는지도 모르겠다. 내가 매일 지나치던 두부 공장과 그곳에서 풍기던 냄새, 뜨거운 김과 노란 플라스틱 상자들 그리고 흰 천에 덮인 이름 모를 그 사람. 천 끝으로 나온 그 사람의 맨발.

❦

내가 처음 유리잔에 소주를 가득 부어 꿀꺽꿀꺽 마셨을 때, 마신 다음 방바닥에 엎드려 친구에게 나 좀 밟아달라고 했을 때, 나는 세상의 어둠이 내가 예감하는 것보다 훨씬 더 세고 강력한 주먹을 가졌다는 걸 알았다. 냄새나 소리로 감지하기엔 그 힘은 무지막지하고 급작스러워서 친절한 예고 따윈 건네지 않는 것이다.

다정한 선생님,

웃을 때 앞니에 씌운 금색 보철물이 반짝이던 까만 수염의 남자 선생님.

나는 성인 남자의 웃음을 생각하면 언제나 '홍'이 떠오른다. 코털이 비죽 튀어나온 정돈되지 않은 얼굴로 한여름만 빼고는 1년 내내 검은 가죽점퍼를 단벌로 입고 다니던 교회 선생님. 움직일 때마다 찌걱거리는 소리를 내던 그 가죽점퍼의 냄새. 옷 속의 피부나 살결엔 그보다 더 짙은 내음이 숨겨져 있을 것 같은, 어딘가 쿰쿰한 기운이 서려 있는 듯한 가죽의 질감. 아무리 이를 내보이며 웃어도 도무지 걷히지 않는, 얼굴에 드리운 그림자.

나와 친구들은 그 선생님을 '홍'이라고 불렀다.

매주 토요일 오후, 교회의 학생회 예배를 드리던 우리는 전도사님을 '도사님'으로 부르고, 같이 성경 공부를 하는 선생님들을 '윤'이나 '홍'으로 불렀다. 윤은 윤 씨 성을 가진 선생님, 홍은 홍 씨 선생님이었다. 그렇게 별명을 지어 부르는 게 10대의 우리가 친근감을 표현하는 방식이었다.

홍은 수염을 잘 깎지 않았고, 이따금 말할 때 은단을 씹은 냄새가 났으며, 우리를 부를 때 이름의 끝 자만 불렀다. 영— 경— 혜— 그런 식으로. 촌스럽고도 느끼한 목소리에 우리가 질색하면 홍은 빛바랜 금색 이를 보이며 끼익끼익 웃었다. 정말 웃을 때 그런 소리가 났다. 낡은 문의 경첩이 삐걱거리는 것처럼, 갈매기가 날며 끼룩거리는 것처럼, 홍은 웃을 때 기묘한 소리를 냈다. 홍은 우리가 아무리 놀려도, 성경 공부 시간에 아무리 짓궂은 장난을 쳐도 우리를 혼내거나 얼굴을 찌푸리지 않았다. 끼룩끼룩, 끼이익, 웃기만 했다.

홍과 윤과 도사님과 함께 갔던 열네 살의 여름 성경학교.

막 중학생이 된 나는 친구들을 따라 교회의 여름 캠프에 따라나섰다. 낮에는 서해의 갯벌에서 진흙을 묻히며 놀고, 밤이면 모닥불 앞에 둘러앉아 각자 양손에 촛불을 들고 서울에 있는 엄마 아빠를 떠올리며 울었다. 크고 무거운 나무 십자가를 들고 달리기 경주를 하거나 냄비에 밥을 지어 먹기도 했다. 여름 캠핑의 그런 단체 일과가 나에게는 조금 김빠지면서도 버거운 것이었는데, 그런데도 그 캠프에 따라나섰던 건 어쩌면 그곳에서 중요한 비밀을 알 수 있을지 모른다고 생각했기 때문이었다. 가령 '내 머리카락을 한 올 한 올 세실 만큼 나를 사랑하시는 하느님' '이 세상에 나 한 사람밖에 없어도 십자가에 매달리셨을 거라는 예수님', 그런 말에 담긴 비밀을, 한순간 나의 어떤 곳을 꿰뚫는 듯한 확신에 찬 그 사랑을 캠프에서 알 수 있을 거라 기대했다.

그런데 무슨 이유에선지, 캠프의 첫날 밤 무렵부터 나는 친구들에게 따돌림을 당했다. 아이들이 무리 지어 나를 놀리거나 괴롭힌 것은 아니었다. 단지 밤에 잘 때 누가 누구의 옆에서 자는지 결정하는 중요한 얘기에 나를 쏙 빼놓은 것이었는데, 불과 몇 시간 전까지 같이 설거지하며 장난치던 친구들이 그렇게 선을 그으며 돌아서자 나는 당황스럽고 무서웠다. 나도 끼워줘, 나도 그쪽에서 잘래. 그렇게 넉살 좋게 말했으면 별일 아니었을지 모르지만, 나는 불시에 선 밖으로 내쫓긴 듯한 소외감에 아무 말도 못 하고 혼자 밖으로 나갔다. 내 주변의 모든 문이 동시에 닫히는 느낌이었다. 저물녘 바닷가 쪽에서 짠바람이 불어왔고, 나는 수돗가에 쪼그려 앉아 이를 닦았다. 남은 캠프의 시간을 어떻게 보내야 할지 눈앞이 캄캄했다. 그때 어느 사이엔가 홍이 내 곁에 다가와 있었다.

"영, 혼자 뭐 해?"

홍이 물었지만 나는 대답하지 않고서 고개를 숙인 채 이를 닦고 어푸어푸 세수까지 했다. 홍은 말하지 않아도 내 막막한 심정을 알아챈 것 같았다. 내가 왜 혼자 있는지, 친구들과 무슨 문제가 있는지 홍은 그런 것을 묻지 않았다. 다만 갈매기처럼, 낡은 경첩처럼, 작게 웃으며 내 옆에 쪼그리고 앉아 나를 보았다. 동물적이고 본능적인 다정함. 무리해 다가서지 않고 최대한 몸을 작게 한 다음 내 표정을 가만히 살피던 얼굴. 새치가 난 그 머리카락과 금색 이빨. 우리의 등 뒤로 해가 저물었고 금세 주변이 캄캄해졌다. 나는 홍이 외떨어져 있는 내 모습을 보는 게 싫고 창피했다. 하지만 내 곁에 아무도 없을 때 홍이 다가와 같이 있어준 그 순간을 내가 평생 기억하리라는 걸 알았다.

시간이 흐르고 몇 년 후, 나는 여전히 띄엄띄엄 예배에 참석했지만, 어느 순간부터 홍은 교회에 모습을 보이지 않았다. 그러다 어느 날 친구로부터 홍의 소식을 들었다. 부모님이 교회의 집사인 그 친구는 홍이 죽었다고 했다. 며칠 전 홍의 장례식이 끝났고, 자신도 뒤늦게서야 알았다고. 교회 어른들은 홍의 죽음을 비밀에 부치며 우리에게 알리지 않았다. 어째서? 홍은 우리의 선생님인데. 우리의 갈매기, 경첩, 바보 웃음인데. 홍은 스스로 눈을 감았고 그게 우리가 홍에게 작별 인사를 할 수 없었던 이유라고 했다.

나는 친구들과 불을 끄고 기도했다. 홍을 위해. 우리

는 마치 전화로 통화하듯 한 명씩 돌아가며 홍을 잘 부탁한다고 신에게 말했다. 화가 났지만 누구에게 화를 내야 할지 몰랐다. 나는 흠씬 두들겨 맞고 싶은 심정이었다. 우리는 냉장고에서 소주를 꺼내 마셨다. 찬 알코올이 날카롭게 입안을 찢으며 목구멍을 타고 내려가 가슴에 불을 지폈다.

"나는 금이 간 영혼을 사랑해."

어째서지?

"잘 몰라. 하지만 어쨌든 그들에게선 좋은 냄새가 나." •

한참 후, 그러니까 내가 이전처럼 홍의 웃음이나 그의 가죽점퍼를 떠올리지 않게 되었을 때, 하지만 세상의 무수한 책들에서, 시와 소설에서, 홍의 기억을 잡아당기는 느낌을 마주칠 때, 나는 어느 시구절을 읽으며 다시 홍을 생각했다. 내가 맡은 홍의 냄새와 홍이 내게서 맡았을지 모를 냄새를 그려보았다. 눈에 보이지 않지만, 보이지 않기에 글로 쓸 수 있는 기미와 낌새와 진동들. 어쩌면 세상의 보이지 않는 것들과 나를 연결해주는 것은 그렇게 이지러진 어둠에서 나오는 어렴풋한 파동인지도 모른다. 그리고 나는 그 냄새가 묻은 몸으로, 그 소리에 떨린다. 손으로 만지면 손끝에 냄새가 남아 있다.

찬 바람이 시작되던 어느 늦가을날, 나는 일주일에 두세 번 오가는 도서관 길목에서 갈색 풀을 보았다. 높다란 옹벽 앞으로 어지럽게 풀들이 자라 있는 그곳에서 옅은 모래색 식물이 바람결에 향기를 뿜었다. 손을 뻗어 줄기 끝을 만져보니 손에서 새로 뜯은 빨랫비누 냄새가 났다. 나는 끄트머리를 조금만 잘라 집까지 고이 가져왔고, 온점에게 보여주었다. 온점은 한참이나 인터넷을 찾아본 후 그 풀이름을 알아냈다. 내가 본 것이 '개똥쑥'이라는 식물의 겨울 씨방이란 걸 알려주었다. 그날 저녁 우리는 그 풀에 매료된 어떤 사람의 이야기를 읽으며 같이 웃었다.

　　이 글은 그 웃음에서 시작된 글이지만, 무슨 일인지 나는 글을 쓰는 내내 웃지 못하고 그 풀이 놓인 탁자 주변을 천천히 서성였다.

• 　김정란, 「나비의 꿈」, 『다시 시작하는 나비』, 문학과지성사, 1989.

개똥쑥이라는 풀이름과
그 풀의 겨울 냄새

교훈 듣기 딱 좋은 나이

어떻게 살아야 할지 몰라 헤매던 시절이 있었다. 몸은 일하느라 밤마다 근육통에 시달렸고 마음은 마음대로 넋 놓고 보기만 하는 이삿짐처럼 무겁고 어수선했다. 오래 사귄 온점과는 사소한 일로 다투었고, 일하는 곳에서 점심 식사로 받는 김밥을 한 줄 더 챙겨 저녁으로 먹을 만큼 생활이 곤궁했다. 30대 초반에서 중반으로 넘어갈 그 무렵, 나는 나보다 나이가 많은 사람을 만나면 절박한 심정으로 물었다.

"어떻게 살아야 하나요. 전 정말 어떻게 살아야 할지 모르겠어요."

직접적인 내 질문에 나의 할아버지는 이렇게 답했다.

"다 타고난 팔자대로 사는 거야."

할아버지는 어떻게 살고 싶다는 의지보다 주어진 환경과 타고난 습성이 더 중요하다고 말했다. 세상에 못살고 싶은 사람이 어디 있겠느냐고, 다 최선을 다해 자기만의 제일 좋은 방법으로 살아도 결과가 안 좋을 수 있는 거라고 했다. 할아버지는 날마다 술을 마시는 누구, 돈으로 속 썩이는 누구와 누구를 말하며 그들도 주어진 팔자대로 사는 것뿐 그 사람을 탓할 것도, 원망할 것도 없다고 했다. 마치 내 안의 원망과 남 탓을 알기라도 하듯이.

몇 년 후 할아버지는 대장 질환을 앓다 돌아가셨다. 혼자 남은 할머니는 시간이 꽤 흐른 지금까지도 할아버지의 운명에 관해 풀리지 않는 의문을 품었다.

"명은 길게 타고났는데, 왜 더 오래 못 살았나, 나는 아직도 그게 이상해."

할머니가 할아버지의 긴 수명을 점친 근거는 할아버지의 큰 귓바퀴와 도톰한 귓불이었다. 그렇게 잘생긴 귀를 가졌으니 할머니는 할아버지가 장수하실 거라 믿었다. 복스러운 귀가 있으니, 귀 덕분에라도, 몇 년 더 살줄 알았는데……. 할아버지가 좋아하던 홍시와 할아버지가 쓰던 돋보기, 빳빳한 만 원짜리 지폐를 앞에 둔 할아버지의 사진 액자를 할머니는 의문스럽게 바라보았다. 나는 사진 속 할아버지의 커다란 귀를 보며 내 귓바

귀를 만지작거렸다. 어려서부터 나는 할아버지의 귀를 닮았다는 말을 자주 들었다. 그래서 나는 얼마 전부터 장에 좋다는 유산균을 챙겨 먹는다. 이게 어떤 근거와 논리로 도달한 결론인지는 굳이 설명하지 않으련다. 다만 나는 '타고난'이란 말을 들을 때나 올해의 운세 같은 걸 볼 때면 할아버지에게 묻고 싶어진다. 할아버지, 자기의 운명은 어떻게 알아요? 왜 그런 운명을 타고나는 거예요?

❦

교훈 앞으로의 행동이나 생활에 지침이 될 만한 것을 가르침. 또는 그런 가르침.

서른을 훌쩍 넘기고 나서야 나는 절실히 교훈이 필요한 사람이 되었다. 어떻게 살아야 하는지 알고 싶어 책을 읽기 시작했다. 소설을 쓰는 사람이니 책을 보는 게 익숙하고 어릴 때부터 독서를 좋아했을 거라 생각하기 쉽지만, 나는 책을 좋아하는 어린이가 아니었다. 나는 만화영화와 초콜릿이 잔뜩 묻은 과자 그리고 탄산음료를 사 먹을 수 있는 500원짜리 동전을 좋아하는 어린이였다. 그런 나에게 책을 좋아하는 아이는 신비에 가까웠다. 과학이 재밌어서 집에서 혼자 과학상자를 조립한다던 초등학교 2학년 때 친구 수영이처럼. 나는 과학은 물론이고 학교에서 배우는 과목들을 일정 부분 싫어했으며 음악, 체육, 미술 같은 예체능에도 흥미가 없었다. 뭐랄까. 힘에 부쳤다. 배우는 게 싫었던 건 아닌데 교과별로 나뉜 학습 단계와 성취도를 평가하는 시험이 버거웠다. 특히나 권장도서에 나오는 그럴듯한 말은 좀처럼 내게 와닿지 않았다.

가령 『어린 왕자』의 이런 구절.

'사막이 아름다운 건 어딘가에 우물을 감추고 있기 때문이야.'

어린 나에게는 그런 말들이 얄팍한 속임수처럼 느껴졌다. 여우와 어린 왕자가 '관계'를 맺어가는 부분을 읽을 때 사방이 핑크빛 꽃무늬로 둘러싸인 좁은 방에 갇힌 것처럼 갑갑하고 못마땅했다. 물론 나 역시 어린 왕자의 금빛 목도리나 지구별 여행을 좋아했고, 집 안의 장롱을 뒤져 왕자가 입었을 법한 나풀거리는 흰 셔츠를 입고서 왕자를 흉내 냈다. 하지만 그건 어디까지나 책의 내용보다 부산물들에 끌린 나 혼자만의 놀이였다. 꼭 책이 아니라 만화나 티브이 속 한 장면으로도 활활 타오를 수 있는 몽상의 도화선. 나에게 책은 어떤 정서에 마음 놓고 잠길 수 있는 깊은 우물이 되기도 했지만, 그 비밀의 우물을 발견하기까지 건너야 하는 사막이 길고 지루했다. 더구나 어른들이 우물이라고 강조 표시해놓은 구절은 내게 교훈이 되기는커녕 반발심을 불러일으켰다. 학년별 장기자랑 시간에 몸에 딱 붙는 체조복을 입고 운동장에 서서 단체로 훌라후프를 하는 것처럼. 나를 위한 거라 말하지만 하면 할수록 나를 더 우스꽝스럽게 만드는 수많은 교육과정 중 하나 같았다. 나는 왕자에게 관계를 가르치는 여우보다 술을 마시는 게 부끄러워 술을 마신다는 술꾼의 이야기에 더 끌렸다.

작가 루시 모드 몽고메리는 어린 시절 인쇄되어 나온 글자들에 대한 신뢰가 깊어 신문에서 '지옥이 멀지 않았다'라는 글을 읽고 심한 공포에 떨었다고 한다. 앞에서도 말했지만, 나는 글 읽기를 좋아한 『빨간 머리 앤』의 작가와는 거리가 먼 어린이였다. 그런 내가 언뜻 봐도 책을 무진장 좋아하는 사람이 갈 것 같은 문예창작학과에 들어가 대학 4년도 모자라 대학원 4년까지 보낸 것은 내가 생각해도 잘 이어지지 않는 이야기 전개다. 나는 슬픔이나 우울, 떨림 같은 내 안의 정서를 확인받고 부풀리기 위해 문학의 일부를 탐닉했던 것 같다. 문학이나 철학의 특정 면에 좁게 끌렸을 뿐 책의 넓고도 다양한 효용성에는 오랫동안 무지했다. 문학은 세상을 모방하고, 내면을 표현하며, 때론 언어적 형상이나 뉘앙스 자체만으로도 충분한 존재 이유가 있지만, 누군가에게 가치있는 생각을 불어넣는 교훈의 역할을 할 수 있다는 건미처 몰랐다. 세상에 누가 교훈을 얻으려고 책을 읽나.

내가…… 읽었다…….

서른넷의 여름, 나는 번화가 귀퉁이의 한 과일주스 노점에서 일하며 자서전과 평전에서 삶의 지침이 될 만한구절들을 찾았다. 실제 사람과 마주 앉아 어떻게 살아야 하느냐고 묻는 것보다 그편이 더 쉽고 자세했다. 만나서 물어볼 사람이 많지도 않았고, 또 누군가에게는그런 질문이 실례가 될 수도 있다는 걸 알아서였다. 자서전이나 평전을 읽으면 그 사람을 직접 만나지 않고도각양각색의 인생을 살필 수 있었다. 무엇보다 실존했던누군가의 삶이 시작과 끝을 가진 글로 정리되어 있다는게 좋았다. 누구나 한 번 태어나 온갖 희로애락을 겪다가 결국 단 한 번 죽는다. 이 단순하고도 명확한 생사의연결선을 자신만의 파동으로 그려나간 사람들의 글을읽으며, 나는 숨은그림찾기에서 양말이나 숟가락을 찾듯 그들과 나의 공통점을 찾았다.

그 시절 냉동 딸기와 얼음을 갈아 주스를 만드는 내실력은 형편없었고, 번듯한 카페가 있는 거리에 가판대를 놓고 주변 시세보다 싼값으로 주스를 팔아 돈을 벌겠다는 내 고용주의 포부는 나날이 실패를 맛보았다. 점심 시간 전후로 반짝, 모험심 많은 소수의 손님이 왔다 가면 나는 차양 아래 의자를 놓고 앉아 18세기 유럽에 살았던 사기꾼의 자서전을 읽었다. 갖가지 속임수와 거짓말로 사람들을 농간하며 도망 다닌 카사노바의 회고록을 읽다니. 책에서 교훈을 얻겠다는 내 목표가 타고난 습성에 끌려 또 방향을 잘못 튼 것이다. 귀족에게 환심을 얻으려고 끝도 없이 부풀린 오락용 허세에서 어떻게 사는 방법의 가르침을 얻을 수 있겠나.

물론 나는 스티브 잡스나 니콜라 테슬라, 워런 버핏의 평전을 읽기도 했다. 예술가나 철학자가 아닌 다른 직업군의 사람이 어떻게 살아가는지 몰랐기에 그들의 일대기도 흥미로웠다. 잡스의 평전을 읽을 땐 작가 월터 아이작슨의 문장과 구성을 보며 평전 읽는 기쁨을 알게 되었고, 우울증에서 벗어나기 위해 자기 몸에 진동 코일을 연결해 전기충격요법을 감행했던 테슬라의 기행은 어느 소설 속 인물보다 인상 깊었다. 900페이지 분량의 책 두 권이 세트로 묶인 워런 버핏의 평전을 읽을 땐 편집증과 사회적 성공의 상관관계를 어렴풋하게 알 수 있었다.

나의 교훈 찾기는 동물학자 시턴이 그린 늑대 발자국에서 생물학자 다윈의 장수풍뎅이 채집으로 옮겨 갔다. 여성 인권 운동가 에멀라인 팽크허스트의 불붙는 듯한 행동력은 미국의 연방 대법관 루스 베이더 긴즈버그의 꼿꼿한 말과 품격으로 이어졌다. 그렇게 다른 이의 삶의 궤적을 따라가는 동안 나는 기차 터미널에서 즉석 김밥을 만들고, 돈가스 가게에서 설거지하고, 공공근로자 자격으로 컴퓨터가 놓인 책상에 앉아 수백 곳의 인터넷 신문사에 전화를 돌렸다. 바깥 공기가 통하는 곳이라곤 복도 끝 탕비실의 반개폐 여닫이창밖에 없는 건물에서 나는 내가 품었던 질문이 바뀌고 있음을 느꼈다.

어떻게 살아야 하나가 아니라 왜 살아야 하나.

사는 방법을 알게 해주리라 기대했던 책들을 읽을수록 불확실한 내 현실만 확인했다. 내가 몸담은 곳이나 하는 일이 싫어서 그런 건 아니었다. 김밥을 말 땐 세상이 온통 참기름 바른 김처럼 보일 만큼 몰입해 일했고, 전화 업무를 할 땐 상대의 심기를 건드리지 않는 선에서 필요한 정보를 전하고 끊는 능력을 열심히 키웠다. 하지만 어느 곳에서든 나는 임시로 그곳에 머물 뿐 그 일을 지속할 수 없을 것 같다는 불안감이 들었다. 그 임시 거처에서도 나는 일정 수준 이상으로 잘 해내고 싶은 욕심에 무리해 일했고, 나중에는 제풀에 지쳐 나가떨어졌다. 멀리 나가도 되돌아올 수 있는 구심점이 필요해 책을 읽었으나 책 속의 위인들은 내가 닮은 점을 찾아내기에는 지나치게 특별하거나 비범했다. 그러던 어느 날 나는 대학 시절 읽었던 니체의 『반시대적 고찰』을 다시 보다가 나를 설명하는 듯한 구절을 발견했다.

'위대한 것을 이룰 능력이 없는 위대한 것의 애호가.'

그게 바로 나였다.

❀

타고난 운명대로 사는 거라는 할아버지의 말을 들었을 때 나는 그런 게 어디 있느냐고 난색을 했다. 만약 그런 게 있다면 그 운명은 누가, 어떻게 정하는 거냐고 따져 물었다. 질문하는 사람의 태도로 그다지 바람직한 자세는 아니었지만, 그때 나는 설명하기 어려워하는 할아버지의 표정에 조금은 이긴 사람의 기분을 느꼈던 것 같다.

평생 공사장 인부로 일했던 나의 할아버지는 앉아서 책 보고 끄적이는 걸 좋아해 곁에 노트와 펜을 두고 살았다. 책을 읽다 메모한 글귀나 티브이에 나온 유용한 정보를 써놓은 할아버지의 수첩은 지금의 나에게 전해져 이따금 내 소설의 일부가 되기도 한다. 할아버지는 주어진 환경을 바꾸고 자기의 본래 성향을 직업으로 발현하며 살지 못했다. 노인이 될 때까지 동트기 전에 일어나 어두운 길을 걸어 무거운 짐을 져야 하는 일터로 갔다. 할아버지는 자신이 원하는 '공부하는 사람'으로 살진 못했지만, 머리가 좋고 성실해 혼자서 건축 설계도 보는 법을 익혔고, 거래처들과의 신뢰도 두터워 현장에 없어선 안 될 사람이 되었다. 그러니 어쩌면 타고난 팔자라는 말은 할아버지가 퉁퉁 부은 자기의 팔다리를 주무르며 혼자 되뇐 말이었을지 몰랐다. 다른 이를 원망하거나 자기 비하에 빠지지 않기 위한 할아버지 자신의 교훈. "신을 웃기는" 대신, 신이 가만히 지켜보다 가시밭의 가시들을 떨궈주고 싶게 만드는 인간의 태도라고 할까.

피아니스트 마르타 아르헤리치의 평전을 읽을 때 나는 암 때문에 체중이 급격하게 줄었던 할아버지의 마지막 모습이 떠올랐다. 다 운명대로 살다 가는 거라는 할아버지의 말이 체념이 아닌 세상과 자신을 위한 단단한 농담이 아니었을까 생각했다.

아르헤리치는 암이 재발해 병원으로 가면서 이런 말을 했다고 한다.

"신을 웃기는 법을 알아? 인간이 계획이 있다고 말하는 거래."

때론 신이 눈물을 흘리며 가여워할 것 같은 극심한 고난에 빠진 이들도 있다. 자서전이나 평전을 읽다 보면 누구에게나 불행의 얼음덩어리가 우박처럼 떨어지는 순간이 있기 마련인데, 그 혹독한 기후 속에서도 다른 이를 돕는 놀라운 심성의 사람이 있다. 과학자 마리 퀴리가 내게는 그런 사람이었다.

딸 이브 퀴리가 쓴 마리 퀴리의 전기를 읽으며 나는 다른 차원의 교훈을 배웠다. 현실을 가리는 마취제 같은 미사여구도 아니고, 건전한 시민 양성을 위한 훈육의 도구도 아닌, 그 삶을 따라가다 보면 자연스럽게 느껴지는 그 사람의 향기랄까. 한 사람의 빛나는 이상이 그 삶을 글로 읽는 나의 마음과 태도까지 높아지게 했다. 우주의 별자리, 천구의 지도 같은 교훈이었다. 자신의 만족을 넘어 세상에 보탬이 되는 가치를 위해 끊임없이 탁월함을 갈고닦은 사람은 그 사람이 이룬 것이 무엇이든 우러러보고 따라 하고 싶게 만들었다. 살아오는 동안 당신의 영웅은 누구였습니까, 라는 질문에 "어머니, 마리 퀴리, 그리고 미지의 모든 여성"이라고 답한 아르헤리치의 말처럼, 어떤 이의 삶은 모방하고 표현하고 싶게 만드는 하나의 예술 작품이었다.

아르헤리치의 평전을 읽은 후 나는 피아니스트에게 영웅이 된 마리 퀴리가 어떤 사람인지 궁금해 퀴리의 전기를 찾아 읽었다. "좀 재미있지만 지나치게 우스꽝스럽지는 않은 할머니"가 되고 싶다는 아르헤리치의 말을 옮겨 적으며 나도 그런 할머니가 되기를 꿈꿨다. 내가 읽은 책을 글로 정리해 공유해야겠다고 생각한 건 그들의 교훈을 내가 별다른 대가 없이 받았기 때문이었다. 책을 읽느라 내가 들인 수고는 그들이 건넌 사막과 비교하면 물 한 컵으로 사라질 갈증이었다. 책을 발췌하고 그것에 덧붙여 독후감을 쓰려면 얕게라도 해당 인물이 살았던 시대를 알아야 했다. 그렇게 조사와 또 다른 독서로 이어지는 과정을 몇 번 거치자 내가 던진 질문의 답이 자연스럽게 나타났다.

나는 어떻게 살아야 할까.

어떻게 살긴, 지금처럼 책 읽고 글 쓰며 사는 거지.

❦

나의 교훈 찾기에는 부작용도 따른다. '이 책이 주는 교훈을 찾으시오' 같은 시험문제에 질색하던 내가 이제는 배우고 본받고 싶은 면이 보이지 않는 책은 점점 읽기가 힘들다. 책을 넘어 드라마나 영화를 볼 때도 나는 세상을 살아갈 바른 기준이 필요한 어린 마음이 된다. 속임수나 술수를 써서 상대를 무너뜨리고, 미움과 복수가 원동력이 되어 부와 명성을 좇는 이야기에 예전처럼 흥미를 느끼지 못한다. 불륜과 마약, 독선과 폭력으로 쌓아가는 극적 구성에 마음이 긁히고 악몽을 꾼다. 어느 소설이든 불행하게 끝나는 내용만 아니면 다 좋으니 소설의 결말을 불행하게 쓰지 못하게 하는 법이 있으면 좋겠다고 한, 노년의 찰스 다윈을 독자로서 이해할 수 있을 것 같다.

　이렇게 나는 조금씩 안전하고 행복한 이야기로 기우는 걸까. 그러다 나중에는 핑크빛 꽃무늬로 가득 찬 좁은 방에 사람을 몰아넣는 글을 쓰게 될까. 책 속의 그럴듯한 말을 싫어했던 어린 시절의 나처럼, 누군가는 내 글을 읽고 교훈이 아닌 훈계를 듣는 기분을 느낄까.

　다만 나는 '지옥이 멀지 않았다'라고 쓰는 대신 이 지옥에서도 살아갈 방법을 찾아보자고 쓰고 싶다. 인쇄된 활자를 깊이 신뢰한 루시 모드 몽고메리 같은 조숙한 아이를 위해. 관 속에 누운 어머니를 본 어린 시절의 기억을 글로 쓴 그 작가처럼, 시간이 흘러도 생생한 슬픔을 홀로 견뎌야 하는 누군가를 위해. 읽는 사람보다 쓰는 사람이 먼저 다치는 어둠의 나락에 내가 빠지지 않았으면 좋겠다. 내 마음이 지옥이면 나와 연결된 온점의 마음도 그럴 테니까. 온점과 연결된 다른 사람의 삶도 같이 절망에 빠질 테니까. 사람은 누구나 자신이 길들인 것에 대한 책임이 있다는 책 속의 말을 나는 이제야 알기 시작했다.

고백하자면, 나는 이따금 잠들기 전 『어린 왕자』의 오디오북을 듣는다. 여우가 어린 왕자에게 설렘과 길들임, 책임과 보호에 관해 말하는 장면을 반복해 들으며 마음에 새긴다.

　교훈 듣기 딱 좋은 나이, 지금 내가 그렇다.

맛존감이 높으십니까?

자신을 존중하고 사랑하는 마음을 자존감이라 한다면, 자신의 입맛을 존중하는 마음을 맛존감이라고 할 수 있을까? 물론 세상에는 아직 맛존감이란 말이 없다. 예민한 미각으로 음식의 맛을 즐기거나 때마다 요리를 해 먹는 타입이 아닌 내가 먹는 것에 관한 글을 쓰려다 보니 세상에 없는 신조어를 만들게 되었다. 이왕에 만든 말이니 좀 더 설명해보자면, 자존감의 높낮이가 타인의 평가가 아닌 내부의 만족감으로 결정되듯, 맛존감 역시 자기가 느끼는 맛의 가치가 중요하다. 다른 사람이 뭐라 하든 자기의 맛봉오리에 닿는 맛을 가장 우선순위로 삼는 마음, 그것이 맛존감이다.

내가 아는 한 친구는 시나몬을 좋아해 온갖 음식에

시나몬 가루를 뿌려 먹는다. 흔히 시나몬이 어울린다고 여겨지는 커피나 와플 외에도 아이스크림과 과일, 심지어 소불고기 볶음에도 시나몬 가루를 뿌려 먹고, 그래도 성이 차지 않으면 아예 숟가락으로 떠 입에 털어 넣는다. 콧속에 퍼지는 시나몬 향에 몹시 행복해하는 친구를 보면 그 향을 좋아하지 않는 나도 같이 즐거워진다. 친구는 사람들의 시선에 아랑곳하지 않고 꿋꿋하게 자기 취향대로 먹는 높은 맛존감의 소유자다. 안타까운 점은 자존감이 높으면 타인과의 건강한 관계 형성에 도움을 주지만, 높은 맛존감은 사회관계에 그다지 도움이 되지 않고 오히려 불리하게 작용할 때가 많다는 것이다. 맛존감이 높을수록 다른 이와 나눌 수 있는 맛이 줄어들어 결국 혼자만의 식탁을 따로 차리게 된달까.

❧

내가 아는 사람 중 가장 맛존감이 높은 사람을 꼽으라면, 단연 제완 씨다. 제완 씨는 평생 청국장을 즐겼다. 봄에는 봄나물, 여름에는 냉면, 겨울엔 뜨끈한 동태찌개로 이어지는 제철 음식을 마다하고 일 년 내내 청국장을 먹었다. 제완 씨의 아내는 피자가 흔치 않던 시절부터 동네 계 모임을 해도 모차렐라 치즈가 듬뿍 올려진 피자를 먹으면서 하는 타입이라 남편의 그런 식성에 진저리쳤다. 물론 제완 씨는 자기가 먹을 청국장을 1인용 뚝배기에 직접 끓였고, 질 좋은 재료를 엄선해 간이 세지 않게 만들었기에 다른 사람이 먹어도 좋을 건강식이었다. 그러나 음식의 특성상 한번 요리하면 그 냄새가 온 집 안에 퍼질 수밖에 없었으니 그의 맛존감은 같이 사는 동거인에겐 곤욕이 아닐 수 없었다.

제완 씨는 직접 간을 맞춘 나박김치와 청국장을 놓고 막걸리를 즐겼다. 막걸리의 취향도 일관돼서 오직 '서울 장수 생막걸리'만 마셨다. 제완 씨의 손주들은 종종 할아버지의 막걸리 심부름을 다녔는데, 슈퍼에서 막걸리를 고를 땐 반드시 제조 일자가 가장 최근인 것을 골라야 했다. 수십 년간 같은 브랜드의 막걸리를 마셔온 덕분에 제완 씨는 뚜껑을 딸 때 나는 탄산 소리만 들어도 내용물의 신선도를 판가름할 수 있었다. 집에서 가까운 가게에 막걸리가 입고되는 시간을 꿰고 있었으며, 이따금 호텔 뷔페나 중식집에서 외식할 때도 술 마실 배는 따로 남겨놓고서 집에 돌아와 소화제를 먹듯 막걸리 한 잔을 들이켰다. 특별한 기념일엔 사람들과 모여 인삼주나 위스키로 입가심할 때도 있었지만, 그가 가장 행복해 보이는 순간은 그의 전용 막걸리 잔에 갓 입고된 막걸리를 채워 쭉 들이켤 때였다.

청국장과 막걸리라니, 떠올리기만 해도 코끝을 찌르는 진한 냄새가 풍겨오는 것 같다. 하지만 극소수의 메뉴를 반복해 먹는 깐깐한 성격답게 제완 씨는 수시로 손을 닦고 양치질했기에 그에게서 시큼털털한 냄새 같은 건 나지 않았다. 깔끔한 성미의 제완 씨가 그토록 막걸리를 마셨던 이유는 그 음료가 그의 속을 가장 편하게 해주기 때문이었다. 반평생 위장약을 먹어온 제완 씨가 속을 편하게 하자면 술은 안 마셔야 했지만, 작은 일에도 쉬이 불안을 느끼는 예민한 성격과 오래전의 사소한 일까지 생생히 떠올리는 뛰어난 기억력 때문에 미량이라도 알코올의 도움을 받지 않으면 제완 씨는 좀처럼 환하게 웃는 마음을 낼 수 없었다. 백내장 수술로 그 좋아하던 막걸리를 몇 달간 끊던 무렵에는 막걸리와 함께 웃음을 잃었고, 보다 못한 그의 자식들이 의사에게 가서 아버지가 언제쯤 막걸리를 드셔도 되는지 물었다. 그러자 의사는 이렇게 말했다고 한다.

"안 먹고 우울해하시느니 한 잔 드시고 기분 좋게 지내세요."

본인은 즐기지 않아도 제완 씨는 사람들에게 다양한 음식을 베풀었다. 때마다 가족을 초대해 영양가 높은 요리를 대접했는데, 수산시장에서 직접 산 장어를 구워 온

식구가 배불리 먹게 했고, 옻이나 능이를 넣고 오리를 삶아 진한 국물과 함께 보신하게 했다. 옻을 넣은 요리를 먹을 땐 살뜰하게 약국에서 알레르기 치료제까지 미리 사서 음식을 먹기 전 한 알씩 사람들의 손바닥에 떨어뜨려주었다. 제완 씨 본인은 맛존감이 높아서 장어구이나 오리고기를 한두 점밖에 먹지 않았지만, 그가 주최하는 식탁은 늘 풍성하고 따듯했다.

그래서 나는 나의 외할아버지, 제완 씨가 구워주는 장어를 좋아했다. 일본에서 먹은 고급 장어덮밥이나 대대로 전통을 이어온 화로구이집의 장어보다 할아버지가 아침 일찍 노량진 단골 가게에서 사 온 민물장어가 더 맛있었다.

어릴 때는 할아버지의 유별나고 까다로운 입맛에 의문을 품기도 했다. 언제나 더 부드러운 고기, 더 신선한 채소를 골라 새나 금붕어처럼 조금씩 삼키는 할아버지를 보며 나는 엄마에게 몰래 물었다.

"할아버지는 왜 좋은 것만 골라서 혼자 먹어?"

그러면 엄마는 할아버지의 어린 시절을 얘기해주었다.

"할아버지 어릴 때 엄마가 돌아가셨는데, 새어머니가 할아버지 밥그릇에만 모래를 쳤대. 밥을 떠서 먹으면 아래에 모래가 있었대. 그래서 할아버지는 먹는 게 중요하셔."

어릴 적 겪은 설움은 할아버지의 맛존감을 높게 만들었다. 나이가 들면서 불편한 치아와 과민한 위장 때문에 할아버지는 먹는 메뉴를 더 간소하게 줄였고, 돌아가실 때쯤엔 과일 요거트와 함께 막걸리 대신 가짜 소주를 드셨다. 진짜 술은 드실 수 없는 상태라 이모는 빈 소주병에 사이다와 물을 섞어 가짜 소주를 제조해 할아버지에게 따라 드렸다. 그러면 할아버지는 꼭 병문안 온 사람과 건배한 후 한 모금 마셨는데, 어느 날은 누굴 바보로 아느냐며 왜 맹물을 주느냐고 하셨고, 또 어느 날은 캬! 하는 소리를 내며 들이켜셨다. 할아버지는 술 자체보다 함께 술을 따라 잔을 부딪치고 싶어 했다. 할아버지의 마지막 맛존감은 누군가와 잔을 부딪치는 것이었고, 나도 할아버지를 만나러 갈 때면 실감 나게 짠을 하며 가짜 술을 마셨다.

❧

할아버지만큼은 아니지만, 나도 맛존감이 높은 편이다. 지난여름엔 석 달 내내 수박을 입에 달고 살았다. 거의 매 끼니마다 수박을 먹었다고 해도 과언이 아닌데, 같이 사는 온점은 그런 나를 보며 신기해했다. 어떻게 질리지 않고 그렇게 계속 먹을 수 있느냐며 마치 수박 먹는 기계를 보는 것 같다고 했다.

할아버지의 맛존감이 질 좋은 재료로 성실하게 요리해 먹는 바람직한 버전이라면, 나의 맛존감은 최대한 간단하게 빨리 해치워버리는 다소 나쁜 버전이다. 그러니까 나의 편식은 게으름의 영향이 컸으며 그와 더불어 기본적으로 맛을 느끼고 즐기는 미각의 영역을 제대로 돌보지 않는 편중된 생활 탓이었다.

한 가지 음식만 줄기차게 먹는 나의 성향은 수박뿐 아니라 다른 메뉴로도 이어졌다. 겨울에는 삶은 고구마와 단호박을 끊이지 않고 먹었고, 봄에는 그래놀라와 두부를 자주 먹었다. 고구마, 단호박, 달걀, 두부. 모두 한번에 가득 삶아놓으면 배고플 때마다 하나씩 집어 먹기 좋은 것들이었다. 무엇보다 나는 끊임없이 뭔가를 마시고 있는데, 아몬드 우유를 넣은 커피나 꿀을 넣은 차, 곡물을 갈아 만든 선식까지, 씹어 삼키는 것보다 꿀떡꿀떡 마실 수 있는 음료를 번갈아 마신다. 이런 식습관에 관해 변명하자면, 나는 필수 영양제를 챙겨 먹고 있어서 영양소가 불균형하지는 않으리라 생각한다. 다만 단순한 식사와 소식이 몸과 마음뿐 아니라 세상에도 이롭다는 책을 읽으며 나도 적게 먹고 적게 배출하는 삶을 살고 싶었을 뿐이다.

하지만 주변에서 보기에 좀 삭막하고 지루해 보이는

지, 언니는 이런 나를 보며 너는 밥이 아니라 사료를 먹는 것 같다고 했다. 온점 역시 내가 그릇에 시리얼을 부어 아무 표정 없이 씹고 있으면 "안 질려?"라고 물으며 걱정했는데, 진심으로 나는 그다지 질린다는 느낌은 없었다. 맛과 요리의 섬세한 차이가 중요한 이들에겐 화들짝 놀랄 만한 메뉴겠지만, 배를 채우고 영양소를 맞추는 것이 중요한 나에게 맛이라는 건…… (그게 그렇게 중요한가? 정성 들여 요리하면 맛은 다 좋은 거 아닌가?) 내 위가 더 튼튼했을 때 커피 원두와 맥주의 맛을 일일이 비교 분석하던 시절을 끝으로 나와는 멀어진 영역이었다.

무엇보다 나는 누군가 부엌에 서서 오랫동안 불 앞에서 요리하는 게 그다지 좋지 않았다. 마음이 편치 않다고 할까. 어릴 때 엄마가 상추를 씻느라 다 같이 고기를 구워 먹는 자리에 늦게 왔을 때부터 그런 마음이 생긴 듯하다. 그때 나는 한겨울에 찬물로 채소를 씻어 빨갛게 얼어붙은 엄마의 손등이 그렇게나 속상했다. 내가 나서서 같이 요리하며 즐거움을 찾을 수도 있겠지만, 좋아하는 옥수숫가루로 반죽해 토르티야를 만드는 것 빼고 나는 요리를 그다지 즐기지 않는다. 이른 봄 한 철에만 나오는 마늘 줄기로 간장 절임을 하거나 레몬과 무, 비트를 넣어 피클을 담그는 건 한 번에 몰아서 해놓으면 때마다 꺼내 먹을 수 있기에 힘들어도 온점과 마주 앉아 되도록 즐겁게 하는 편이다. 내게 그 일은 요리라기보다 온점과 보낼 시간을 튼튼하고 알차게 만드는 일종의 계절 행사 같은 것이니까. 하지만 가족 중 한 사람이 매번 다른 사람이 먹기 위한 요리를 일방적으로 계속한다면 나는 그 음식을 맛있게만 먹지 못할 것 같다. 더 씁쓸해지는 건 그런 요리를 두고 맛이 이렇고 저렇고 안 좋은 평가를 하는 것이다. 설령 자기 입맛에 맞지 않더라도 가족이나 친구가 공들여 만든 음식을 두고 투정하면서 핀잔을 주는 건 내가 좋게만 볼 수 없는 식사 예절이다.

그러니 나의 맛존감은 예민하고 섬세한 감각에서 비롯된 좁고 높은 문이라기보다 무엇이든 무딘 입맛으로 그럭저럭 잘 받아 삼키는 뭉툭하고 넓적한 포댓자루에 가깝다. 그 안에 무엇이 담기든 나의 기준은 그걸 받아들이는 나의 태도다. 오랫동안 아무렇지도 않게 먹었던 생선이, 고등어 '스콤버'의 시점으로 쓴 책[•]을 읽은 후 다르게 보이는 것처럼.

이 고등어도 스콤버 같을까. 내 식탁에 오기까지 이 고등어도 씨앗처럼 작은 알로 드넓은 해류를 떠돌았을까. 해파리와 바닷새를 피하며 그 많은 고난을 지나 이만큼 큰 걸까.

• 레이첼 카슨, 『바닷바람을 맞으며』, 김은령 옮김, 에코리브르, 2017.

그러나 지나친 생각은 입을 벌려 먹거나 턱을 움직여 씹을 수 없는 무기력 상태로 이어지기에 나는 스콤버 생각은 멈추고 젓가락을 움직인다.

좋아해. 그렇지만 널 먹을게.

이런 모순적인 감정을 담아 말할 수 있는 대상이 있다면, 나에게는 수박이 그렇다. 나는 언제나 수박을 좋아했고, 언제 먹어도 만족스럽다. 우선 생김새부터 좋다. 짙은 초록색 바탕에 검은 줄무늬가 있는 수박의 둥근 겉모양이 좋고, 냉장고에서 꺼낸 차갑고 빨간 속을 와작와작 먹는 맛도 좋다. 손발이 뜨겁고 갈증을 잘 느끼는 내 체질과 수박의 찬 성질은 (내 입장에서 보자면) 사이좋은 짝꿍처럼 잘 맞는다. 늦가을이 되어 이게 수박인지, 물에 담갔다 뺀 오이인지 분간이 안 될 만큼 덜 익은 수박만 아니라면, 나는 그 어떤 수박이라도 감사히 받아 삼킬 수 있는 넉넉한 수박 자루를 지니고 있다.

수박을 좋아해서 그런지 글을 쓸 때도 수박의 이미지가 자주 나왔다. 어떤 소설에선 트럭에 수박을 싣고 다니며 파는 수박 장수의 이야기를 썼다. 수박을 먹으며 무의식적으로 이 무거운 과일을 밭에서 트럭으로 옮기는 사람은 얼마나 힘들었을까를 생각했던 것 같다. 그 소설의 화자는 수박 장수를 짝사랑하는 여자였는데, 그

수박 한 조각을 들고서

녀는 해변을 돌아다니며 수박을 파는 수박 장수에게 반해 매일 트럭이 오는 시간을 기다린다. 마치 지구를 옮기는 사려 깊은 거인처럼 조심스럽게 수박을 옮기는 수박 장수의 모습을 묘사할 땐 나도 짝사랑에 빠진 것처럼 설렜다.

또 다른 소설에선 수박을 먹다 저주의 말을 듣게 되는 한 아이의 이야기를 썼다. 그 아이는 한밤중에 사촌 오빠와 수박을 먹다가 사촌 오빠가 내뱉은 말에 평생 지우기 힘든 상처를 받는다. 쓰고 나서는 왜 하필 수박일까, 왜 좋아하는 수박을 이런 식으로 등장시킨 걸까 하고 곰곰이 생각했다.

돌이켜보면, 수박은 내가 어른이 되어서야 좋아하는 마음을 충분히 표현할 수 있게 된 과일이었다. 수박이란 과일은 아이 혼자 먹기엔 크고 무거우며, 칼로 잘라주는 어른이 필요했다. 그러니까 수박은 내가 좋아하면서도 마음껏 누리지 못하는 대상이었는데, 그런 신체적 한계와 심리적인 벽이 소설에서 그런 식으로 나온 게 아닐까 혼자 분석해본다.

분석하고 회상하는 김에 하나 더.

어릴 때 나는 수박보다 귤을 훨씬 더 좋아했다. 아니, 사랑했다. 어찌나 귤을 먹어댔는지 할아버지는 그런 나를 보고 제주도 귤 과수원집으로 시집 보내야겠다며 놀리기도 했다. 그러니까 한 가지 과일을 끊임없이 먹는 내 성향은 그대로인데, 아이에서 어른이 되면서 편애하는 과일이 바뀐 것이다. 겨울에 태어나 겨울의 눈 오는 풍경과 귤을 좋아했던 나는 성인이 되어 여름의 분위기에 매력을 느끼고, 그와 동시에 여름의 대표 과일인 수박도 좋아하게 된 게 아닐까.

그러니까 나의 수박 편식은 게으름 때문만은 아니다. 내가 나를 마음껏 사랑해주는 방식이랄까.

그래, 어디 한번 원 없이 먹어보렴. 그렇게 좋으면 질릴 때까지 먹어봐.

미성년은 누릴 수 없는 편식의 자유를 어른인 나에게 베풀어주면서 나의 맛존감을 찾아가는 것이다.

❦

흔히 사람들이 즐겁게 하는 생각, '내일은 뭐 먹을까?' 하는 고민이 내게는 별로 없다. 다른 사람 못지않게 식욕은 크지만 다양한 음식을 두고 뭘 먹을지 고민하지는 않는다. 동시에 여러 개의 메뉴가 떠올라도 그다지 오래 생각하지 않고 하나를 고르는 편인데, 이런 내 성향이 잘 드러나는 일화가 있다.

고등학교 시절, 학교에 남아 늦게까지 자율학습을 할

때면 나는 한 친구와 함께 학교 밖으로 나가 저녁을 사먹었다. 뭘 먹을지 선택하는 건 대부분 내가 했는데, 내가 한다는 것조차 의식하지 못한 채 그렇게 했다. 그저 둘이서 나란히 어두운 운동장을 걷다가 친구가 "우리 뭐 먹을까?"라고 말하면 곧이어 내가 "떡볶이 먹자" "햄버거 어때?" "돈가스 먹으러 갈까?"라고 말하며 목적지를 정했다. 그러던 어느 날 친구와 나는 운동장을 걸으며 서로의 어떤 점이 편하고 좋은지 말하게 되었다. 지금 생각해보면 낯 뜨거워지는 대화 주제이지만, 10대 시절의 친구 사이는 그런 말을 나눌 만큼 스스럼이 없기도 하고, 또 붙어 있는 시간이 길어서 사소하고 내밀한 감정을 더 편하게 꺼내 보일 수 있었다. 우리는 거울을 비춰보듯 서로에게 물었다.

"넌 나의 어떤 점이 좋아?"

내가 묻자 친구는 잠시 생각하다 이렇게 말했다.

"뭘 먹을지 빨리 정해서 좋아."

너무나 의외의 대답이었다. 내가 그랬나? 다른 애들은 오래 고민하나? 다음부턴 친구한테 뭘 먹을지 고르라고 해야 할까? 복잡한 생각과 함께 마냥 기뻐할 수 없는 감정들이 뒤엉켰다. 나는 그동안 내가 메뉴를 정해서 기분이 나빴느냐고 물었다.

"아냐, 난 네가 메뉴를 빨리 정해서 좋아. 정말이야."

친구는 그게 내 장점이고 나랑 다녀서 편한 점이라고 했다. 그런 게 장점이 될 수 있는지 몰랐지만 어쨌거나 친구가 좋다고 하니 나도 다행이었다. 하지만 그 뒤로 같이 저녁을 먹으러 갈 때면 나는 친구의 눈치를 살폈다. 이전처럼 운동장을 가로질러 걷는 동안 내가 메뉴를 정하지 않고, 친구가 정할 때까지 기다렸다. 친구는 달라진 나를 보며 당황했는데, 어느 날은 운동장에 둘이 서서 한참을 고민하다 결국 뭘 먹을지 내가 정해야 했다. 나는 친구가 무엇을 먹자고 하든 같이 맛있게 먹을 수 있었다. 그런데도 친구는 몇 개 안 되는 선택지 중에 하나를 고르는 것을 어려워했다. 나는 조금 속상해서 친구가 좀 더 편하게 자기 뜻을 표현해줬으면 좋겠다고 생각했다. 친구는 자기 얘길 자유롭게 할 수 없는 집안 분위기 때문에 자신이 메뉴를 잘 정하지 못하는 것 같다고 했다. 평소에도 배려심 많고 다른 사람의 말을 잘 들어주는 친구의 성격이 가정환경 때문이라니 내 뜻대로 메뉴를 정했던 것이 더욱 미안했다. 나와 있을 때만이라도 친구가 자기 취향을 고집해줬으면 좋겠다고 바랐지만, 그런 내 생각이 친구를 더 곤혹스럽게 만드는 것 같았다.

시간이 흐른 지금도 나는 다른 사람과 '우리 뭐 먹을까?'라고 말할 때 가끔 그 친구가 떠오른다. 친구와 걸었던 운동장의 풍경과 그 친구가 내게 말했던 나의 장점, "정말이야, 난 너의 그런 점이 좋아"라고 하던 목소리를 떠올리며, 그때 친구에게 못다 한 말을 되새기곤 한다.

고마워. 나의 그런 면을 좋아해줘서. 나도 너의 그런 점이 좋아. 뭘 먹을지 빨리 정하는 내가 나쁘지 않다고 말해줘서 좋아. 네가 나의 그런 점이 싫다고 해도 괜찮아. 뭘 먹을지 빨리 정하지 않아도 괜찮아. 내가 좋아하는 건 너랑 같이 먹는 거니까.

한 사람의 맛존감이 어떻든, 어떤 높낮이로, 어떠한 과정을 거쳐 생겨났든, 중요한 건 있는 그대로 존중받을 수 있는 편안한 식탁이 아닐까. 시나몬이든 청국장이든, 나의 것과 더불어 상대의 맛을 인정하는 마음, 그런 마음을 주고받을 수 있다면 어떤 맛존감이든 함께할 수 있다. 때론 내가 직접 먹지 않아도, 맛있게 잘 먹는 누군가의 모습을 보는 것만으로도 배부르고 달콤하다. 온점이 좋아하는 초코식빵을 맛있게 먹을 때 온점의 입가에 묻은 초콜릿을 보면 나는 초코식빵 속 밀가루도 고맙고, 초코식빵을 만들어준 제빵사도 고맙다.

이번 여름에도 나는 아마 수박을 편식할 것 같다. 그리고 언젠가 수박을 향한 나의 열렬한 애정을 담은 '수박 같은 글'을 쓰고 싶다. 내가 생존할 수 있도록 나에게

일용한 양식이 되어준 세상의 수많은 존재에게 깊은 고
마움을 담아 그들이 주인공인 소설을 써보고 싶다.

요쉬또 요쉬또 1

처음엔 '콘제비'였다. 온점이 나를 부르는 삼만삼천육십 번째 별명.

"콘젭아."

그게 내 이름이라고 했다. 그다음엔 이렇게 불렀다.

"고찌라이소, 이리 와, 고찌라이소."

그러다 어느 밤, 온점은 그 두 개를 합쳐 '콘제비 고찌라이소'라고 불렀다. 내 이름이 왜 콘제비 고찌라이소냐고 물으니 온점은 그게 내 풀네임인데, 콘제비는 이름이고 고찌라이소는 성이라고 했다. 나는 더 물을 수 없었다. 내 입은 하나라서 어깨를 들썩이며 웃을 땐 말할 수 없다.

옆을 보며 달리는 사람이 있다. 땅이나 하늘을 보며 달리는 아이가 있다. 그 아이는 맨발로 집 근처 자갈길을 달리기 시작했는데, 주변의 딱정벌레나 새를 찾기 위해 눈을 크게 뜨고 달렸다. 아이는 학교에 들어가 육상부 선수가 되었고, 어른이 되어서는 호박벌이나 쇠똥구리를 관찰하는 사람이 되었다. 곤충이 어떻게 체온을 조절하는지 그 생리학적 메커니즘을 연구했다. 그리고 여전히 이마를 들고 둑길을 달렸다.

이 글은 그 아이가 달리는 방식과 비슷하다.

달리긴 하는데, 달리면서 딱정벌레를 찾고, 달리면서 새를 찾고.

혹은 점심을 안 먹는 점심시간이다.

미국의 어느 항만 노동자는 점심시간이면 부두 근처에 사는 나비나 나방을 관찰하며 자신의 노트에 기록했다. 정작 먹어야 할 식사는 대부분 거르며 다른 쪽의 허기를 채웠다. 하루는 멀리 떨어진 어느 곳에서 휘파람새를 봤다는 소문을 전해 듣고 그곳으로 갔고, 또 하루는 러시아에서 날아온 길 잃은 검은목두루미를 봤다는 소식을 듣고 그곳으로 향했다. 우리는 그런 사람을 아마추어나 애호가라고 부른다.

그리고 나는 또 하나의 애호가 사례인 해적의 괴짜 취미를 떠올린다.

17세기에 살았던 어느 해적은 바다를 떠돌며 상선을 노략질하고 해안가 마을을 약탈했다. 그는 시간이 날 땐 그곳에 사는 새와 동물을 관찰했는데, 하늘의 구름이나 바람의 상태도 자세히 기록했다. 그 몹쓸 인간은 그렇게 돌아다니며 지구를 세 차례나 일주했다고 한다.•

❦

그런데 콘제비 고찌라이소는 무슨 뜻일까?

❦

어떤 소설가는 다른 나라의 편집자나 번역가들이 자신이 쓴 책을 하도 못살게 굴어 슬프고 화가 났다. 소설의 장 하나가 통째로 없어지고, 챕터의 순서가 뒤바뀌는 등 가슴 아픈 일이 끊이지 않았다. 어느 날 그는 자기가 쓴 단어를 마음대로 없애거나 뒤바꾸지 말라고, 소설속 중요한 단어의 뜻을 짤막하게 정의했다.• 하지만 내가 보기에 그런 잔소리나 간섭은 최대한 자유를 보장해야 할 예술 세계에 오히려 걸림돌이 되었을 것이다. 번역가나 전 세계 출판인들의 남모르는 원한을 샀을 것이다. 그는 자기 소설을 이해하는 데 필요한 단어들을 꼽아 그 말들이 자신에게 어떤 의미인지 썼는데, 내가 보기엔 자기 신경을 계속 긁어대는 못생긴 말들을 한데 모아 일종의 속풀이를 했던 것 같다. 그 사전엔 '소설'과 '소설가'라는 단어가 여러 번 반복해 나오기 때문이다. 나는 그 책에서 '모자'를 읽고 모자라는 말을 모르게 되었다.

모자 마술적인 물건, 어떤 꿈이 생각난다. 열 살쯤 된 소년이 머리에 커다란 검정 모자를 쓰고 연못가에 있다가 물로 뛰어들었다. 사람들이 그를 물에서 건져냈을 때 그의 머리에는 여전히 검은 모자가 씌워져 있었다.

이건 모자에 관한 정의가 아니라 모자에 관한 꿈이었다. 그러니 꿈 얘기가 나오면 속수무책으로 끌려가는 나로서는 그 모자의 이미지에 붙들릴 수밖에 없었다. 나는 물에 빠진 소년과 머리에 씌워진 모자를 생각했다. 그게

- 둑길을 달리는 동물행동학자의 이야기, 부두 노동자이면서 아마추어 조류 관찰자인 어떤 이의 이야기, 자연사학자인 동시에 해적이었던 윌리엄 댐피어의 사례, 또 뒤에 나오는 행동코드에 관한 인류학자의 이야기는 모두 같은 책에 실린 내용이다. 에드워드 O. 윌슨 외 지음, 마이클 R. 캔필드 엮음, 『과학자의 관찰 노트』, 김병순 옮김, 휴머니스트, 2013.
- 밀란 쿤데라, 『소설의 기술』, 권오룡 옮김, 책세상, 1990.

가능할까? 보기에 좋을까? 선할까, 정의로울까?

　여자는 무릎까지 오는 장화를 신었고 턱 아래에 고무
줄로 모자를 묶어 단단히 고정해놓았다. (……) 시계는
11시 45분에 멈춰 있었다.*

　물에 빠진 여자를 발견한 이들은 풀밭에 점심을 먹으
러 간 무리였다. 그들은 강물에 둥둥 떠다니는 통나무
를 발견했고, 그들 중 한 명이 물속으로 들어가 통나무
를 뒤집어보았다. 그리고 소리쳤다. 여자야, 모피 코트를
입은 여자야!
　나는 까맣게 몰랐다. 고무줄의 존재를. 고무줄로 모
자를 턱 밑에 묶어놓으면 모자가 물살에 휩쓸려 가지 않
을 수 있단 걸.

❦

　나는 계속 달린다. 달리면서 딱정벌레를 찾고, 나방
을 찾고, 책과 일상을 노략질하다가 나무에 기어올라 둥
지에 낳은 휘파람새의 알을 조심스럽게 세어보는 상상
을 한다. 어느 날엔 책에서 '물가의 자귀나무'라는 구절
을 읽었다. 그 책 속의 강가에는 쥐엄나무도 있어서 헤엄

치던 아이들이 나무로 기어올라 먼 곳을 내다봤다. 그리고 얼마 뒤 나는 공원을 산책하다 자귀나무를 보았다. 비록 쥐엄나무는 없었지만, 자귀나무는 자기도 쥐엄나무를 안다는 듯 나에게 기어오르기 좋은 나무의 모습을 보여주었다. 한쪽 무릎을 구부린 코끼리처럼 나무의 밑기둥이 한쪽으로 구부러져 있었다.

❧

"이거 해줄 수 있어?"

어느 날 방에서 책을 읽고 있는 나에게 온점이 말했다. 나는 손을 뻗어 그릇에 담긴 아보카도를 건네받았다. 온점은 삶은 고구마를 접시에 담아 내 옆에 앉았다. 온점은 고구마 껍질을 벗기고, 나는 숟가락으로 후숙된 아보카도를 푹푹 찍었다. 그러다 이불에 으깬 아보카도 조각을 흘렸다.

"이러면 혼나는데."

내가 말했다.

"누구한테?"

● 올리비아 랭, 『강으로』, 정미나 옮김, 현암사, 2018, 285~286쪽. 이 책은 올리비아 랭이 버지니아 울프가 산책하던 우즈강을 따라 걸으며 자연과 삶에 관해 사색하는 글로서, 인용한 부분은 우즈강에서 발견한 버지니아 울프에 관한 이야기다.

온점이 물었다.

"어른들한테."

"네가 어른이야. 주인이야. 아무도 널 혼내지 않아."

온점은 휴지를 가지러 가기 위해 일어섰다.

❦

어느 인류학자는 멕시코, 베네수엘라, 마다가스카르 등에서 수렵과 채취로 살아가는 부족사회를 연구할 때 행동 코드를 만들어 그들의 사회성과 행동 방식을 분류했다. 가령 한 아이가 친구들과 놀면서 자기 여동생을 돌보고 있다면, 그 행동 코드는 '675'로 분류된다. 6백 번대 숫자는 비경제활동을 뜻하고, 70번대는 노는 것을, 일의 자리 숫자 5는 아이를 돌보며 노는 것을 말한다. 어느 비 오는 날, 연구팀은 마을의 지도를 그리기 위해 질 퍽한 흙길을 분주히 오갔다. 그리고 그 모습을 본 부족 사람들은 일하기 좋을 때와 좋지 못할 때를 구분하지 못하는 연구팀의 행동 방식을 우스워했다.

❦

우리의 이름을 숫자로 쓰면 어떨까? 우리가 하는 말

과 우리의 행동, 우리를 사로잡은 크고 작은 사건들을 숫자로 만들어 나열한다면? 그러면 더 적정 거리에서, 더 공평한 태도를 취할 수 있을까? 훼손하기 쉽다고 알려진 우리의 영혼을 보호할 수 있을까? 아니면 적어도 길고 긴 설명을 줄여 종이 낭비를 줄일 수는 있을까?

❦

온점은 내가 미처 모르는 나의 이력을 말해준다. 사실 너의 이름은 다른 것이고, 네가 태어난 곳은 여기가 아니라고. 그 말에 따르면 나는 아래와 같은 사람이다.

내 이름	콘제비 고찌라이소
내가 떠나온 내 고향	도키도키 도미니카
성격	고라파덕

내가 왜 고라파덕이냐고 물으면 온점은 그게 내 성격이라고 했다.

"고라파덕, 넌 정말 고라파덕이야."

❦

9.11, 5.18, 4.16.

책을 읽다 이런 숫자를 보면 놀란다. 그저 숫자 세 개일 뿐인데도. 단지 숫자 세 개로만 그 일을 지칭할 수 있다는 것에.

❦

언젠가 나는 수북한 안개꽃을 들고 있는 꿈을 꿨다. 국화과의 꽃 몇 송이도 다발 속에 끼어 있었다. 꽃을 안고 나는 낡은 학교 건물로 들어갔다. 그곳에서 지금은 연락이 끊긴 친구들을 만났다. 나는 친구들에게 품에 안은 꽃을 나누어 주었다. 졸업 후 연상의 누나와 결혼해 자기와 꼭 닮은 아이들을 낳은 후배에게 제일 먼저 건넸다. 꽃을 받고 좋아하는 얼굴들. 그 얼굴에 나도 웃다가 잠에서 깼다. 새벽 세 시였다. 밖에서는 여전히 밤비가 내리고 있었고, 나는 그 꿈을 일기에 써야겠다고 생각했다. 하지만 쓰지 않았다. 한때는 매일 아침 눈뜨면 꿈 일기를 썼지만, 이제는 쓰지 않는다. 깨고 나면 잊어버리는 꿈만 꾸길 바란다. 그런 꿈은 구태여 글이 되겠다며 자신을 내세우지 않는다.

❦

"콘젭아, 이리 와, 콘젭아."

자다가 내가 소리치면 온점이 나를 끌어안으며 말한다.

❦

내가 아는 온점의 이력은 이렇다. 어느 날 온점은 자신이 나온 대학교 이름을 털어놓았다.

대학 이름   도롱뇽대학

소속 학과   도돌이과

온점은 도롱뇽대학 도돌이과 재학 중에 송사리대학으로 학점 교류를 갔다가 나를 만났다고 했다.

"난 송사리대학 안 나왔는데?"

내가 말하면 온점은 내 등을 쓰다듬는다.

"아니야, 넌 송사리대학 나왔어. 착하지, 콘젭아?"

❦

어떤 땐 소설 속 자연 묘사를 읽는 게 지친다. 글이 그

대상을 탐닉하고 있다는 느낌 때문이다. 탐닉 여부의 판단 기준은 한 장소, 한 계절, 한 사람이 한나절 동안 자기 발로 갈 수 있는 거리를 초월해 머릿속으로만 아는 관념으로 지금 눈앞의 존재를 설명하는 것이다. 모든 것을 내려다보려는 전지적 의지. 이런 게 고라파덕일까?

❦

하루는 나팔꽃 씨앗을 사서 화분에 심었다. 싹이 트고 줄기가 자라자 나는 나팔꽃 줄기가 타고 갈 수 있는 지지대를 화분에 꽂았다. 나무젓가락을 꽂고, 쇠막대를 꽂고, 줄기가 에두를 수 있게 긴 끈을 담벼락에 튀어나온 못에 묶었다. 이제 나팔꽃은 그 줄을 따라 잘 자라기만 하면 되었다. 그 줄을 따라.

❦

날짜를 음력으로 바꾸면 시간이 느려진다. 그 날짜를 떠올리는 머릿속 연상 작용이 더듬거린다. 사월 초파일, 정월 대보름, 섣달그믐. 음력 열여드레, 그믐밤과 초하루. 『동의보감』에 따르면, 음력 5월의 하짓날 음기가 생기고, 11월 동짓날 양기가 생긴다. 하지만 그렇게 생겨나는 음기 하나와 양기 하나는 눈에 보이지 않아서 나는 그와 비슷한 걸 떠올리며 보이지 않는 것을 보려고 애쓴다. 한겨울의 양기, 그건 겨울이 되면 쪼그라드는 새의 난소와 비슷할까? 그런데 내가 그걸 본 적 있나?

❦

장마가 끝나고 된더위가 이어지던 날이었다. 길을 걸으면 보도블록을 기어가는 지렁이가 자주 눈에 띄었다. 하루는 사방이 아스팔트인 곳에서 지렁이가 기어갔다. 지렁이가 향해가는 곳은 2차선 도로였다. 나는 땅에 떨어진 나뭇가지 두 개를 젓가락처럼 쥐고 지렁이를 집어들었다. 작은 화단으로 뛰어가 흙 위에 내려놨다. 맙소사, 개미들이 순식간에 몰려들어 지렁이를 깨물었다. 나는 다시 지렁이를 이주시켜야 하나 고민했지만, 흙이 있는 곳은 그 자리뿐이었다. 나는 나뭇가지를 내던지고 도망쳤다.

❦

어느 날 온점이 내가 자는 모습을 영상으로 찍었다. 자면서 내가 다리를 계속 떤다는 걸 나에게 직접 보여주기 위해 한밤중 휴대전화 카메라로 내 다리를 찍었다.

"이렇게 오래 찍었어? 팔 안 아팠어?"

나는 정말 다리를 움찔거렸다. 짧고 빠르게 파르르, 시간을 둔 다음 다시 파르르. 꿈에서 나는 달리고 있는 것 같았다. 도망치는 것 같았다. 내 다리는 물리고 공격당하는 것 같았다. 아니면 허우적거리거나.

❀

"코 자라. 코 자. 괜찮아, 코 자."

나쁜 꿈을 꾼 사람을 달래주는 소리.

❀

악몽으로 출몰하기 쉬운 나쁜 기억을 지우려면, 우리 뇌의 편도체와 해마의 정보처리 방식을 이해해야 한다.•
해마는 측두엽으로 정보를 전송해 장기기억으로 만들거나, 측두엽에서 장기기억을 꺼내오는 출입구 역할을 하고, 편도체는 이 해마를 조종해 특정 기억을 부풀리거나 작게 줄인다.

편도체: 지금이야, 꺼내!

해마: (측두엽에서 트라우마 꺼내는 중)

그러니까 기억의 관문인 해마가 나쁜 기억을 끄집어 낼 수 없게 하려면 편도체를 둔감하게 만들어야 한다. 꺼내어 되살릴 수 없는 기억은 존재하지 않으니까. 평사원 해마에게 명령을 내리는 대리님 편도체는 우리 뇌의 고위층인 이사님 전두전야에게는 명령을 내릴 수 없는데, 나쁜 기억을 곱씹다 악몽이 되게 하지 않으려면 이 전두전야 이사님이 일을 좀 하셔야 한다. 낮 동안 되는 대로 뒤죽박죽 욱여넣은 측두엽의 정보가 렘수면 중 해마와 편도체에 의해 공포와 두려움으로 범벅되지 않으려면, 전두전야 이사님께서 '그 일은 이러저러해서, 여차저차 된 것이니, 직원들은 정리해고나 연봉 삭감을 두려워 말라'라는 이른바 문맥정보(스토리텔링)를 만들어 줘야 하는 것이다. 하지만 전두전야 이사님은 꼭 대리와 사원이 다섯 시간 내리 일하다가 오 분 티타임을 가질 때만 딱 맞춰 나타나시니, 얄궂게도 전두전야가 하는 정보의 추상화 작업은 우리의 뇌가 쉬고 있을 때, 느긋하게 취미 활동을 할 때 활성화된다. 가령 부둣가에서 나비를 찾거나 해적질하다 구름 모양을 관찰할 때.

- 도마베치 히데토, 『뇌과학자가 싫은 기억을 지우는 법』, 문정신 옮김, 빛과사람, 2018. 이 단락의 이야기는 이 책의 내용을 바탕으로 각색했다.

❧

"코 재라, 코 재. 코재비, 코재비."

너의 목소리가 '아'에서 '애'로 변해가는 시간.

❧

온점은 기계를 잘 알고 도구를 잘 다루는 사람이 되고 싶다고 했다. 더 나이가 들어 만약 다른 직업을 갖는다면, 사람들이 좋아하는 물건과 헤어지지 않을 수 있게 고장 난 물건을 고쳐주는 사람이 되고 싶다고. 누군가 멈춰버린 시계나 낡은 오디오를 가져오면 뜯어보고 해체한 다음 부품을 교체해 다시 쓸 수 있게 해주는 사람.

너는 모르지. 네가 네 손에 달린 드라이버와 나사와 조이개로 나를 풀고 해체하고 솔질한 다음 다시 조립했다는 걸.

❧

"세 살 때인가, 막 걷기 시작할 때, 시장에 데려가면 저 혼자 어디로 사라졌는데, 찾아보면 꼭 방앗간 앞에서 그 방앗간 기계를 가만히 보고 있더라."

아빠가 어려서부터 기계를 좋아했느냐고 내가 물으면 할머니는 세 살 무렵의 어린아이를 떠올렸다.

❦

손톱 사이사이에 스며든 기름때. 볼트와 타이어 냄새, 세숫대야에 받아놓은 호박색 윤활유.

교실에 아직 녹색 칠판과 분필이 있었을 때, 어떤 선생님은 팔에 토시를 하고서 검지와 중지가 새하얗게 되도록 판서했다. 우리는 선생님의 뒷모습만 바라봤다.

❦

겨울맞이 방한 준비로 침낭을 빨았다. 내 작업실 바닥에 깔 침낭이었다. 빨아서 건조대에 널고 보니 귀퉁이와 누빔 선이 뜯겨 있었다. 나는 바늘과 실을 꺼내 실 끝에 침을 묻혀 바늘귀에 넣었다.

"와, 잘하네?"

곁에 앉은 온점이 말했다.

"이게 뭘."

그다음 뜯긴 천과 천을 오므리며 실로 봉합했지만, 잘

되지 않았다. 비뚤배뚤하고 얼기설기했다.

"희한한 모양이네?"

온점이 내가 꿰맨 곳을 보며 말했다.

"왜 자꾸 왈가왈부해?"

내가 소리치자 온점은 아무 말 없이 일어나 방을 나갔다.

❧

쉬는 시간, 창밖으로 팔을 뻗어 벽에 대고 칠판지우개를 털면 분필 가루가 바람을 타고 다시 나에게로 왔다.

❧

왈가왈부   한때 내가 온점에게 자주 쓰던 말.
                  예) 왈가왈부하지 좀 마.

가타부타   한때 내가 온점에게 자주 쓰던 또 다른 말.
                  예) 할 거야, 말 거야, 가타부타 말해 줘야지.

✿

한때 우리는 서로가 쓰는 말이 못마땅하면 이렇게 반격했다.

"쓸 줄 알아? 그 말 한자로 쓸 줄 알아?"

✿

다시 말하지만, 전두전야 이사님은 우리가 쉬고 있을 때 찾아오신다. 산만한 정보 더미에 문맥(이야기)을 만드는 지적 능력은 우리의 몸과 맘이 이완될 때 높아진다.

✿

어느 날 산에 오르다 보았다. 밑가지가 가느다란 어린 나무에 핑크색 운동화 끈이 묶여 있었다. 끈은 가까이 있는 벤치 다리와 연결돼 있었고, 팽팽하게 나무를 잡아당겨 밑동이 기울어지지 않게 했다. 누가 그 길을 지나다 자기 운동화 끈을 풀어 묶어놓은 걸까? 아니면 전날 봐두었던 쓰러진 나무를 돕기 위해 집에서 끈을 챙겨온 걸까? 아니면 그 사람은 산에 오를 땐 무슨 일이 벌어질지 몰라 운동화 끈 몇 개를 늘 주머니에 넣고 다닐까?

산에서 내려가며 나는 노래를 중얼거렸다.

흔들리지 흔들리잖게, 흔들리지 흔들리잖게.•

물가에 심어진 나무같이…….

❦

한때 나는 거의 매일 산에 올랐다. 평일엔 점심시간마다 근무처 뒤에 있는 우면산에 올랐고, 주말이면 북한산이나 북악산에 올랐고, 휴가가 생기면 버스를 타고 충청도로 가 계룡산에 올랐다. 물도 없이, 배낭도 없이, 초콜릿바 두 개를 주머니에 넣고서.

❦

"소리쳐서 미안해."

침낭을 다 꿰매고서 내가 말했다.

"바느질과 연관된 과거의 안 좋은 기억이 떠올라서."

잠시 뒤 온점이 말했다.

"과거에 좋은 기억이 있어?"

❦

하지만 내가 알고 싶은 것은 모자의 뜻이 아니다. 고무줄은 턱 아래 묶을 수도 있지만 나무에 묶을 수도 있다. 흔들리지 흔들리잖게. 나는 '물가의 자귀나무'가 나오는 책을 볼 수 있어서 기뻤고, 공원에서 그 자귀나무를 봤을 때 나의 해마와 편도체가 내가 봤던 책 구절을 잘 꺼내와서 기뻤고, 내가 본 자귀나무가 한쪽 무릎을 구부린 듯 자라 있다는 게 기뻤다. 자기 등에 올라타도 좋다는 듯. 나무란 하늘을 향해 자라나기 마련이지만, 내가 심은 나팔꽃 덩굴은 옆으로 뻗어나길 좋아했다. 생텍쥐페리는 나무를 이렇게 정의했다.

나무란 것은 씨앗도 아니고 둥치도, 나긋한 가지도, 죽은 밑둥치도, 말라 죽은 장작도 아니다. 나무의 생리를 알아내기 위해서 이런 부분을 일일이 나누어 고찰할 필요도 없다. 나무란 천천히 하늘을 닮아가는 기능, 그뿐이다.◆

● 민중가요, 「흔들리지 않게」.
◆ 앙투안 드 생텍쥐페리, 『성채(상)』, 염기용 옮김, 범우사, 2002, 21쪽.

＊

온점은 자기 전 나에게 글을 읽어준다. 저작권이 만료되어 인터넷 사이트에 무료로 공개된 채만식이나 여운형의 수필을 읽어주고, 그다음엔 나무 의사나 산림연구원이 쓴 신문 칼럼을 찾아 낭독해준다. 어떤 글에서는 같은 나무과의 나무를 '삼 형제'라고 표현했다. 나는 온점에게 '세 자매'였으면 좋겠다고 말했고, 온점은 곧바로 세 자매로 바꾸어 읽어주었다. 그럴 땐 나의 전두전야 이사님이 방문하신다. 나의 뇌 공장은 악몽 생산을 멈추고 나는 높아진 지능 상태로 잠들 수 있다.

＊

우주의 행성 운동에 관해 고심하던 케플러가 내리는 눈을 보며 눈송이의 육각형 대칭에 관해 명상하듯이.•

＊

매년 가을이 되면 사과 과수원에서 사과를 보내주신다. 매년 겨울이 되면 귤 과수원에서 귤을 보내주신다.
나의 언니와 나는 둘 다 과수원집 막내랑 살고 있다.

이건 꿀벌의 벌집과 석류의 씨앗이 눈송이처럼 육각형 구조로 되어 있다는 것만큼이나 신기한 패턴이다. 나는 이 공통점을 소중히 간직한다. 일 년 중 가장 밤이 깊은 동짓날 생기는 양기 하나처럼.

❧

육십 년간 과일을 딴 손.
나는 그런 손을 믿지. 너의 손을 받아들이지.
"고치 가게, 고치 가게."
이 말은 '같이 가자'라는 뜻의 너의 고향 말이다.

❧

어느 책에는 식물과 동물 이름이 무수히 등장하는데, 그 작가는 화산이 폭발할 때 생긴 돌멩이에도 이름을 붙여주었다. 백합에도, 개구리에도, 쥐에도, 밤하늘 별에도. 나는 그 이름들을 모아 하나의 사전을 만들고 싶다. 그 사전은 그 사람의 책을 읽는 데만 쓸모가 있겠지만, 실은 그 책을 읽는 데도 방해가 될지 모른다. 하지만

● 데이비드 조지 해스컬, 『숲에서 우주를 보다』, 노승영 옮김, 에이도스, 2014, 25~26쪽.

너그럽게 봐준다면 책 속의 세상으로 들어가는 하나의 주문으로 활용할 수도 있다.

❦

혹은 어떤 이가 자주 쓰는 말투를 모아 그 사람만의 뉘앙스 사전을 만들 수도 있다.

"상당히 귀여워. 진짜 상당히 귀여워."

엄마는 갓 태어난 아기를 말할 때 '상당히'라는 형용사를 썼다. 그 뒤로 온점과 나의 세계에는 '상당히'란 말이 생겼다. 상당히 맛있어, 상당히 잘 어울려.

❦

1950년대 아마존 지역에 살던 한 샤먼은 환각 속에서 보이는 정령과 소통하기 위해 '꼬슈이띠'라는 특별한 노래를 불렀다. 이 노래의 가사는 같은 부족도 알아들을 수 없는 말로 되어 있었는데, 단어 하나하나가 모호한 비유였기 때문이다. 샤먼들은 이 비유를 '짜이 요쉬또 요쉬또', 즉 '꼬이고 꼬인 언어'라고 불렀다. 그들의 의식을 지켜본 서양인에 따르면, 꼬인 언어는 사물 가까이 (그러나 지나치게 가깝지는 않게) 데려간다. 보통의 말은 대상을 깨거나 부수고 들어가지만, 꼬인 말은 그 주위를 둘러 간다. 그리고 샤먼은 꼬인 말로 노래를 부르며 '식물 선생님'이 알려주는 비밀을 '영상 음악'으로 소통한다. 그에 따르면, 모든 생물의 DNA(꼬이고 꼬인 언어)는 음악 이미지를 방출하는데, 샤먼은 식물로부터 전해오는 음악 이미지를 모방해 일종의 코러스 곡조를 만들어 응답한다. 빈방에 놓인 바이올린의 현 하나를 튕겼을 때 손대지 않은 또 다른 바이올린의 현이 흔들리듯이. 샤먼은 현대 과학이 실험실에서 끓이고, 분리하고, 수치화해 제조한 화학 물질을 수천 년부터 식물 자체로 활용했다. 전자 현미경도 없이, 아마존의 8만여 가지의 식물을. 식물 스스로 자신을 열어 인간에게 약이 되는 것과 독이 되는 것을 알려주었다. 상품으로 팔기 위해서가 아니라 지혜로 나누기 위해. 그 나눔이야말로 힘이 존재하는 곳이기에.[*]

상당히 귀여워. 상당한 지혜는 상당히 귀여워.

그러나 누구도 한 사람이 스스로 턱 밑에 묶은 고무줄을 풀어줄 순 없다. 다만 우리는 달리면서 딱정벌레를 찾거나 달리면서 노래를 흥얼거릴 순 있다. 그때 흘러나

---

[*] 제레미 나비, 『우주뱀=DNA: 샤머니즘과 분자생물학의 만남』, 김지현 옮김, 들녘, 2002. 물론 나는 실험실에서 제조된 페니실린과 그 밖의 화학 약물을 만들어낸 인간의 노력을 존중하며, 그 효과에 의지해 병을 치료한다.

오는 꼬이고 꼬인 말들 속에 내 이름이 있다. 그 이름을 불러주면 나는 악몽 꾸지 않고 잘 자는 사람이 될 수 있다.

　내 이름은 콘제비 고찌라이소다.

그 불곰이 깨어날 때까지

다시 태어나고 싶은 마음은 없지만, 만약 다시 태어나 하나의 개체로 살아가야 한다면 나는 알래스카의 연어가 되고 싶다. 연어가 되어 겨울잠을 앞둔 회색 곰에게 잡아먹히고 싶달까. 강물이 굽이치는 기슭에 버티고 서서 물 밖으로 튀어 오르는 연어를 낚아채 맛있게 먹어치우는 불곰. 그 곰의 날카로운 이빨에 옆구리를 뜯기고, 다홍빛 살점이 되어 겨우내 새끼를 낳고 젖을 먹이는 암컷 불곰의 촘촘하고 두툼한 지방이 되면 좋을 것 같다.

나에게 겨울의 시작이 첫눈이라면 겨울의 끝은 알래스카의 곰이 굴 밖으로 나와 풀을 뜯어 먹는 5월이다. 겨울의 끝이 5월이라는 건 나만의 생각은 아닌데, 언젠가 배경음악처럼 틀어놓은 라디오에서 한 청취자의 사연이 나왔다. 주변엔 봄기운이 한창이지만 자신은 추위를 많이 타는지라 아직 내복을 벗지 못했다고 했다. 그러자 라디오 진행자가 반가움과 머쓱함이 섞인 목소리로 말했다.

"저는 5월까지 내복을 입습니다."

그러니 계절을 구분하는 기준은 모두에게 똑같이 적용되는 달력의 날짜가 아닐지도 모른다. 누군가에겐 내의를 벗는 때가 봄의 시작이고, 개구리에게는 3월의 경칩이 한 해의 시작이며, 체리나무의 씨앗은 싹을 틔울 만한 빛과 습도를 기다리며 어떤 것은 무려 100년 동안이나 땅속에서 움츠려 있다고 한다. 호수 밑바닥 진흙에 파묻힌 채 아가미만 움직이며 버티는 잉어, 얕은 잠에서 깨어나 허기진 배로 먹을 걸 찾기 위해 찬 공기 속에서 코를 벌름거리는 다람쥐, 그리고 밤이 가장 길어지는 동지가 되면 저녁을 먹은 후 곤한 잠에 빠지는 온점까지.

계절의 흐름은 저마다 몸의 리듬에 따라 만들어진 리본의 고리처럼 시간의 한 부분이 둥글게 감겨 있다. 그 휘어짐의 길목에서 나는 불곰에게 흡수된 연어가 되어 잠시 사람이었던 때를 꿈처럼 회상한다. 나에게 겨울은 회상의 계절이니까. 지금처럼 해와 해가 바뀌는 시기엔 세상의 시간이 잠깐 공중 부양한 것처럼 어리둥절한 느낌을 주니까. 나는 앞으로 굴러가는 바퀴 안에서 기어코 반대 방향으로 뛰는 장난감 인형처럼 내가 간직하는 과거의 순간들로 되돌아간다. 어쩌면 글을 쓴다는 것은 내가 되돌아가는 그 몇 개의 기억을 세상에 내어놓는 게 아닐까. 나라는 사람이 끝나도 연어나 불곰의 꿈이 되어 잠시 나타났다가 사라져버릴 이미지들. 소설에선 허구의 형식으로 내가 보고 싶은 세계나 꼭 한번 만나보고 싶은 인물을 상상해 그려본다면, 에세이는 내가 지나왔던 순간들에서 시작할 때가 많다. '꽝'이나 '다음 기회에'가 수두룩한 벨벳 바구니 안에 손을 넣고 이리저리 손가락을 까닥거려보다가 그래, 이 정도면 밖으로 꺼내도 괜찮을 거야, 하며 귀퉁이가 닳아버린 이야기를 되살려보는 것이다. 시간이 주는 숙성 기간을 거쳐서인지 나를 포함한 다른 사람을 아프게 할 독소도 적당히 빠져 있고 소화하기에 그리 거칠지도 않은, 어쩌면 이 세상에 좋은 영양분이 될지도 모르는 기억들. 그렇게 낟알들 사이에서 쭉정이를 고르듯 '나'라는 껍질을 골라 휙 던져버린 다음, 남은 열매들을 모아 긴긴 겨울밤에 덮고 잘 만한 이불 같은 이야기를 떠올려보는 것이다.

❦

이불이란 모름지기 다리 사이에 끼고 둘둘 말 수 있

을 만큼 넉넉해야 제맛이지만, 겨울 이불은 그에 더하여 적당한 무게감도 중요하다. 살아 있는 거위의 가슴 털이나 솜털오리의 둥지를 침범하지 않고도 가슴을 은근하게 내리누르는 기억들로 이불 속을 채울 수 있다. 몸은 기껏해야 모로 누웠다가 반듯이 등을 댔다가 뒤척일 뿐이지만, 되돌아가는 기억 속에서 나는 어린 시절의 모험을 떠난다. 그 모험은 언제나 세롬이로부터 시작한다.

세롬이는 어릴 적 옆집에 살던 남자아이였다. 원래 이름은 세롬이가 아니지만, 연락이 닿지 않은 지 오래된 친구의 실명을 글에 쓰는 게 미안해 그 이름과 비슷한 가명을 지었다.

돌이켜보면, 나는 그 애의 상큼한 이름에 처음 호감을 느꼈는지 모른다. 그 애를 떠올리면 이국의 열대 과일 같은 이름과 함께 까맣고 숱 많은 머리카락과 그 애의 하얀 뺨이 떠오른다. 그리고 흰 뺨에 그어진 빨간 흉터들.

저 애는 어쩌다 저런 상처가 생겼을까.

가시나무 덩굴을 헤치고 온 듯한 사람처럼 세롬이의 뺨은 상처로 울긋불긋했다.

누나가 꼬집었을까? 하지만 세롬이의 누나는 키 크고 차분한 성격의 언니였고, 세롬이네는 얼굴에 발톱 자국을 낼 만한 고양이나 개를 키우지도 않았다. 그런데도 세롬이 얼굴엔 날랜 고양이가 할퀸 자국 같은 흉터가 양쪽 뺨에 고루 자리 잡고 있었는데, 나는 그 흉터가 세롬이와 잘 어울린다고 생각했다. 잘 여문 복숭아의 불그스름한 껍질 같은 그 뺨이 세롬이의 성격을 보여주는 것 같았다. 누가 사납게 할퀴어도 똑같이 덤벼들어 주먹질하지 않고, 조용히 물러서서 상처에서 흐르는 피를 닦아낼 것 같은 애. 그렇게나 이해심 많고, 조금은 바보처럼 잘 참지만, 그 인내심의 껍질 안에는 비밀스러운 자기만의 세상이 있는 애. 그런 아이가 내게는 세롬이었고, 나는 언제나 세롬이네 집에 찾아가 세롬이를 불렀다.

"세롬아, 세롬아! 세롬이 없어요?"

일곱 살부터 아홉 살 무렵까지 나의 유일한 친구는 세롬이었다. 세롬이 역시 학교와 동네를 통틀어 나와 제일 친했다. 우리 집은 아빠가 하는 카센터 뒤에 붙어 있는 살림집이었고, 세롬이네는 그 옆 건물에서 작은 슈퍼를 했다. 나는 세롬이네 슈퍼에서 콜라와 과자를 샀는데, 이따금 세롬이의 아버지가 뜨거운 물을 부어주는 컵라면을 먹기도 했다. 정확한 나이는 모르지만, 세롬이 부모님은 나의 부모님보다 나이가 많으신 것 같았다. 생활 규칙도 엄격해서 세롬이네는 밤 아홉 시가 되면 모두 불을 끄고 잠자리에 든다고 했다. 그 말은 세롬이가 아닌 나의 아버지가 해준 것이었다. 세롬이네는 아홉 시면 모두 잔다는데, 너희는 왜 아직도 한낮이냐며 아버지는 나와 언니를 옆집의 착한 아이들과 비교했다. 그러면 나는 그야 세롬이네 엄마 아빠는 아홉 시에 다 같이 불 끄고 자니까 그렇죠, 하고 속으로만 대꾸했다.

나는 세롬이가 몇 시에 자고, 몇 시에 일어나는지 몰랐다. 우린 그런 재미없는 얘기 따윈 나누지 않았다. 세롬이와 같은 학교에 다녔지만 성적에 관해 얘기하거나 학교생활을 공유하지도 않았는데, 우리의 친분은 카센터와 슈퍼가 있는 경기도 소도시 한 동네의 골목골목에서만 이뤄졌기 때문이다. 학교에 입학하기 전부터 나는 유치원이 끝나면 가방을 벗어 던지고 세롬이를 찾아갔다. 그러면 세롬이는 나를 데리고 자신의 아지트를 한 바퀴 쭉 돌았다.

아, 그 달콤한 배회와 어정거림의 시간들.

나 혼자 피아노나 미술 학원을 오갈 때면 언제나 조금은 두렵고 가슴을 짓누르던 동네의 풍경들이 세롬이와 함께 다니면 흥미진진한 모험의 장소들로 바뀌었다. 우리는 돌담이 높게 세워진 어느 고급 주택가 앞에서 공을 차거나 어른들이 들어가지 말라는 공터로 숨어들어 갔다. 그곳은 군데군데 녹이 슨 철판으로 둘러싸인 방치된 공사장이었는데, 세롬이는 주변을 쓱 살피더니 가림막 끄트머리에 기어올라 담을 넘었다. 나도 세롬이가 밟고 올라선 부서진 바위에 발을 딛고 서서 담을 넘었다. 철판 위에 배를 대고 아슬아슬하게 매달린 다음 단번에 땅으로 착지할 때의 기분이란! 담을 기어오르고 뛰어내리는 그 리듬이 얼마나 신나고 짜릿한지, 나는 세롬이 없이 혼자서 그 공터의 담을 몇 번이나 넘기도 했다. 하지만 역시 세롬이와 함께, 세롬이가 지은 공상 속에서 노는 게 제일 재밌었다.

"범인은 언제나 범행 장소에 다시 오기 마련이지."

세롬이는 쑥스러워서 비어져 나오는 웃음을 참으며 어딘가에서 본 탐정의 말투를 흉내 냈다. 그러니까 세롬이의 공상 안에서 우리는 범인을 쫓는 형사나 탐정이었으며, 그곳은 끔찍한 범죄가 일어난 현장이었다. 평소엔 거의 말이 없고 속내를 내비치지 않던 세롬이는 그 공터에 얽힌 이야기는 잘도 만들어냈다. 떨어져 있는 쇠막대기를 집어 들고 이게 범행 도구였을 거라고 추리하거나 범인의 발자국을 찾아야 한다며 땅만 보며 구석구석을 뒤지기도 했다.

공터의 정면은 옹벽이 가로막고 있었고, 다른 쪽은 부채꼴 모양으로 철판이 둘러 있어서 일단 안으로 들어가면 우리는 누구 눈에도 띄지 않았다. 건축 원자재인 각목을 댄 나무판이 우리의 키보다 몇 배는 높게 쌓여 있었고, 바닥에는 가운데 더러운 물이 고인 고무 타이어가 여러 개 버려져 있었다. 층층이 쌓인 나무판 위에 오르면 비를 맞아 썩어가는 나무 냄새가 진동했다. 묵직한 볼트와 구부러진 쇠못들이 여기저기 뒹굴었고, 바람이 불면 까만 먼지가 내려앉은 파란 천이 부스럭거리며 뒤집혔다.

"이건 비상식량."

세롬이가 나무판과 나무판 사이에서 '새콤달콤'을 꺼내는 순간, 나는 그 애를 존경할 수밖에 없었다. 들어가지 말라는 곳에 들어가 혼자만의 이야기를 만들어내는 것까진 참을 수 있었지만, 비상식량을 감춰놓는 그 애의 치밀함과 여유에는 도저히 우러러보지 않고는 배길 수 없는 멋짐이 있었다. 나는 세롬이를 따라 공터를 수색하고, 동네를 어슬렁거리다가 땅거미가 질 때까지 골목에서 공을 차며 놀았다. 주차된 자동차 바퀴 사이로 공이 들어가면 골인이었는데, 우리의 규칙은 골을 먹은 사람이 차 밑으로 기어들어 가 공을 꺼내오는 것이었다.

세롬이는 축구를 할 때마다 공을 꺼내느라 옷이 더러워졌다. 그땐 몸싸움도 슛도 내가 세롬이보다 잘했다. 세롬이와 공을 두고 어깨를 부딪칠 때면 열에 아홉은 내가 이겼고, 세롬이가 차지한 공을 뺏는 건 만화를 보며 과자를 먹는 것만큼이나 쉬웠다. 주머니 사정 또한 내가 더 풍족했다. 나는 놀다가 목이 마를 때면 아무 슈퍼에나 들어가 음료수를 사 먹었다. 하지만 세롬이는 슈퍼 밖에 서서 안으로 들어오지도 않았다. 나와 같이 뛰어놀았으니 목이 마를 게 분명한데도 세롬이는 자기네 슈퍼가 아닌 곳에서는 돈을 쓰지 않았다. 내가 사주겠다고 해도 거절했다. 그때는 몰랐다. 세롬이가 다른 슈퍼에선 물건을 사지 않는다는 걸. 그게 그 애의 규칙이었고 세롬이 나름대로 부모님에 대한 의리를 지키고 있었다.

그런 서운함들이 쌓여 세롬이가 나에게 벽돌을 던진 걸까.

우리가 멀어진 시기를 곰곰이 되짚어볼 때면 나는 세롬이가 나에게 벽돌을 던져 기절시킨 사건이 떠오른다.

우리는 평소처럼 동네를 돌아다니다 어느 상가 앞에서 널브러진 회색 벽돌을 징검다리처럼 건너뛰며 놀았다. 그런데 그때 세롬이가 큼지막한 벽돌 하나를 집어들더니 나에게 소리쳤다.

"내가 던질 테니까 피해봐."

세롬이는 벽돌을 든 손을 어깨 뒤로 당기며 던지는 자세를 취했다. 나는 세롬이가 그 벽돌을 나에게 던질 거라곤 상상하지 못했다. 세롬이가 나한테 벽돌을 던진다고? 세롬이가? 세롬이가 나한테 왜? 나로서는 이해할 수 없는 그 말을 머릿속으로 되짚어보고 있을 때 눈앞으로 회색 벽돌이 날아왔다. 옆머리에 정통으로 벽돌을 맞은 나는 순간 정신을 잃고 쓰러졌다. 눈을 떴을 땐 놀란 세롬이의 얼굴이 보였다. 세롬이는 내가 피할 줄 알았다며 당황해했다. 장난이었다고, 네가 피해야 했다고 했다. 나는 띵한 머리로 일어나 팔에 묻은 흙을 털었다. 벽돌에 맞은 부분을 어루만져보니 호두만 한 혹이 솟아 있었다.

"내가 엄마 아빠한테 이르면 너는 큰일 나는 거야."

나는 세롬이의 잘못이 얼마나 큰지 알려주기 위해 어른들을 끌어들였다. 내가 입만 뻥긋하면 너는 무서운 너희 부모님에게 아주 혼이 날 거라고, 우리 아빠도 널 가만두지 않을 거라고, 어쩌면 너는 방에 갇혀 나오지 못할지 모른다고……. 그런 말을 소리 내 하진 않았지만 나는 원망이 가득한 눈으로 세롬이를 보며, 내가 이 일을 비밀로 하는 게 얼마나 대단한 건지 표정으로 말해주었다.

나는 세롬이에게 약속한 대로 그 일을 아무에게도 말하지 않았다. 하지만 언제든 세롬이를 혼나게 할 그 애의 약점을 내가 갖고 있다고 생각했다. 그리고 여전히 세롬이가 나에게 벽돌을 던진 그 상황을 현실로 받아들이기 힘들었다.

안타깝게도 이 유년 시절의 이야기는 몇 년 후 우리 집이 야반도주하듯 그곳을 떠나오면서 음울한 빛깔을 더하게 되었다. 하지만 나에게 세롬이는 언제나 내가 모험을 떠나는 이야기에 가장 먼저 뛰어가 앞장서는 친구로 나온다. 내가 소중히 간직하는 겨울 사진에도 세롬이가 있다. 함박눈이 펑펑 쏟아지던 12월의 어느 날, 세롬이네 남매와 우리 자매는 근처 공원으로 가 눈사람을 만들었다. 차디찬 눈을 장갑 낀 손으로 뭉치며 나는 아홉 시가 되기 전까지 세롬이와 더 신나게 놀아야 할 것 같아 조바심이 났다. 그때 찍은 사진 속에서 나는 흰 눈에 뒤덮인 소나무 앞에 서 있다. 세롬이는 내 옆에 서서 손가락으로 브이를 그리고 있다. 눈가루가 날려 얼굴은 잘 보이지 않지만 분명 그 애의 하얀 뺨에는 울긋불긋한 긁힌 자국들이 있겠지.

❦

이불처럼 기억의 구석들을 펼치면 평범한 무늬처럼 보이는 겉면의 패턴들에서 내가 만났던 짝꿍들의 모습을 찾을 수 있다. 겨울잠을 자는 알래스카의 회색 곰이 늦여름 배불리 먹은 연어의 맛을 떠올릴 때, 나는 짝꿍들과의 기억을 되새긴다. 나와 함께 흙먼지를 만들며 내달리던 친구들과 내 곁에 앉아 내 이름을 부르던 목소리.

"기므녕, 기므녕! 내 노래 들어봐."

곱슬머리에 은테 안경을 쓰고 파란색 카디건을 자주

입던 2학년 때 짝꿍은 나에게 서태지와 아이들 노래를 가르쳐주었다. 그 애는 빠른 랩을 부를 때 나에게 침방울을 튀겼는데, 그렇게 열심히 부르는 모습이 멋있어서 나도 입술에 침을 바르고서 거센소리 발음을 더 세게 하며 침이 튀게 했다.

커다란 덩치에 밝은 오렌지색 티셔츠를 자주 입던 4학년 때 짝꿍은 말의 리듬이 남달랐다. 말의 첫 단어를 길게 늘였다가, 악보의 잇단음표처럼 그 한 글자를 빠르게 반복하며 말을 이었다. 처음엔 그런 말투가 이상했지만, 그 애의 실감 나는 미국 농구 선수 얘기를 듣다 보면 어느새 그 애가 말하는 방식이 가장 편안하게 들렸고, 나도 그 애처럼 말하고 싶어서 그 애의 말투를 혼자 연습했다.

낯선 곳으로 전학 간 나의 첫 짝이 되어주었던 고마운 친구. 그 친구는 양 볼에 그림으로 그린 것 같은 주근깨가 있었다. 또 언니들에게 체육복을 물려받아 입어서 체육 시간이면 허리 고무줄이 늘어난 체육복에 검정 멜빵을 했다. 나는 지금도 검은색 멜빵을 보면 그 애의 앙증맞은 주근깨가 떠오른다. 중학생이 되어 처음 만난 짝꿍은 왼손잡이였다. 나는 양손을 다 쓰는 그 애가 대단해 보여서 그 애 옆에서 왼손 쓰기를 시도했다.

"넌 오른손을 연습해. 난 왼손을 연습할게."

우리는 각자의 서투른 손을 훈련하며 수업 시간에 느릿느릿 필기했다. 고등학교 때 짝꿍은 겨울의 찬 바람이 불면 떠오른다. 주머니에 손을 넣는 것보다 이렇게 너의 코트 모자 밑에 손을 넣는 게 더 따뜻하다고 말하던 애. 그 애는 졸업하기 전 꼭 반장이란 걸 해봐야겠다며 나에게 자신을 강력하게 추천해달라고 했다. 나는 반장 선거 시간에 일어나 우리는 공부하느라 바쁠 테니 내 짝꿍을 반장으로 뽑아주자고 힘주어 외쳤다.

이렇게 짝꿍의 기억을 되새김질하는 것만으로도 겨울의 며칠 밤을 보낼 수 있다.

그들은 나와 같은 또래였지만, 때로는 선생님이 되어 내가 닮고 싶은 그들만의 특징으로 나를 배우게 했다. 겨울밤이 길어지면 나는 잘 마른 히커리나무 토막을 모닥불에 하나씩 넣듯 잘 쪼개진 기억을 떠올리며 이따금 뜨거운 불티가 튀어 오르기도 하는 그 시절 앞에서 언 손발을 녹인다. 기억의 장작을 만들다 보면 예기치 못한 손이 불쑥 튀어나와 나뭇가지들을 비틀고 무릎에 내리쳐 두 동강 내기도 하지만, 겨울밤은 결이 엇나간 그 땔감들마저 귀하다.

추운 시절을 같이 보내기에 가장 좋은 나의 짝꿍은 역시나 온점이다. 겨울이 되면 온점은 불곰의 덥수룩한

겨울잠의 길목에서

털처럼 위아래가 하나로 이어진 홍학색 털옷을 입는다. 지난해 이맘때엔 추위를 많이 타는 나를 위해 온점은 1인용 침낭을 사주었다. 처음에는 집 안에서 무슨 침낭이냐며 질색하던 나는 그해 겨울을 침낭의 매력에 빠져 지냈다. 매일 밤 두툼한 내의에 양말까지 신고 침낭 안에 들어갔다가 잠에 빠지면 하나둘씩 잠결에 벗어 던져 나중엔 맨살에 닿는 까슬한 누빔 천에 푹 파묻혔다.

그런 아늑함에 빠져 있으면 바깥에서 추위를 견디고 있을 또 다른 존재들의 안부가 궁금해진다. 칼처럼 살을 에는 바람을 맞으며 일하는 사람들, 몸의 생체리듬을 낮고 느리게 조절하는 헐벗은 나무들, 번데기나 애벌레로 바위틈이나 덤불 속에서 동면하는 곤충들. 그리고 내 살과 뼈가 만들어낸 에너지로 들숨과 날숨을 내쉴지 모를 먼 훗날의 불곰까지.

태양마저 수면 안대를 차고 돌아누운 것 같은 캄캄하고 고요한 날에 나는 그들이 꾸고 있을 동절기의 꿈을 상상해본다. 반가운 햇살이 비치는 봄날, 굴 밖으로 나선 회색 곰 가족이 다시 기쁘게 한 해를 시작할 수 있게. 10분만 안겨 있어도 10년의 세월 동안 누려야 할 행복을 다 느낀 것 같은 충만함으로.

나는 털옷을 입은 온점에게 안겨 이 느낌을 소설로 표현할 수 있다면 얼마나 좋을까 생각한다.

다중우주에 사는 웃음개똥짓짓새*

2년 전 초여름, H동에 작업실을 구했다. 내가 태어나기도 전에 지어진 오래된 건물의 2층이었다. 공간을 처음 봤던 날, 한낮의 빛이 널찍한 남향의 창으로 가득 쏟아지고 있었다. 지난 몇 년간 창을 열면 잿빛 콘크리트 담벼락만 보이는 집에 살았던 터라 나는 무더기로 쏟아지는 햇빛에 끌려 조금은 비이성적인 판단으로 그곳을 계약했다.

빛에 반해 머물게 되었는데, 지낼수록 소리에 마음이 열렸다. 그해 여름과 가을 그리고 한파가 오기 전 초겨울까지, 길 하나를 사이에 둔 맞은편 풀숲에서 맑고 높은 새소리가 들려왔다. 굵은 줄기의 향나무와 바람에 날리는 긴 머리카락처럼 한 방향으로만 가지가 뻗은 단풍

나무, 아담한 동백나무들이 있는 그곳에 동틀 무렵부터 새들이 날아와 지저귀었다. 작업실에서 자는 날이면 나는 자연스럽게 그 알람 소리에 눈이 뜨였다. 새소리와 함께 맞는 아침이라니, 살면서 한 번도 곁에 두지 못한 즐거움이었다. 좋은지 몰랐기에 바라지도 않았던 기쁨.

새소리에 잠이 깨면 나는 창가 소파에 앉아 방금 내린 커피에 아몬드 우유를 타 마시며 천천히 햇살의 온기가 내 몸에 스미기를 기다렸다. 밤새 나쁜 꿈에 시달린 눅진한 마음을 탁탁 털어 환한 볕에 말리는 기분으로 새소리를 들었다. 머릿속으로는 더 나은 풍경을 그려 봤다. 전망을 가로막는 알루미늄 창틀을 없애고, 멀리 산비탈을 따라 떠 가는 구름을 더 가까이 끌어당겼다. 흙과 정원이 있는 마당에 앉아 나뭇잎의 그림자가 물결처럼 흔들리는 걸 볼 수 있다면. 더 많은 새를 더 가까이 볼 수 있다면 얼마나 좋을까. 그런 생각을 하다가도 여기에서 더 바라는 건 욕심인 것 같아 나에게 주어진 건너편 풀숲에 만족했다. 과육의 흠집 난 부분을 보조개라 이름 붙인 '보조개 사과'를 깎아 먹으며, 창가에 친 커튼 뒤로 엉덩이 걸음을 걸었다. 아무리 햇빛이 좋아도 강한 자외선에 기미가 생기면 곤란하니까.

- 이 글은 『보스토크』(보스토크 프레스 편집부, 38호, 2023)에 발표한 원고에 몇 개의 새소리를 더해 다시 쓴 것이다.

겨울이 되자 마지막까지 매달려 있던 단풍나무의 잎사귀들이 떨어졌고, 빙점을 오가는 추위가 이어지면서 새소리도 사라졌다. 해가 기우는 저물녘에 울룰루 울룰루 우는 멧비둘기 소리가 들리긴 했지만, 그것만으론 부족했다. 이미 나는 새소리가 주는 기쁨을 아는 사람이 되었으니까. 어쩔 수 없이 새소리의 동면 기간에는 책에서 새를 찾았다. 숲과 강가를 산책하는 작가들의 글을 읽으며 아쉬움을 달랬다. 특히 메리 올리버의 시와 산문에는 생기 넘치는 새들이 문장마다 날아올랐다. 하루 중 어느 때고 책을 펼치면 해변과 습지에 사는 새소리에 푹 젖을 수 있었다.

개똥지빠귀와 웃음물총새가 있고, 솜털오리가 호수에서 자맥질하는 곳. "슈베르트의 노래처럼 날갯짓하는 벌새"와 하강하는 매의 그림자가 있는 땅. 아침이면 "올빼미가 벌인 잔치의 흔적"을 볼 수 있는 외진 숲길.

한 번도 만난 적 없는 사람에게 길고 다정한 연애편지를 받는 것처럼 나는 활자로 만나는 새들에게 날마다 설렜다. 이름에 '웃음'과 '개똥'이 붙은 새들. 그런 이름을 지은 짓궂은 인간들. 새를 보면 새의 이름을 함께 떠올릴 수 있으면 좋겠다고 생각하며 나는 책에서 본 굴뚝새와 호랑지빠귀의 사진을 찾아봤다. 그냥 새가 아니라 황금방울새라 말할 수 있기를, 그녀의 쇠줄이 삐걱거리는

듯한 새소리를 들으며 호랑지빠귀가 운다고 알아챌 수
있기를 바랐다.

그러던 어느 날 쇼핑몰 앞에 서 있다가 새 한 마리를
보았다. 남천이 자란 화단에 제법 몸집이 큰 새가 날아
와 앉았다.

직박구리구나.

울음소리가 들리지 않아도 나는 알았다. 옅은 잿빛
몸통에 꽁지깃이 길고, 뺨에 붉은 잔털이 난 새. 그날 나
는 마음에 드는 옷을 산 것보다 직박구리를 알아본 게
더 기뻤다. 직박구리를 보면 직박구리임을 아는 나는 그
어느 때보다 똑똑했고, 부자였고, 좀 멋졌다. 새 이름과
새소리를 연결하는 선이 많아질수록 나는 더 나은 사람
이 되어가는 것 같았다.

글을 쓸 때도 새 이름을 열심히 찾았다. 제주도가 배
경인 소설을 쓸 땐 주인공의 집 마당에 오가는 새를 묘
사하고 싶어서 도서관에서 새에 관한 책들을 한가득 빌
려와 쌓아두고 읽었다. 어쩌면 새나 식물을 더 잘 알고
싶어서 그런 배경의 소설을 쓰기 시작했는지도 모르겠
다. 제주도의 식물도감과 곤충도감을 보면서 나는 소설
속에서 살아갈 새와 나무를 찾았다. 늦봄에서 초여름
에 피는 꽃과 가을에 열매 맺는 식물을 찾아 새가 즐겨
먹는 먹이와 연결하면서 소설 속 장면을 만들어갔다. 마

치 내가 멀구슬나무 열매를 먹는 직박구리를 직접 본 것 처럼. 녹나무 가지에 앉은 박새 소리를 들은 것처럼. 그 리고 이런 방식은 의식하지 못하는 사이에 내가 소설을 쓰는 하나의 방법이 되어갔다. 가상의 인물과 그 인물 이 겪는 사건을 글로 쓸 때 나는 인물 주변의 사람이나 관계에 대해 골몰하기보단 그 사람이 사는 동네에 자란 나무, 그 나무가 꽃 피는 계절, 그 꽃 주위로 모여드는 새 와 곤충들을 더 많이 생각한다. 배경처럼 느껴지는 그 존재들이 실은 소설의 숨겨진 주인공이라는 듯.

무엇보다 새소리를 좀 더 새소리답게 쓰고 싶었다. 짹 짹, 지지배배, 삐악삐악, 구구구 같은 소리 말고, 다른 의 성어를 찾고 싶었다. 다르게 쓰면 다르게 들리는, 아직 발견되지 않은 소리를 표현하고 싶었다.

작가 쥘 르나르는 『자연의 이야기들』에서 실잠자리 를 이렇게 묘사했다.

"그는 마치 전기로 나는 것처럼, 짓짓 소리를 낸다."

살면서 여러 번 잠자리를 봤지만, 나는 잠자리가 어떤 소리를 내는지 몰랐다. 쥘 르나르의 글을 읽고서야 나의 단조로운 세계에 실잠자리들이 음향을 갖기 시작했다.

짓짓, 짓짓, zzzZZ.

소리와 딱 들어맞는 의성어는 공기 속으로 흩어지는

음향에 자그마한 추를 달아주는 듯하다. 그렇게 언어는 종이로 내려앉아 소리의 발자국을 남긴다. 어느 날은 도서관에서 우연히 펼쳐본 동화책에서 '배쫑배쫑'이란 의성어를 만났다. 한 프랑스 작가의 글을 번역한 책이었는데, 숲의 새들이 배쫑배쫑 하고 울었다. 사전을 검색해보니 '산새가 잇따라 우는 소리'라는 뜻의 순우리말이었다. 원문이 어떤 단어였는지 알 수 없지만, 아마도 순우리말로 옮긴 것은 번역가의 솜씨인 듯했다. 그리고 얼마 뒤 나는 「물오리」란 소설을 쓸 때 배쫑배쫑이란 의성어를 썼다. 여자아이가 빨간 입술을 벌리며 혼자 무슨 소리를 내는 모양이란 뜻으로— 배쫑배쫑. 만약 그 소설에서 단 하나의 단어만 남겨야 한다면 나는 '배쫑배쫑'을 남길 것이다. 그 소리를 듣게 해준 누군가의 공들인 번역에 감사하며.

오직 상상 속 세계에만 존재하는 새는 어떤 소리를 낼까. 소설가 제임스 팁트리 주니어는 지구 밖 외계 생명체를 상상할 때 이런 소리를 내는 새를 떠올렸다.•

"탄! 탄! 디르! 디르! 디르 하타안! 하툰!"

거친 파열음으로 우는 이 새는 엔진이 달린 작은 모

• 제임스 팁트리 주니어, 「사랑은 운명, 운명은 죽음」, 『마지막으로 할 만한 멋진 일』, 신해경·이수현·황희선 옮김, 아작, 2016.

형 배처럼 "브룸 브루룸" 하고 울기도 한다. 아마도 이 의성어들은 표기된 외국어 발음을 그대로 옮긴 듯하다. 이국의 의성어를 본래 발음으로 옮기면 책을 읽을 때마다 다른 소리를 듣게 된다. 삐악삐악 우는 병아리가 피프피프 울고, 피요피요 울다가 치프치프 울기도 한다. 전 세계 사람들이 병아리 소리를 똑같이 듣지 않는다는 것은 나에게만 놀라운 일일까. 하나의 소리가 다른 활자를 입고 나타나는 것은 올챙이에게 뒷다리가 생겨 개구리가 되는 것만큼이나 나에겐 믿기 힘든 변신이다. 살아 있는 올챙이는 시간이 흐르면 개구리가 되겠지만, 그렇다고 해서 그 신비가 덜 경이로운 것은 아니다. 비가 오는 원리를 배웠어도 하늘에서 비가 내리면 어떻게 이런 일이 있을 수 있는지 혼란스럽고도 호기심 어린 얼굴로 하늘을 올려다보는 아이처럼.

아이들은 세상의 소리에 더 민감하다. 자신이 들은 소리를 글자로 바꾸는 것에도 틀에 박힌 형식에 덜 얽매인다. 아동문학가 이오덕 선생님이 묶은 책 『일하는 아이들』에는 1950년대부터 70년대까지 저자가 가르쳤던 농촌 아이들의 시가 실려 있다. 그 시들에는 구절구절마다 자연의 소리가 가득한데, 꿩은 산에서 '껄껄' 하고 웃고, 벌은 배꽃 주변에서 '꿀 빨아먹자, 꿀 빨아먹자' 하면서 날고, 바람은 '옴무우 옴무우' 하고 부는 것도 모자라 눈은 '퍽퍽' 쏟아진다. '펑펑'과 '퍽퍽'은 받침 글자 하나 차이지만, 그 사소한 차이로 설경의 뉘앙스가 달라진다. 아이들은 책에 나오는 판에 박힌 표현을 쓰지 않았다. 눈앞의 풍경을 자기가 보고 들은 대로 자신감 있게 활자로 옮겼다. 그중에서도 보리꽃이 필 때 울어서 '보리매미'라고도 불리는 곤충은 아이들의 귀에서, 그리고 시 속에서, 독보적인 소리로 존재한다.

"일일일일……총 일일……총 일총일총……일총일총 일총총총총총총."

정식 명칭은 소요산매미지만, 아이들이 사는 동네에선 "이초강 이초강" 하며 운다고 해서 '이총매미'라고 부른다. 그 소리가 궁금해 인터넷으로 찾아 들어봤지만, 내 귀썰미로는 도무지 '이총'이란 발음을 찾을 수 없었다. 아이들은 어떻게 그 소리를 이렇게나 활달하고 개성 있는 말로 옮긴 걸까? 사투리는 창의적인 의성어와 의태어를 만드는 데 필요한 필수 어학 코스인 걸까? 그렇지 않고서야 어떻게 이총매미가 '이총 이총' 하고 울면서 "복숭아나무에서 / 궁디를 까불석 까불석" 하는 모습을 포착할 수 있을까. 한겨울의 새를 보면서 어떻게 이런 질문을 던질 수 있을까.

빨간 새야 너는 겨울이 되면 양식이 없어서

어예 사노?

파랑새야, 어예 사노?

사람이 총으로 쏘기도 하고

약도 놓고 하면 어예 사노?

'어예 사노?'라는 짧은 질문에는 빨갛고 푸른빛의 새의 깃털과 총 쏘고 약도 놓는 인간의 행위와 곡식의 낱알마저 자취를 감춘 빈 겨울 들판의 모습이 담겨 있다. 지금은 노년에 접어들었을 그 시절의 아이들이 쓴 시를 읽으며, 나는 내가 들어야 할 소리를 깨닫고, 안부를 물어야 할 존재가 누구인지 배운다. 자세히 보고, 꾸밈없이 듣는 태도를 연습하면서 낯선 형식의 기교를 익힌다.

내 무딘 귀와 흐릿한 시선을 일깨워주는 또 하나의 고마운 선생님이 있다. 작가 미야자와 겐지의 동화•에는 아이들에게 들려주는 그 나라의 새소리가 가득하다.

버드나무 사이를 뛰어다니는 작은 굴뚝새는 '찌찌잉 찌찌잉' 하고 울고 종달새는 '찌꾸치 찌꾸치' 하며 수다를 떨며 벌새는 새파란 하늘에서 '차랑, 차랑, 차라랑' 운다.

만약 내가 좀 더 악기를 잘 다루는 사람이었다면, 나는 이 소리를 악보에 적고, 여러 악기로 흉내 내는 음악

가가 되었을지도 모르겠다. 어느 밤 나란히 누운 온점이 물어온 질문에 내가 답했던 것처럼.

"다중우주가 있어서 다른 직업을 가진다면, 어떤 일을 하고 싶어?"

나는 잠시 생각한 뒤 답했다.

"작곡가?"

"그래, 만화영화 주제곡 만들면 어울리겠다. 네가 좋아하는 새소리 같은 거 악기로 따라 하고."

온점은 내가 작곡가가 되어도 최신 유행가나 18세기 클래식 같은 건 못 만들 것 같다고 했다. 나도 동의한다. 나에게 어울리는 사운드는 새의 날갯짓이나 눈 밟는 개의 발소리를 유심히 들은 다음, 솜뭉치를 두들기거나 수건을 퍼덕이며 그 소리를 흉내 내는 것일 테니까. 진짜를 모사해 만든 정성스러운 가짜. 그 가짜에서 어렴풋하게나마 진짜를 느끼게 해주는 일. 그러면서 진짜라고 불리는 색과 모양 그리고 그것의 의미를 되묻는 일. 겨울 들판의 새를 보며 "어예 사노?"라고 묻는 일. 소설가로 살아가는 지금도 나는 그런 일을 하고 싶다.

애써 다른 차원의 우주를 상상하지 않아도, 책 속에

● 미야자와 겐지, 『미야자와 겐지 전집 1, 2, 3』, 박정임 옮김, 너머, 2018.

기록된 귀 밝은 사람의 자취를 따라가면 내가 꿈꾸는 음악가의 일상을 만날 수 있다.

19세기 음악가 시미언 피즈 체니는 자신의 정원에 찾아오는 새의 소리를 음표로 바꿔 악보에 기록했다. 박새의 지저귐에서 스타카토가 붙은 32분음표를 찾아냈고, 딱따구리의 트릴과 암탉의 울음을 자신만의 재치 있는 음표로 기보했다. 다르게 듣는 사람은 필연적으로 다르게 표기하는 방법을 고민하기 마련인지, 이 자연의 작곡가는 물결치며 떨어지는 음의 하강을 기발한 선들로 오선지에 그려 넣었다. 그 악보들이 담긴 『야생 숲의 노트』라는 책에는 이런 구절이 있다.

"무생물들마저 자기만의 음악을 가지고 있다."

그 글에 따르면 바람에 움직이는 경첩이나 옷걸이, 물방울이 떨어지는 양동이에도 고유한 선율과 리듬이 있다. 음악가 선생님의 가르침대로 나도 하나의 사물이 다른 사물과 접촉하며 내는 소리를 듣곤 한다. 내 귀가 아니라 다른 존재의 귀를 떠올리며 그 존재가 듣는 소리를 떠올려본다.

가령, 우리 집 앞의 골목이 주인공이 되어 자신의 둘레에서 들려오는 소리로 하루를 묘사하면 어떨까. 새벽녘 담벼락 아래 둔 음식물 쓰레기통의 뚜껑이 둔탁하게 닫히는 소리(그 뚜껑을 여닫는 환경미화원의 손), 늦은 오후, 집에 돌아오는 숱 많은 머리카락의 아이가 대문을 향해 "엄마, 엄마!" 하고 외치는 소리(그 아이는 왜 벨을 누르지 않고 매번 자기 엄마를 부르는 걸까), 그 아이의 이름을 부르며 걸어오는 학습지 선생님의 구두 굽 소리, 울퉁불퉁한 보도블록을 굴러가는 택배 기사의 짐차 소리(온점은 주변이 아무리 시끄러워도 이 소리를 끝내주게 잘 감지한다). 자동차 밑에 숨은 고양이가 자기의 등을 핥고, 우편함에 붙여놓은 전단이 햇빛에 서서히 오그라드는 소리. 먼지가 뭉쳐 굴러가고, 다지류의 곤충이 담벼락을 기어가고, 갈라진 시멘트 사이에서 망초나 토끼풀이 자라나는 소리. 우리의 귀가 들을 수 없는 가청진동수 너머의 소리. 거기에는 얼마나 많은 의성어가 있을까.

만약 이 우주가 아닌 다른 우주가 있다면, 그곳에서도 내가 새소리를 좋아한다면, 나는 한 마리의 새가 인간의 옷걸이를 훔쳐다가 둥지를 만드는 소리를 나만의 표기법으로 기록하고 있을지도 모른다. 쇠를 구부리고 이리저리 엮어서 도시의 가장 높은 시계탑 벽날개에 집을 짓는 야생의 새. 그 새의 이름은 어쩌면 웃음개똥짓 짓새일까?

아쉽게도 새소리가 들려오는 그 작업실에는 오래 머물 수 없었다. 이듬해 여름 폭우가 도시를 덮쳤을 때 건물 천장과 벽에서 물이 샜기 때문이다. 나는 다시 집에서 글을 쓰는 생활로 돌아갔고, 오후가 되면 근처 공원을 산책하며 새가 나는 모습을 올려다봤다. 한겨울엔 빵 조각을 조금씩 뜯어 새들이 있는 곳에 던지기도 했다. 그러면 사철나무 뒤에 모여 있던 참새들이 나와 빵 조각을 물고서 얼른 다시 나뭇가지 사이로 숨었다. 어느 날엔 쉽게 볼 수 없는 오목눈이들이 마른 가지 사이로 오갔고, 나는 재빨리 쌍안경을 꺼내 우듬지를 올려다봤다. 이제 나는 참새와 오목눈이를 구별할 줄 알고, 새를 관찰할 땐 고배율의 도구를 사용하곤 한다. 새가 나는 모습을 지켜보고 지저귀는 소리를 들으며 그 몸짓과 소리를 어떻게 하면 글로 잘 표현할 수 있을까 생각한다. 그렇게 나의 메모 노트에는 세상에서 채집한 기묘한 의성어와 의태어들이 소설 속 문장으로 내려앉을 날을 기다리며 잘 숙성되고 있다.

다행히 이런 낱말 채집에는 나비의 날개를 고정하는 바늘이나 에탄올을 묻힌 핀셋이 필요하지 않다. 해 질 무렵 애인과 나란히 앉아 자연 다큐멘터리를 보는 것만으로도 발견의 놀라움은 멈추지 않으니까. 다큐멘터리를 볼 때면 온점은 영상 속 내레이션이 들리기도 전에 화면에 나온 동물의 이름을 말하곤 한다.

"왈라비네."

"어, 딩고잖아?"

동물 이름을 많이 아는 온점에게 나는 반한다. 왈라비나 딩고의 이름을 넣어 내 별명을 지어주는 온점의 작명 센스에 새로이 감탄한다. 새 이름을 짓는 것 또한 새로운 의성어와 의태어를 만드는 것만큼이나 하나의 작곡이자 안무이기에.

나와 다른 감각으로 느끼고, 위험을 파악하고, 먹고 숨 쉬는 존재들이 어딘가에 잘 있다는 것만으로도 내게는 위안이 된다. 바다가 내려다보이는 초원에서 풀을 뜯는 회색 갈퀴의 조랑말. 선명한 빛깔의 날개를 펼친 참매의 활강.

그런 걸 볼 땐 소설을 쓰지 않아도 살 수 있을 것 같다. 하지만 글을 쓸 때 나는 그 존재들에게 더 가까이 다가간다.

과자 봉지를 오므려놓은 빨래집게

자고로 좋은 글이란 쓴 사람의 이름을 가려도 누가 쓴 글인지 단박에 알 수 있을 만큼 독창성이 드러나야 한다는, 출처가 불분명한 뜬소문에 기대어 나는 오랜 시간 내가 쓴 글을 흡뜬 눈으로 째려보며 여기에 개성이 있나, 저기에 스타일이 묻어났나, 초조하게 감별해보곤 했다. 자, 내 이름을 가려보자. 그러고도 이 글에서 나만의 고유한 정체성이 느껴지는가? 특유의 말투나 톤이 있는가? 그러니까 기존의 문법이나 상투성에 길들지 않은 나만의 대체 불가능한 시선, 이를테면 꼬이거나 뒤틀린 내면에서 우러나오는 일종의 흉터 같은 언어적 무늬가 있느냐는 말이다. 없다고? 수십억의 인구 중 어느 누구도 다른 이와 같은 지문을 가진 사람은 없을진대, 하물며 문학을 읽고 쓰겠다는 사람이 자기만의 문체가 없다니…… 실패다. 세상에 남을 만한 오리지널리티가 아니야. 내 욕망, 내 경험이 깃든 나만의 목소리가 아니잖아. 어쩌면 좋지? 곡마다 인트로에 자기 이니셜을 또박또박 읊어대는 모 작곡가의 방식이라도 따라 해야 할까. 태어나 죽을 때까지 지니고 사는 몸속의 세포들마저 몇 년마다 한 번씩 바뀐다고 하지만, 작가라면, 창작자라면, 그렇게 거듭되는 죽음과 재생에도 변치 않을 자기 영혼의 특질이 빵 속의 치즈처럼 작품 안에 콕 박혀 있어야 하는 거 아닐까.

나는 내가 쓴 글을 놓고서 내 개성의 내구성을 실험해봤다. 기발한 리듬 안에 담가봤다가 반전이라는 결말로 내리쳐보고, 명작이라 불리는 다른 개성과 비교해보면서 (여지없이 좌절하면서) 겨자씨만큼의 재능이라도 찾아내려 눈을 부릅떴다. 살면서 땅이나 집 한 채는 못 가지더라도 반 뼘이라도 좋으니 도서관에 꽂힌 인류의 문학적 부동산에 내 자리가 있었으면 좋겠다고 생각했다.

시간과 공간을 점유하는 창작품!

겨울이 되면 라디오에서 슈베르트의 「겨울 나그네」가 들리고, 새해가 되면 베토벤의 「합창」 교향곡이 울려 퍼지듯, 뛰어난 개별성은 날씨와 시절에도 자기의 이름을 새겼다. 고흐는 자기의 성과 함께 불리는 옐로chrome yellow를 남겼고, 포드 자동차는 브랜드의 상징이 되는 차체의 블랙ford black을 공장에서 찍어냈다. 그러니까 자신의 본질을 잘 발현하면 그것이 가치가 되고 작품이 되는 것이다. 그 방법이야 분야마다 달라서 건축가는 철근과 콘크리트로 지상에 건물을 세우고, 작가는 겨울 산책이나 여름날의 달리기 같은 세상의 풍경에 자기의 이미지를 쌓는다. 나 역시 잘 다듬어진 묘사를 배치한다는 명분으로 뺨을 꼬집듯 단어들을 꼬집어가며 기어이 세상에 내 흔적을 남기려 애썼다. 내 글을 읽은 사람들이 일상을 살아갈 때 글에서 봤던 느낌도 함께 떠올려주었으면 좋겠다고 바랐다. 쓰는 사람이 되었다가 읽는 사람이 되었다가, 엎치락뒤치락 바동거리며, 내 글이 어떻게 보이나 갖가지 거울에 비춰봤다. 때론 소설 속 인물보다 소설 밖 사람들의 눈을 더 많이 떠올리기도 했다. 그렇게 시선의 도가니 틈에서 들끓다가 어딘가 지지부진한 상태로 글에서 멀어지고 나면, 다음엔 더 나다운 목소리를 낼 수 있을 거라는 아리송한 희망을 품었다.

그런데 나의 목소리란 무엇일까. 나의 시선, 나의 체험, 나의 고유성이란 무엇일까. 내가 그럴듯하게 흉내 낸 것은 무엇이고, 아무리 해도 모방조차 할 수 없는 것은 무엇이며, 그 모든 잡탕 그릇 안을 뒹굴다가 또 시작하게 하는, 내 주머니도 모자라 당신의 주머니까지 뒤져서라도 찾아서 보여주겠다는 내 글의 개성은 대체 무엇일까. 잠깐, 설마 지금 내가 '글쓰기란 무엇인가'라는 마법 검 뽑기에 도전하고 있는 걸까. 흰머리가 나날이 늘어가는 이 시점에 바위에 박힌 그 절대무기에 매달려 내가 바로 '나'임을 세상에 증명하겠다는 걸까.

✿

속이 부대껴야 위장의 존재를 깨닫고, 신발 속에 작은 돌이 들어갔을 때야 그간 아무 불편 없이 걷고 있었다는 걸 깨닫는 것처럼, 왜 쓰고, 어떻게 쓰는가라는 질문은 정작 제대로 쓰지 못할 때 나타나는 불안의 신호일지도 모른다. 길이 뻥뻥 뚫리는 순조로운 여행길에선 자신이 어디를 향해 가는지 의문을 던지지 않는 법이니까.

괜히 그럴듯한 질문을 앞세워 내 작은 고민을 과장하는 것 같기도 하다. 그 과장법에 마음이 들썩이지 않기 위해 요즘 나는 골똘히 생각하기보다 생각에서 멀어지는 연습을 한다. 혼자 묻고, 혼자 답하는 질문에 빠져 있기보다는 눈을 감으면 새록새록 떠오르는 기분 좋은 이미지에 최대한 나를 푹 적시려고 한다. 글을 쓸 때도 기발한 아이디어나 폐부를 찌르는 감각보다 어디서나 쉽게 마주칠 수 있는 장소나 사물들을 더 잘 담아내고 싶다고 생각한다.

늙은 걸까. 이제 나는 세상이라는 질서와 덜 부대껴서 시시각각 남과 다른 나를 자각하기보다 다른 사람과 사이좋게 지낼 수 있는 잘 포장된 널찍한 길을 원하는 걸까. 아니면 육체의 쇠락과 함께 나날이 부족해지는 가용 에너지를 체감하며, 포기할 건 포기하고, 안 되는 일에 괜히 기운 빼지 않으면서, 내 행복에 집중하고 싶은 걸까. 그 행복이란 또 무엇일까.

얼마 전 온점과 밤에 산책했다. 해가 진 시간에 밖을 나돌아다니는 건 우리에게 아주 드문 일이라 우리는 나가기 전 이 외출이 우리에게 꼭 필요한 것인지 몇 번이나 되물었다.

겨울이 오기 전까지만 해도 온점은 석 달 동안이나 매일 하루도 빼놓지 않고 예전 작업실로 가서 고양이 나오미를 보고 왔다. 만나서 밥과 물을 주고 어디 아픈 데가 없나 보살펴주었다. 나오미를 우리의 새집으로 데려오고 싶었지만, 그러자면 먼저 나오미를 병원에 데려가 다시 한번 건강 상태를 체크하고, 고양이에게 필요한 주사도 맞혀야 했다. 하지만 나오미가 이동장 안에 갇혀 병원에 가는 걸 끔찍이도 싫어했고, 무엇보다 나오미가 바깥 생활을 버리고 집냥이가 되고 싶어 하는지 그 마음을 알 수 없었기에 온점은 고민하며 나오미의 컨디션을 살폈다. 그러다 무슨 이유에선지 겨울이 될 무렵부터 나오미가 발길을 끊었다. 아마도 무엇엔가 겁을 먹고 사람에게 가까이 오는 걸 무서워하는 것 같았다. 품에 폭 안겨서 배를 내보이던 시절과 달리 나오미는 온점 곁에도 잘 오지 않았고, 띄엄띄엄 찾아와서도 경계를 늦추지 않다가 나중에는 아예 모습을 감추었다. 온점은 나오미를 찾아 근처를 헤매고, 혼자 작업실에서 몇 시간씩 기다리며 보름을 보낸 뒤 크게 상심해 더는 밤에 나가지 않았다. 그 후부터 우리는 해가 지면 현관문을 잠그고 외출을 삼갔다. 밤새 술 마시고 놀다가 첫차를 타고 집에 오던 나의 20대 시절과 달리 지금의 나는 밤의 어둠과 향락을 꺼리게 되었다. 한밤중에 대문 밖을 나서는 건 달마다 우리의 호르몬이 춤을 추며 과자를 공급하라고 아우성을 칠 때 말고는 거의 없었다.

"꼭 나가야 해?"

나는 온점에게 물었다.

"응. 오늘이 마지막이야."

온점은 무료로 받은 음료 쿠폰의 날짜를 말했다. 물가가 급등하는 이 시기에 소중한 음료 쿠폰을 내버릴 수 없었다. 우리는 가까운 커피점을 방문하기로 했다. 낮에

밤의 산책길,
어느 주차장 진입로의 짧은 횡단보도

는 온점도 나도 각자 일로 바쁘고, 저녁에 같이 식사한 후에는 함께 청소와 집안일을 했기 때문에 우리의 일몰 후 루틴에 외출이 끼어들 틈이 없었다. 그렇게 미루고 미루다가 쿠폰의 마지막 날이 와버렸고, 우리는 마침내 우리만의 굴 밖으로 나갔다.

차갑고 쨍한 겨울바람이 이마에 스쳤다. 그런 밤공기가 참 오랜만이었다. 낮에는 아무리 추워도 태양의 빛과 열기가 있어서 어딘가 보호받는 느낌이었다. 비가 오거나 눈이 내려도 해가 떠 있으면, 그 아래에선 무엇도 완전히 자기를 숨길 수 없었다. 하지만 밤은 무엇이든 감추고 숨겼다. 떼 지어 날던 참새나 삐익삐익 울며 나는 직박구리도 없었고, 활달하게 걸어가는 개와 담벼락 아래 움츠린 고양이도 보이지 않았다. 그저 캄캄한 어둠뿐이었다. 나는 가로등 빛이 닿지 않는 작은 사각지대마저 무서웠다. 저 어둠 어딘가에 내 눈이 감지할 수 없는 위험이 도사리고 있을 것 같았다.

"같이 나오니까 좋다."

온점은 나만큼 어둠을 두려워하진 않았다. 우리는 손을 포갠 채 서로의 주머니에 번갈아 손을 넣으며 인적이 드문 거리를 걸었다. 겨울의 밤길은 으스스했지만 하얀 입김이 나오는 공기가 상쾌했다. 온점은 공원을 가로질러 더 빨리 가자고 했다. 나는 캄캄해서 안 된다며 차가

다니는 인도로 이끌었다. 우리가 서로에게 강조하는 생활 규칙이 하나씩 있다면, 온점은 나에게 춥게 입고 다니지 말라는 것이고, 나는 온점에게 어두운 길로 다니지 말라는 것이다. 서로의 걱정을 덜어주려면 우리는 단단히 옷을 껴입고서 밝은 길로만 다녀야 했다.

"밤엔 저기로 가면 안 돼. 알았지?"

나는 컴컴한 숲길을 보며 온점에게 당부했다. 우리는 공원 밖 울타리를 따라 번화가로 향했다. 조금씩 불빛이 많아지자 그제야 나는 마음이 놓였다. 상점들의 간판 빛이 반가웠다. 굉음을 내며 달리는 오토바이와 자동차 헤드라이트도 낮과 다르게 고맙게 느껴졌다. 가게에서 풍기는 와플 냄새는 낮보다 더 달콤했고, 치킨 가게에서 들리는 사람들의 웅성거림도 명절날 옆집에서 들려오는 부산한 아침 소리처럼 듣기 좋았다. 미용실에선 여전히 바쁘게 머리카락을 다듬고 잘랐다. 보고 있으면 마음 한구석이 환해지는 약국의 불빛은 단정하게 그 자리에 있었다. 꽈배기와 떡볶이, 빵집과 갈빗집, 네일숍과 옷 가게들. 낮에는 대수롭지 않았던 쇼윈도의 모습들이 밤의 어둠 아래에선 영화의 하이라이트 장면처럼 흥미진진해 보였다. 밤의 신호등과 밤의 초록불. 낮에는 들리지 않던 신호등의 목소리가 들렸다.

"건너가도 좋습니다. 건너가도 좋습니다."

우리는 건널목을 건너 열차가 오가는 다리 밑으로 갔다. 와글거리는 조명 빛을 보자 나도 모르게 조금씩 설렜는데, 마치 산과 들에 둘러싸인 외딴집에 살다가 벼르고 별러 읍내로 나온 시골 아이가 된 기분이었다. 나는 줄곧 도시에서만 살아서 전원의 삶이 어떤 것인지 잘 모르지만, 논과 밭으로 둘러싸인 집에서 살았던 지인의 말에 따르면 도시는 빛의 장소라고 했다. 서울에 와서 가장 놀랐던 건 끝없이 펼쳐진 밤의 조명들이었다고. 하지만 도시의 그런 빛이 신경을 예민하게 만들어 밤에도 완전히 잠들지 못한다고 했다. 시골엔 칠흑 같은 어둠이 깔리는데, 도시는 어느 곳도 완벽하게 어둡지 않아서 자꾸 잠을 설치는 것 같다고.

나는 도시의 빛에 매혹된 아이처럼 입을 벌렸다. 낮에 혼자서 걸을 땐 보이지 않았던 담벼락의 얼굴이 같이 걷는 온점 덕분에 눈에 띄었다.

"난 쟤가 참 좋더라."

온점이 벽에 그려진 작은 캐릭터를 보며 말했다.

"저걸 어떻게 봤어? 난 아무리 다녀도 못 봤는데."

나는 온점의 관찰력에 놀랐다. 잘 빚은 만두처럼 생긴 캐릭터가 지저분한 잿빛 담에서 웃고 있었다. 온점은 어디서든 귀여운 것을 찾아냈다. 그래서 나는 아무리 삭막한 상황에 놓여 있어도 몇 그램의 귀여움에 물들 수 있었다. 우리는 왁자지껄한 술집들을 지나쳤다. 맥줏집을 지나 이자카야가 있었고 그 옆으로 술과 고기를 파는 가게들이 이어졌다. 그렇게나 많은 음식점과 술집이 연달아 붙어 있다는 게, 그 안에 사람들이 모여 있다는 게, 나는 신기했다. 자꾸 어디 외진 곳에 갇혀 있다가 나온 사람처럼 사람들이 노는 모습을 경이롭게 바라봤다.

"부러워?"

온점이 물었다. 한때 술꾼이었던 나는 쑥스럽게 웃었다.

"응. 재밌을 것 같아."

하지만 나도 온점도, 내가 다시 저 안에 들어가 술을 마시고 취할 일은 없을 거란 걸 알았다. 이따금 술 마시는 기분은 느끼고 싶지만 술에서 깨는 과정이 전과 다르게 점점 더 고통스러웠다. 하루는 요리에 넣기 위해 막걸리를 샀는데, 막걸리가 남아 내가 마신 적이 있었다. 큰 컵으로 한 잔 반쯤 되는 양이었지만, 그걸 마시고 얼굴이 벌겋게 달아올라 그날 밤 내내 숙취에 시달렸다. 그 뒤로는 술이 마시고 싶으면 작은 위스키 잔에 맹물을 따라 마셨다. 알코올 때문에 머리가 지끈거리고 싶진 않지만, 잔에 무언가를 따라 마시는 동작은 가끔 그리웠다.

대로변에 있는 커피점 안은 더 북적거렸다. 온점은 자

신이 혼자 들어가 음료를 받아 오겠다고 했다. 나는 가게와 가게 사이 좁은 골목길로 들어갔다. 통유리창으로 온점이 주문대에 서 있는 게 보였다. 골목 맞은편 가게는 케이크 전문점이었는데, 나는 그 유리 진열장 앞으로 가서 케이크들을 구경했다. 흰색과 핑크색, 선명한 파랑과 초록, 윤기 나는 과일들과 '사랑해, 축하해' 초콜릿으로 쓴 글자들. 하나같이 새롭고 놀라웠다.

커피점 안의 온점을 다시 확인한 다음 나는 골목을 벗어나 큰길로 갔다. 옆으로 휘어지는 검은 도로 너머에 헬스장과 볼링장 간판이 보였다. 볼링 핀 그림을 보니 마룻바닥에 공을 굴리는 둔탁한 소리가 들리는 듯했다. 그때 금발 머리의 한 여자가 나를 지나쳐 골목 안으로 들어갔다. 커다란 스포츠백을 어깨에 멘 그 여자는 나를 흘깃 보더니 담배를 꺼내 물었다. 골목 앞에 있는 작은 복권 판매점에는 끊임없이 사람들이 오갔다. 사람들은 작은 가판대 문에 대고 "만 원어치요" "오천 원어치요" 하고 말한 다음 얇은 종이를 주머니에 넣고 사라졌다. 그러고 보니 토요일 밤이었다. 저 복권 가게의 모습을 글로 담아내고 싶다고 생각하는데, 뒤에서 큰 노랫소리가 들렸다. 돌아보니 골목 안쪽에 있는 노래방 입간판에 불이 들어오고 있었다. 빠른 비트의 쿵작거리는 반주음이 좁은 길을 채웠다. 금발의 여자는 여전히 담배 연기를 내뿜었고, 바닥에는 사람들이 버리고 간 꽁초가 납작하게 짓눌려 있었다. 침을 뱉은 자국과 벽에 문지른 까만 재도 보였다. 케이크 가게의 불빛은 흰 도화지처럼 환했고, 복권 판매점 앞에는 겨울 점퍼를 입은 사람들이 몇 초간 머물렀다가 떠났다. 그 소리와 냄새, 불규칙한 흔적들이 지극히 평범해서 나에게는 오히려 낯설어 보였다. 밤의 거리로 나오기 전에는 내가 눈여겨보지 않던 것들이었다. 내가 보든 말든 상관없이 다 자기의 방식대로 충분히 아름다운 것들이었다.

그날 이후 이따금 나는 가만히 눈을 감고서 그 밤의 풍경을 떠올렸다.

"우리 커피 사러 밤에 나갔잖아. 그때 재밌지 않았어?"

"재밌었어?"

"응. 좋았어. 자꾸 떠올라."

나는 물속을 헤엄치는 금붕어처럼 몸을 비틀었다. 그때의 좋은 기분을 되살리며 행복감에 젖었다. 그 행복이란 무엇일까? 내가 떠올리는 그날의 밤 풍경은 어떤 것일까. 칠흑 같은 어둠과 조금씩 밝아지는 거리, 술집과 상점들, 화를 내고 슬퍼하고 노래 부르는 사람들, 거짓과 진실의 카드를 섞듯 표정을 바꾸며 마주 앉은 얼굴들. 나 아니어도, 내가 없어도, 여전히 쿵쾅거리고 달그

락거리며 잘 돌아가는 세상의 흐름. 나라는 개성이 없어도, 아니, 오히려 그 초조함의 색안경을 벗고 보니 더 충만해 보이는 풍경이었다. 전체로 녹아드는 하나하나의 얼굴들이 나라는 틀에서 자유롭게 나를 풀어주는 듯했다.

❦

소설이나 글쓰기에 관련된 질문을 받으면 나는 되도록 잘 준비된 답변을 하려고 한다. 하지만 어떤 경우엔 전혀 생각지 못했던 대답이 튀어나오기도 하는데, 그렇게 말의 흐름에 이끌리다 보면 혼자 골똘히 생각할 땐 미처 몰랐던 나의 어떤 지점에 가닿기도 한다.

얼마 전 소설 쓰기에 관해 사람들과 이야기했을 때도 그랬다.

"꼭 제가 쓴 글이 아니더라도, 어쩌면, 꼭 소설이나 문학이 아니더라도, 물론 문학이 좋긴 하지만, 그저 벽에 쓴 글자라도, 그 말이 좋으면 그것으로 된 것 같아요."

정확히 이 문장은 아니었지만, 이런 뉘앙스의 말이었다. 나는 말을 하면서도 한 번도 이런 생각을 해본 적이 없었는데 왜 이 말이 나왔을까 하고 놀랐다. 그 말을 하고 나서야, 아, 정말 그것으로 좋다고 생각했다. 나보다 말이 앞서가며 나를 이끄는 듯했다. 며칠 후 곰곰이 그 말을 돌이켜보다가 다시 그 밤의 풍경이 떠올랐다. 밤의 불빛들, 흔하고 익숙한 거리와 좁은 골목길, 잠시 마주친 금발의 여자와 그녀의 담배 연기, 귀를 찢는 듯한 노래방 기계의 반주음, 로또를 사러 온 사람들과 유리창 너머로 보이는 온점의 뒷모습, 겨울의 찬 공기.

그때 내가 느낀 평화는 무엇이었을까. 왜 나는 그때 충만하고도 쓸쓸한, 거리의 풍경 속 하나가 된 듯한 기분을 느꼈을까. 내 이름을 지워도, 내가 썼다는 표식이 없어도, 좋은 글이 사람들에게 전해졌으면 좋겠다고 생각한 이유는 무엇일까. 나는 어떻게, 그리고 무슨 이유로 전과 다른 희망을 품게 된 것일까.

누가 쓴지 모르겠는 글, 작가의 이름이 없어도 좋은 글. 그런 글을 쓸 수 있을까. 이름을 남기고 싶어 했다가 이름을 지우고 싶어 하는 건, 정반대의 길이지만 결국 비슷한 토대에서 나온 욕망일지도 모른다. 내가 좋다고 말할 수 있는 느낌의 기준도 아직은 분명하지 않다. 나는 여전히 밤이 무섭고, 온점은 겨울밤을 밖에서 보낼 나오미를 걱정하며 뒤척인다. 하지만 우리는 매일 보는 풍경 속에서 귀여운 것을 찾아낸다. 예술사에 길이 남을 명작이 아니어도, 계절과 색을 점유한 위대한 창작품이 아니어도, 나를 둘러싼 세계에는 반드시 사랑스러운 것이 있기 마련이다. 돋보이는 개성보다 그 개성을 도드라져 보이게 해주는 배경이 때론 더 귀하게 다가온다. 이 글의 제목을 무엇으로 하면 좋을까 고민하다 선반에 놓인 과자 봉지를 봤을 때처럼. 반쯤 먹은 과자 봉지를 빨래집게로 집어놓은 온점의 습관처럼. 나는 그 빨래집게 같은 글을 쓰고 싶다. 내가 쓴 글이 그 빨래집게처럼 누군가의 일상에 작은 사물이 될 수 있다면 참 즐거울 것 같다.

숨결에서 콧노래까지

그 소설가가 아는 사람 중에 가장 흥이 많은 사람은 '가가 아저씨'입니다. 아는 사람이라고 하기엔 이사 온 후 지금껏 한 번도 얼굴을 본 적 없지만, 그 사람은 거의 매일 가가 아저씨의 흥얼거리는 노랫소리를 듣습니다.

가성으로 가요를 부르는 아저씨라고 해서 가가 아저씨.

소설 쓰는 사람과 한집에 사는 온점이 지은 별명입니다. 온점이란 호칭도 실제 이름은 아니고 두 사람이 의논해 지은 별명인데, 소설 쓰는 사람의 문장에 마침표를 찍어주는 존재란 뜻입니다. 그럼 이 사람에게도 별명을 붙여줄까요? 날마다 다른 이가 쓴 책을 읽고, 자신도 그럴듯한 이야기를 지어내느라 머리카락을 쥐어뜯는 이

시무룩한 표정의 사람은 하잘것없는 잡념에 빠져 있을 때가 많습니다. 가령, 산책하는 개들이 가로수에 오줌을 싸는 걸 보면서 저 오줌 색이 형광이면 어떨까? 밤마다 나무 밑동이 환하게 빛나지 않을까? 그럼 가로등이 필요 없겠지? 그런 뜬구름 잡는 생각을 하죠. 한 번도 본적 없는 가가 아저씨에 관해 이렇게 글을 쓰는 것처럼, 만난 적도 없고, 만지거나 목소리를 들은 적도 없는, 그래서 있는지 없는지도 모를 자신의 영혼에 관해서도 생각합니다. 만약 사람에게 영혼이 있다면, 무게를 잴 수도 없고 두 팔로 끌어안을 수도 없는 영혼이 나에게도 있다면, 아마도 그 영혼은 북쪽의 추운 땅에서 오지 않았을까. 물이 중력에 이끌려 아래로 아래로 흐르고, 뜨거운 공기가 우르르 위로 몰려가듯이, 영혼에도 모이고 흩어지는 어떤 기준이 있어서 사람뿐 아니라 동물과 식물 그리고 광물의 보이지 않는 호흡이 태양 빛과 멀리 떨어진 곳, 북위 66도쯤에 모여 있지 않을까. 혹독한 추위 속에서만 우리가 내뱉는 숨결이 눈으로 보이듯, 끝이 보이지 않는 눈 덮인 벌판에 가면 하얀 입김처럼 새어 나온 영혼을 볼 수 있지 않을까.

이 뜬구름 잡는 사람은 빨갛게 달아오른 전기난로 앞에 앉아 북풍이 몰아치는 툰드라의 모습을 스마트폰으로 봅니다. 그곳에 사는 사람들은 순록이 끄는 나무 썰

매를 타고, 순록의 가죽으로 만든 옷을 입고, 순록의 배를 갈라 날고기를 먹습니다. 붉은 살점을 입에 물고 작은 칼로 쓱쓱 베어내죠. 비타민과 무기질이 풍부한 순록의 피를 컵으로 떠서 마시기도 합니다. 사람은 순록을 먹고, 순록은 이끼를 먹습니다. 이끼야말로 나무뿌리가 깊이 뿌리내리지 못하는 그곳에서 태양의 에너지를 머금은 귀한 엽록소죠. 그래서 이 덥수룩한 머리의 사람은 한 번도 본 적 없는 자신의 영혼이 이끼를 닮았으면 좋겠다고 생각합니다. 춥고 습한 땅에서도 잘 자라는 이끼, 뿔이 난 순록이 앞발로 툭툭 눈을 파헤치며 뜯어 먹는 차갑고 싱싱한 이끼. 순록의 입으로 갔다가 그 순록을 먹은 늑대의 몸속을 떠도는 이끼의 여행. 그 흐름을 떠올리면 짓눌린 가슴이 조금은 시원해집니다. 그렇게 자신을 이끼 씨라고 부르며 어딘가에서 들려오는 가가 아저씨의 흥 많은 노래를 듣습니다.

❧

어떻게 일어나자마자 저렇게 기분이 좋을 수 있을까요? 아침이면 벽 너머로 가가 아저씨의 콧노래가 들려옵니다. 가가 아저씨는 고로롱고로롱 코를 골며 자고 일어나 날이 밝으면 알 수 없는 멜로디를 흥얼거립니다. 외출

뜬구름을 잡으러 가게 해주는
고마운 영양분

했다 집에 돌아오는 길에도 콧노래를 부릅니다. 저물녘이 되면 창밖으로 골목에 들어서는 가가 아저씨의 흥얼거리는 소리가 들리죠. 밤에는 노래방 기계를 틀어놓고서 반주에 맞춰 가요를 부릅니다(다행히 에코가 울리는 마이크를 쓰지는 않습니다). 가가 아저씨의 애창곡은 「사랑밖엔 난 몰라」와 「화장을 고치고」인데, 이끼 씨는 가가 아저씨에게 잊지 못할 옛사랑이 있는 게 아닐까 짐작합니다.

가가 아저씨의 목소리는 걸걸한 중년 남성이지만, "설레는 맘으로 화장을 다시 고치곤 해"라는 구절을 높은 가성으로 실감 나게 부릅니다. 어느 날은 「솔아 솔아 푸르른 솔아」를 열일곱 번 연속으로 부르기도 했습니다. 도입부의 음정을 맞추기 어려운지, 부르다가 끄고, 부르다가 끄면서 연습에 연습을 거듭했죠. 또 이따금 서툰 솜씨로 전자 기타를 연주합니다. 자정이 다 될 때까지 연주를 멈추지 않아 잠귀가 예민한 이끼 씨는 침대에서 일어나 죄 없는 베개를 마구 때렸죠.

고요한 밤을 좋아하는 이끼 씨는 가가 아저씨의 흥 많은 노래가 괴롭습니다. 괴로우면서도 때론 궁금합니다. 혼자 사는 가가 아저씨, 담벼락 위에 걸린 빨랫줄에 흰 페인트 얼룩이 묻은 작업복 바지를 널어놓은 가가 아저씨, 이따금 문 앞에 라면 사리 한 상자가 배달돼 있어서 온점과 이끼 씨가 라면 사리 아저씨, 줄여서 '라사 아저씨'라고도 부르는 그 아저씨는 어떻게 매일 기분 좋은 콧노래를 흥얼거릴 수 있을까요. 밤마다 슬픈 노래에 흠뻑 취할 수 있을까요. 기쁨도 슬픔도 아저씨에겐 어떻게 노래가 되는 걸까요. 짐승이 울부짖듯 바람이 웅웅거리는 얼어붙은 땅, 도움을 청하는 사람도 고양이를 만난 쥐도 울부짖는다는 시베리아를 향해 요철 길을 가는 어느 작가의 글*을 읽으며 이끼 씨는 시무룩한 영혼과 흥 많은 영혼의 차이를 생각합니다.

사실 이끼 씨를 잠 못 들게 하는 마음속 괴로움은 따로 있습니다. 책을 읽고, 글을 쓰는 게 직업인 이끼 씨는 사람의 말과 글이 무섭습니다. 배를 타고 바다로 나가야 하는 어부가 큰 파도를 두려워하는 것과 비슷하달까요. 말과 글은 때론 파도보다 높이 솟구쳐 모든 걸 집어삼키는 것 같습니다. 실제로 사람들과 만나 목소리로 나누는 말도 아슬아슬할 때가 있긴 하지만, 책에 적힌 말은 그보다 더 제멋대로 굴곤 하죠. 본래 자기보다 몇 배나 크고 화려하게 부풀어 세상을 활보하기도 합니다. 그

• 안톤 파블로비치 체호프, 『안톤 체호프 사할린 섬』, 배대화 옮김, 동북아역사재단, 2013. 체호프가 시베리아와 사할린에 갔던 기록을 담은 책. 시베리아에선 새도, 곰도 울부짖는다는 표현은 55쪽에 나온다.

래서인지 쥘 르나르라는 작가는 자신이 글로 쓴 존재들에게 미안한 마음을 가졌습니다. 오리와 뿔닭, 당나귀와 도마뱀, 지렁이와 물파리 같은 인간 외 존재들로 재미난 글을 썼지만, 나중에는 자신이 동물들을 두고 한 농담이 부끄럽다고 했습니다.•

이끼 씨는 자신도 그렇게 부끄러워질까봐 두렵습니다. 농담도 비극도, 말이 닿으면 조금씩 흠집이 나기 마련이라 그런 불완전한 말이 멀리멀리 퍼져나가는 게 떨리고 조마조마합니다. 종이에 인쇄된 말은 겉보기엔 풀씨처럼 작고 납작하지만, 사람들이 읽으며 그 말의 풍경을 상상하면 질소 비료를 뿌린 땅의 농작물처럼 쑥쑥 자라납니다. 그 말이 옳은지 그른지, 아름다운지 추한지는 꽃이 피고 열매가 자라 그 열매를 먹은 사람이 또다시 말의 씨를 뿌릴 때까진 구분하기 힘들죠. 주변의 땅을 황폐하게 만들고 몸을 병들게 하는 말이라도 여러 사람이 오랜 시간 심고 낟알을 따서 먹으면, 그 말이 사람들의 배에 가득 찹니다. 아무리 봐도 앞뒤가 안 맞는 비틀린 말이라 해도 큰 소리로 떼 지어 말하면 어느새 익숙한 세상의 법칙이 되어버리죠.

미국의 어느 작가는 어린 시절 흑인이 노예로 사는 건 당연하다는 말을 들으며 살았다고 합니다.• 말이 건초를 먹고, 암소가 송아지를 낳는 것만큼이나 자연스러운 순리로 느껴졌을 테죠. 가족과 떨어져 돈에 팔려 온 노예 소년의 모습은 여름날의 햇빛이나 호수의 잔물결처럼 낯익은 풍경이었습니다. 그 규칙이 조금이라도 미심쩍으면 어린 시절의 작가는 곧장 교회로 달려가 확인받았다고 합니다. 그러면 성경에 적힌 진리로, 모든 아이를 가르치는 교육으로, 마을과 국가를 이루는 법으로 그 말의 힘을 다시금 느낄 수 있었다고 하죠.

말이 얼마나 무서운가 하면, 사람의 말을 하지 않는 동물에게까지 무시무시한 영향을 미칩니다. 이끼 씨는 어느 소설◆을 읽다 칼이나 총처럼 말도 살갗을 찢고 핏방울을 뚝뚝 흘리게 할 수 있단 걸 알았죠. 그 소설 속에서 한 할머니가 새끼를 낳은 고양이에게 이렇게 말합니다.

"쥐새끼를 낳았구나. 쥐새끼를 일곱 마리나 낳았구나."

할머니는 고양이를 보며 주문을 걸듯 반복해 말했고, 그날 밤 고양이는 자신의 새끼를 모조리 잡아먹었습니다. 쥐새끼를 낳았다는 할머니의 말이 살아 있는 새끼

● 쥘 르나르, 『자연의 이야기들』, 박명욱 옮김, 김연주 그림, 문학동네, 2008, 226쪽.
◆ 마크 트웨인, 『웃음과 비탄의 거래』, 정소영 옮김, 온다프레스, 2022, 67쪽.
■ 오정희, 「중국인 거리」, 『저녁의 게임』, 문학과지성사, 2020.

고양이를 쥐로 바꾼 것이죠. 조그만 대가리만 남은 새끼 고양이를 신문지에 싸서 하수구에 버리는 장면을 읽을 때 이끼 씨는 숨이 턱 막혔습니다. 이렇게나 무섭고 힘이 센 말, 그 말로 이루어진 것이 책이었습니다. 더구나 소설이란 건 처음부터 끝까지 가짜 이야기로 만들어진 것이죠. 그런데 그런 소설을 읽으며 말의 힘과 난폭함을 깨닫는다니, 이끼 씨는 도무지 어디서부터 길이 꼬여버린 것인지 알 수 없었습니다.

이끼 씨는 책 밖에서도 가짜 말에 흔들리곤 합니다.

이끼 씨가 아는 어느 할머니는 무릎이 아파 잘 걸을 수 없고, 기억력도 약해져서 사람들의 이름을 잘못 부르곤 합니다. 흔히 정신이 오락가락한다는 증상을 보이시죠. 감기에 걸려 콧물이 나고 열이 나는 것처럼, 할머니의 머릿속 이야기도 기침하듯 거짓말을 뱉어냅니다. 집에 청소해주러 오는 분이 할머니의 돈을 훔쳐 갔다고 하고, 매일 도시락을 싸 와 끼니를 챙겨주는 딸이 자신을 몽둥이로 때린다고도 합니다. 이끼 씨는 그 따님의 성품을 잘 알고 있어서 그분이 할머니를 때릴 리 없다는 걸 잘 압니다. 그런데도 할머니가 틀림없이 일어난 일처럼 다급하게 말하면, 마치 최면에 걸린 듯 혹시나 하고 그 말의 상황을 상상하게 됩니다. 거짓말이라고 생각하면서도 할머니의 말들이 머릿속에서 하나의 장면으로 바꿉니다. 할머니는 자신의 진실을 조금도 의심하지 않기에 거짓말은 이글이글 타오르며 듣는 사람의 옷깃에 확 옮겨붙습니다.

형태도 없고 손으로 붙잡을 수도 없는 말이 어째서 살아 있는 사람에게 이토록 횡포를 부리는 걸까요. 뜬구름 잡는 상상을 좋아하고, 그 상상의 문과 창이 모두 언어로 이뤄져 있다는 걸 알면서도, 이끼 씨는 말이 가진 잔혹함에 물어뜯길까봐 겁이 납니다. 말의 송곳니를 갈고 발톱을 뽑아 길들이고 싶지만, 그러면 그럴수록 옴짝달싹할 수 없는 말의 똬리에 점점 더 갇히는 기분입니다. 할 수만 있다면 말에게 재갈을 물려 원하는 방향대로 몰아가고 싶습니다. 한편으로는 사람들의 말에서 안전하게 멀어지고 싶기도 합니다. 하지만 이끼 씨는 순록에게 뜯어먹히는 이끼 같은 글을 쓰고 싶어 하지 않았나요? 이끼에서 순록으로, 순록에서 순록의 피로 그렇게 형태와 형태를 넘나들며 어느 것도 끝이 아닌 커다랗고 경계 없는 전체의 일부로 녹아들고 싶어 하지 않았나요?

부엌에서 채소를 씻을 때 온점은 콧노래를 흥얼거립니다. 흙 묻은 당근이나 시금치로 가사를 지어 즉흥으로 멜로디를 붙이죠. 그럴 때 말은 물처럼 흐르고 산소처럼 상쾌하게 와닿습니다. 또 모래로 쌓은 성처럼 쉽게 무너지죠. 그 노래는 어떤 악보에도 기록돼 있지 않기에 같은 사람이 다시 부른다고 해도 똑같이 반복할 순 없습니다. 그렇게 잠깐 나타났다 사라지는 노래를 들을 때 이끼 씨는 자신과 다른 따뜻한 곳에서 온 영혼을 보는 듯합니다. 햇볕에 무르익은 싱그러운 과일과 새소리가 넘쳐나는 곳, 파도의 흰 거품과 선명한 색으로 물들인 천이 온화한 바람에 펄럭이는 곳. 분명 그곳에도 북쪽의 먼 땅처럼 영혼들이 머무는 정류장이 있을 겁니다. 그곳에서 온 영혼들은 온점이나 가가 아저씨처럼 누구도 따라 부를 수 없는 콧노래를 흥얼거리겠죠. 으스스한 입김이 아닌 느긋하게 피어오르는 아지랑이처럼 영혼들이 몸에서 흘러나올 겁니다.

사람의 말과 글도 그렇게 떠오를 수 있을까요. 바람이나 가벼운 손길처럼 누군가의 옷깃을 스칠 수 있을까요.

어느 오후 이끼 씨는 길을 걷다 기억에 남는 풍경을 보았습니다. 비탈길을 내려가는 한 사람이 길을 올라가는 다른 사람의 팔을 붙잡고 서 있었죠. 완전히 잡은 것은 아니고 잡은 듯 안 잡은 듯 마주 선 사람의 팔 언저리에 가만히 손을 대고 있었습니다. 그렇게 두 사람은 길가에 서서 짧은 대화를 나누었습니다.

"아주머니, 이거 여기 안 뜯어져요?"

길을 내려가던 여자, 그러니까 다른 이를 붙잡은 여자가 허리를 숙인 채 말했습니다. 여자는 자기가 신은 흰색 운동화를 가리켰고, 동시에 마주 선 사람의 신발도 가리켰는데, 두 사람의 운동화가 똑같았습니다.

"나는 여기가 자꾸 뜯어져서 고치러 갔는데, 아주머니는 여기 안 뜯어져요?"

여자가 검지로 자신이 신은 운동화의 앞코를 가리켰습니다. 안쪽이 잘 보이게 발을 옆으로 기울였죠.

"나는 안 뜯어지던데."

같은 신발을 신은 다른 사람이 말했습니다. 두 사람은 나란히 허리를 숙이고서 서로의 운동화를 살폈습니다. 이끼 씨는 걷는 속도를 줄이며 그들을 돌아보았죠. 아무래도 두 사람은 처음 본 사이 같았습니다. 그러니까 서로를 모르던 두 사람이 길을 걷다가 서로를 보고서 그 자리에 멈춰 선 것이었습니다.

"같은 신발이길래, 내 것만 뜯어지나 궁금해서."

한쪽 발을 길게 뻗은 사람이 쑥스러운 듯한 목소리로 말했습니다. 두 사람 모두 고개를 숙이고 있어서 표정이 보이지 않았지만, 이끼 씨는 두 사람의 태도에서 서로를 경계하는 낌새는 느낄 수 없었습니다. 두 여자는 커다란 버즘나무 앞에 서서 얘기했고, 이끼 씨는 오래 바라보는 것이 실례가 될까봐 조금씩 그곳에서 멀어졌습니다.

스스럼없이. 이끼 씨는 걸으며 그 말을 떠올렸습니다. 스스럼이 없다는 말은 부끄러움이나 조심스러운 기색이 없다는 뜻이지만, 이끼 씨는 그 말이 뜻을 가진 언어라 기보다 조금 전 마주친 평범한 거리의 풍경 같았습니다. 누구나 오갈 수 있는 길, 내 발에도 맞고 다른 사람 발에 도 맞는 신발, 가볍게 옷깃을 붙잡는 손길 같았습니다. 조심해 예의를 갖출 새도 없이 반사신경처럼 튀어 나가 는 말, 반가운 마음에 자기도 모르게 눈이 커지면서 입 술이 열리는 순간. 그런 순간과 말이 이끼 씨를 붙잡는 다면 이끼 씨도 걸음을 멈추고 자신의 얘기를 해줄 수 있을까요? 스스럼없이 건넨 말에 스스럼없이 답할 수 있 을까요? 튀어 오르고 물보라를 일으키는 말에 유연하게 휩쓸릴 수 있을까요? 낯가림도 지분거림도 아닌 중간 지 대의 친밀함은 어떻게 생겨나는 것일까요? 그렇게 넉넉 한 숨을 가진 사람만이 콧구멍의 빈 곳을 울려 기분 좋 은 멜로디를 흥얼거리는 걸까요?

깊이깊이 가라앉은 희미한 영혼을 보기 위해선 더 캄 캄한 배경이 필요한가 봅니다. 이끼 씨는 고작 스마트폰 으로 북쪽 땅을 구경할 뿐이지만, 애초에 춥고 습한 화 산 지대에서 태어난 어떤 사람은 보고 싶은 영혼을 만나기 위해 밤 기차를 타고 멀리 떠났습니다. 오호츠크해를 건너 사할린섬으로 가면서도 그 사람은 눈으로 볼수 없는 어둡고 아득한 곳을 상상했죠.[•] 영혼들이 마주앉은 기차와 그들이 지나쳐 가는 정거장을 떠올렸습니다. 아직 말과 글이 닿지 않는 머나먼 미지로 가서 그곳을 두려워하고 무서워하는 이들에게 다른 풍경을 만들어주었습니다. 덕분에 우리는 지구 너머의 우주, 은하수와 북십자성으로 가는 새 길과 새 말을 얻었죠.

그런 책을 읽을 때 이끼 씨는 김이 모락모락 나는 새빨간 순록의 피를 마시는 것 같습니다. 순록에게 보답하고 싶은 마음이 가득 차 이끼처럼 가슴이 파룻해집니다. 작가이자 농업학교의 선생님이었던 미야자와 겐지씨에게 고맙습니다. 겐지 씨가 화산재와 바닷바람에 얻어맞은 척박한 땅에서 굶주린 사람들을 위해 흙과 작물을 연구했듯, 이끼 씨도 바람과 물과 흙이 움직이는 세상의 원리에 따라 튼튼한 말의 씨를 심고 싶습니다. 그런 뜬구름을 잡을 땐 영혼 따위 구태여 생각하지 않아도 가슴에 기쁨의 맥박이 뜁니다.

• 시인이자 작가인 미야자와 겐지는 동생을 떠나보낸 후 열차와 선박을 갈아타며 사할린으로 떠났다. 이 경험은 「오호츠크 만가」 등의 시에 나타나 있으며, 이후 작가는 죽은 이들과 기차를 타고 은하수로 가는 「은하철도의 밤」을 썼다. 『봄과 아수라』(정수윤 옮김, 읻다, 2022, 291쪽)와 『미야자와 겐지 전집 1』(박정임 옮김, 너머, 2018)의 「은하철도의 밤」 참고.

이끼의 눈으로 세상을 보면 일상의 흔한 풍경도 의미심장한 사건처럼 다가옵니다. 이끼 씨는 가가 아저씨의 흥 많은 노래를 글로 쓰듯이, 걸으면서 본 사람들의 모습을 글로 써서 남기고 싶습니다. 같은 운동화를 신은 두 사람의 이야기. 그리고 며칠 후 보게 된 두 할머니의 뒷모습.

자그마한 할머니가 걸어가고, 그 뒤로 또 다른 자그마한 할머니가 걸어갑니다. 두 사람의 키가 엇비슷하고, 신발 모양과 외투의 색도 맞춰 입은 듯 닮았습니다. 뒤따라가던 할머니가 앞서가던 할머니를 잰걸음으로 따라잡아 가만히 손을 건드립니다. 할머니의 다섯 손가락에는 여러 개의 묵직한 봉지가 걸려 있습니다. 오므려져 있던 주름진 손이 다른 손길에 닿아 하나씩 펼쳐집니다. 보랏빛 문어가 물속에서 부드럽게 다리를 뻗듯 할머니의 손가락이 다른 할머니의 손을 따라 펼쳐집니다. 비닐봉지의 구겨진 고리들이 한 손에서 다른 손으로 옮겨 갑니다. 그렇게 짐을 나눠 듭니다. 손가락이 펼쳐지고 오므라드는 그 모습이 이끼 씨의 눈앞에 크게 확대되어 느리게 흘러갑니다. 숫자를 배우는 아이가 다섯 손가락을 천천히 헤아리는 것 같습니다. 닫혀 있던 꽃망울이 벌어지는 순간 같습니다. 운 좋게 그 모습을 본 이끼 씨는 목부터 콧등까지 알 수 없는 음악이 울렁입니다. 모를 일입니다. 어쩌면 이끼 씨도 그날은 가가 아저씨처럼 골목을 들어서며 콧노래를 흥얼거렸을지도요. 채소를 씻는 온점의 노래를 옆에서 따라 불렀을지도요.

제풀에 자라고, 제바람에 춤추기를·

  연날리기를 본 적 있니? 가오리나 방패 모양의 연을 바람에 날려보고 싶지 않아? 기다란 실의 중간쯤을 잡고 바람이 불어오는 쪽으로 힘껏 달리면, 가볍고 나풀거리는 연은 공기에 꿀렁거리며 조금씩 높이 솟아오르지. 일단 기류를 타기만 하면, 연을 바람 층에 잘 얹어놓으면, 그다음부터 하늘의 구름처럼 연이 제바람에 흔들리며 공중에 떠 있을 거야. 그때 연은 너와 연결된 구름이지. 넌 고개를 들고 하늘을 올려다보며 가끔 얼레를 잡아당기거나 실타래를 풀어주기만 하면 돼. 그러면 가느다란 실을 타고 전해지는 바람을 느낄 수 있어. 바람의 손맛이랄까. 흔히 낚시를 즐기는 사람들은 낚싯대 끝에 달린 찌가 요동칠 때 짜릿한 손맛이 느껴진다고 하지. 하지만 내 생각엔 갈고리 모양 바늘로 살아 있는 송어나 메기의 입을 꿰는 것보다 연 꼬리를 올려다보며 바람을 낚는 게 더 즐거운 일 같아. 연 꼬리가 흩날리는 모습은 물살이 헤엄치는 동작과 비슷하니까. 바람에 연을 건다고 해서 바람이 피 흘리거나 아파하지 않을 테니까. 바람의 살은 무수한 새와 곤충들, 눈에 보이지 않을 만큼 작은 물방울과 먼지, 사람들의 주머니에서 빠져나온 종이나 비닐 쪼가리, 무엇보다 너의 의기양양한 연을 모두 품어줄 만큼 드넓고 넉넉하지.

한동안 그렇게 바람의 손맛을 느끼고 나면, 너는 얼레를 돌리며 천천히 연을 감아 내릴 거야. 그다음 소중한 연을 가슴에 품고서 집으로 돌아가겠지. 바람 냄새가 가득 밴 연을 머리맡에 두고서 너는 내일도 날씨가 맑기를 기도할 거야. 잠들기 전 네가 만들고 싶은 연 모양을 상상할지도 모르지. 용처럼 수염이 난 기다란 연, 나비처럼 한 쌍의 날개를 가진 호랑나비 연, 네가 좋아하는 호랑이나 너와 함께 사는 검은 고양이의 얼굴로 연을 만들 수도 있어. 크레파스와 색연필로 옷을 입혀주고, 한지를 찢어 끈끈한 풀로 수염을 붙이고, 고양이 귀에 너의

● 이 글은 「떡뻥과 사과 향」에 등장했던 신생아 조카에 관한 또 다른 이야기다. 이제 그 아기는 더는 떡뻥을 먹지 않을 만큼 자랐고, 나는 두 번째 생일을 맞이한 그 아이에게 혼자만의 편지를 써보았다.

소원을 적을 수도 있지. 일 년이면 열두 번, 밤하늘에 보름달이 뜨면 너는 정성스레 만든 연을 띄워 달님 가까이 갈 수 있을 거야. 그건 로켓을 쏴 달로 가는 것보다 훨씬 덜 힘들고, 바람의 살을 덜 아프게 하는 일이지. 바람도 아프냐고? 물론이야. 겨울이나 흐린 날에 왕바람이 불 땐 마치 화가 난 듯이 소오오— 소오오— 하고 바람 소리가 나잖아. 봄이나 여름에 나뭇잎이 사락사락 흔들릴 땐 바람이 웃어대는 거 같고 말이야. 웃고 화낼 수 있다면 너와 나처럼 아픔을 느낄 수 있지 않을까?

나는 '제풀에'라는 말을 생각했어. 그러다 인터넷에서 '제바람에'라는 말도 찾아냈지. 널 생각하면 나는 제풀에 자라는 풀잎이나 제바람에 춤추는 연이 떠올라. 그렇게 말과 생각의 꼬리물기를 하다 연날리기하며 한강변을 내달리던 나의 어린 시절도 떠올랐지. 얼레에 감긴 실타래를 푸는 것처럼 천천히 바람을 거스르지 않고 하늘에 연을 풀어놓기. 그게 네가 자라나는 방식이면 좋겠어. 네가 느낀 첫 느낌을, 이미 네가 지니고 태어난 고운 빛깔을, 다른 방식이나 다른 질서가 아닌, 제풀에 맞게, 제바람에 어울리게 펼쳐냈으면 좋겠어. 그래서 나는 아직 '아야어여'를 읽지도 못하는 너에게(하지만 책을 좋아하고, 아침마다 유아용 소파에 앉아 엄마의 책들을 스르르 넘겨보고, 그렇게 넘겨보다 책 속에서 이모 사진을 기막히게 찾아내는 너에게) 이런 글을 쓰고 있어. 내 편지쓰기는 무척이나 성급해 보이지만(성급하다는 어려운 말밖에 떠오르지 않는 나의 비좁은 단어 상자를 이해해주렴), 그래도 나는 너에게 이렇게 글로 이야기를 전하고 싶어. 네가 자라 글자를 읽거나 쓰게 되면 그땐 더 많은 편지를 주고받을지 모르지만, 어쩌면 그때가 되면 너는 같이 놀 수 있는 친구도 늘어나고, 이야기를 나눌 대상도 많아져서 내가 쓰는 편지가 재미없을지도 모르니까. 나는 또 나대로, 읽거나 쓰지 못하는 지금의 너에게 내 이야기를 전하는 게 마음이 편하거든. 나는 그렇단다. 읽히지 않는 편지를 쓰고, 영영 읽히지 못한다 해도 누군가를 떠올리며 끝없이 말을 걸고 싶어. 혼자만의 편지를 쓰고 싶게 만드는 존재를 만난다는 게 얼마나 귀한 일인지 너도 알게 될 거야. 어쩌면 이미 너도 알고 있는지 모르지. 꼭꼭 감춰진 이야기 단추를 누르는 누군가의 손가락, 자기 안의 단어 상자를 흔들고 뒤적여 더 알맞은 말을 찾게 만드는 어떤 이의 얼굴. 지금 나에겐 네가 그렇단다. 너의 엄마가 짧은 영상으로 찍어서 보내준 너의 모습들을 보면 나도 모르게 글을 쓰고 싶어져. 내가 본 너의 생활을 쓰고 싶고, 그렇게 글로 쓰면서 너의 모습을 내 안에 스며들게 하고 싶어.

아, 내가 좀 더 너처럼 느끼고 말할 수 있다면.

왜 나는 제풀에 춤추는 연처럼 나 자신을 자유롭게 풀어놓지 못하는 걸까. 놀이터 수돗가에서 어푸어푸 얼굴에 물을 뿌리는 너처럼 말이야. 옷소매가 흠뻑 젖어도 신경 쓰지 않고 물줄기가 나오는 수도꼭지에 말랑한 손가락을 대며 물보라를 일으키는 너처럼. 아예 수도꼭지에 머리를 들이밀어 정수리와 목덜미가 푹 젖어버리는 너처럼. 여름 햇살에 반짝이는 너의 물기 어린 뺨처럼. 조약돌을 집어 무슨 맛이 날까 하는 표정으로 조심스럽게 벌어지는 너의 입술처럼. "안 돼에—" 하고 말하는 네 엄마를 바라보는 너의 어리둥절한 눈동자처럼.

그 순간순간을 글로 쓸 수 있다는 게 얼마나 고마운 일인지 나는 실감하고 있어. 너도 알게 되겠지만, 아니 어쩌면, 알아야 할 건 이미 다 아는 채로 세상에 온 건지도 모르지만, 느낌이나 생각을 글로 옮기면 좀 더 정돈된 느낌이 든단다. 음, 뭐라고 설명해야 할까. 그건 마치 갖가지 이야기들이 네모나고 가지런한 종이에 한 줄 한 줄 이어져 있는 것과 비슷하지. 맞아, 책에는 세상의 이야기들이 정돈되어 담겨 있어. 너는 그 책들을 책장에서 쏙 꺼내 스르르 넘겨보는 걸 좋아하지. 책의 종이가 빠르게 넘어가며 네 손가락에 닿는 느낌을 좋아해. 종이에 적힌 활자를 읽는 것보다 그렇게 종이를 넘겨보는 손맛이 더 중요하다는 듯이. 두꺼운 재질의 동화책이나 손가락을 쏙 넣어볼 수 있는 입체 그림책, 얇고 가벼운 시집도 신나게 만지작거리지. 키 작은 책장에서 책을 꺼낸 다음 소파에 앉아 무릎에 척 올려놓고서 앞뒤로 촤르르 넘겨보지. 그러니 너는 아마 바람의 손맛을 느낄 수 있는 연날리기도 좋아할 거야. 종이가 빠르게 손끝을 스치고 가는 느낌을, 팽팽해진 실에서 느낄 수 있을 테니까. 너는 책을 내려다보듯 연을 올려다보며 바람의 힘과 바람의 감정을 만끽하겠지. 그리고 아마 너는 모르겠지만, 아니 어쩌면 이미 다 알고 있음에도 모르는 채로 내버려두는 게 '안다는 것'에 더 어울리는 태도라서 네가 그렇게 천진한 얼굴로 모래를 입에 넣고, 인형의 손가락을 빨아보는지 모르겠지만, 책 속의 종이는 나무의 살에서 왔단다. 그러니 네가 책을 넘겨볼 땐 나무의 살을 만지고 있는 거지.

너는 손맛의 왕바람이자 솔바람.

놀이터 수돗가에 반짝이는 윤슬처럼 매일매일 새로운 손맛을 익히고 맛보지. 하루는 콩 까는 맛을 배워 그릇에 담긴 콩깍지를 천천히, 하나하나, 마음을 다해 벗겼어. 그 동영상에서 너는 연둣빛 완두콩을 까서 입에 넣고는 기분 좋게 고개를 흔들었지. 턱을 까딱거리며 캉캉

춤을 추는 댄서처럼 어깨를 들썩거렸어. 너는 콩 하나를 입에 넣은 다음, 또 하나를 쥐고서 "엄마—" 하고 손을 뻗어. 그리고 네가 가까이 오는 순간 영상이 끝나지.

"굉장하네. 소근육이 아주 잘 발달했어."

네 영상을 보여주면 온점은 그렇게 말해. 작은 손가락으로 동그랗고 굴러가기 쉬운 콩을 붙잡아 입에 넣기란 결코 간단한 일이 아니거든. 너는 책장을 넘기며 훈련한 소근육의 힘으로 잘 까고, 널 돌봐주는 엄마나 아빠의 입에 하나씩 넣어줄 줄도 알지. 그러고 보니 콩 껍질하니까 떠오르는 시가 있네. 이것도 생각과 단어의 꼬리물기야. 네가 놀이터 미끄럼틀을 한 번 타고, 두 번 타고, 세 번 연속 타도 도저히 멈출 수 없어 또 미끄럼틀 계단을 올라가는 것처럼, 나도 한번 생각이 꼬리에 꼬리를 물면 좀처럼 멈출 수 없거든.

여기, 너보다 큰 언니와 오빠들이 학교에 다니며 쓴 시가 있어.

햇빛에 비쳐
콩껍데기가 틱 하면서
벌어진다
콩알이 탁 티 나간다 •

햇볕에 잔뜩 무르익은 콩깍지를 머릿속에 그려볼 수 있겠니? 푸릇푸릇한 콩잎 사이에서 콩알이 제풀에 못 이겨 깍지 밖으로 튀어 나가는 모습, 궁금하지 않아?

나는 이 시구절을 빌려 콩알처럼 튀어 나가고 싶은 내 마음을 글로 쓴 적이 있단다. 그때 나는 제풀에 자라나고 제바람에 춤출 수 없어서, 내 안의 풀잎과 바람을 펼치기 위해 어린이들이 쓴 시를 읽었지. 하고 싶은 말을 자기 식대로 편하게 내뱉는 목소리를 들으며 내 안의 용기를 북돋고 힘을 모아야 했어. 너도 알게 되겠지만, 어쩌면 이미 다 아는 채로 우리 곁에 왔는지도 모르겠지만, 어떤 글이나 말을 하려면 마치 낚싯바늘에 입술이 꿰이는 것처럼 두렵고 아프단다. 벌어질 때가 되어도 알아서 벌어지지 못하고, 너의 오막조막한 손가락처럼 콩이 아프지 않게, 굴러가지 않게 살그머니 벗기지 못하고, 억지로 나를 열어 무언가를 뱉어내야 할 때가 있지. 시 속의 콩들은 그런 걱정 없이 '탁 티 나가'는데 말이야.

'탁 티 나가'는 기쁨, '탁 티 나가'는 재미.

이 구절을 읽을 땐 사투리 억양을 잘 살려야 해. 너는 모르겠지만, 아니 어쩌면 이미 귀로 듣고, 눈으로 익혀 짐작하고 있겠지만, 사투리를 배우면 너의 단어 상자

● 이오덕 엮음, 「콩」, 『일하는 아이들』, 보리, 2002.

219

가 더 풍부해진단다. 작고 조그맣다는 말은 '쪼만하다, 쪼매하다, 째맨하다'는 말로 지읒이 더 쫀쫀해지고, 들판에 피는 강아지풀은 '버들강아지, 버들간지, 버들강생이, 오요강아지' 같은 말로 얼마든지 바꿔 부를 수 있지. 어디서든 휙휙 걷는 방향을 바꾸는 너에겐 반가운 일이겠지? 물론 네가 제풀에 흔들리는 강아지풀처럼 몸을 휘젓는 바람에, 너의 엄마와 아빠는 네가 기둥에 이마를 부딪치는 않을까, 계단을 구르지는 않을까 노심초사하지만 말이야. 그래서인지 어느 영상 속에서 너는 계단을 내려오며 "웃차—" 하고 말했어. 아래로 내려서고 난 다음, 한 박자 늦은 구령을 붙였지. 그러고는 안전하게 계단을 내려섰다는 걸 확인받기 위해 엄마를 바라봤어. 그래, 걸음을 옮기고 나서야 웃차— 하고 말하는 것처럼, 순서는 어떻게 바뀌든 상관없어. 몸을 다치지 않는 것만큼이나 네 마음의 풀들이 너의 내면이 이끄는 대로 자라나는 게 중요하니까. 내가 주는 호박죽을 조금씩 받아먹기만 하던 네가 포크를 직접 들고 삶은 브로콜리를 쿡 찍어 입에 넣는 일, 누워서 젖꼭지를 빨던 네가 스스로 병을 잡고 빨대로 음료를 쪽쪽 빨아 마시는 일, 그런 건 멋지고 대견한 성장이지만, 그런 방식을 모두 따르지 않아도 좋아. 느리게 배우거나 다르게 시도해봐도 괜찮아. 어느 소설에서 자기의 남다른 손가락을 진심으로 사랑하는 아이처럼 말이야. 그 아이는 양손에 여섯 개의 손가락이 있는데, 어른들은 아이를 병원에 데려가 손가락 하나를 자르려고 하지.●

"싫어! 난 다 가지고 있고 싶어. 내 거란 말이야. 그대 로 갖고 싶어!"

의사는 아이를 설득하고, 부모는 화를 냈지만, 결국 아이가 승리했어. 제물에 맞게 손가락 여섯 개로 의사와 악수한 다음, 싱글거리며 병원을 나섰지. 그리고 그 아 이를 바라보는 간호사는 이렇게 생각한다.

손가락은 여섯 개면 왜 안 될까? 손가락은 생긴 게 어 차피 괴상하잖은가. 발가락도, 머리카락도, 귀도. 인간 에게, 나에게, 꼬리도 있었더라면 좋았을걸.

네가 아주 아주 아주 기다란 꼬리가 달린 옷을 입고 싶다고 하면 어떨까? 문어처럼 반질반질한 머리와 코끼 리 코처럼 부드럽게 구부러지는 코를 갖고 싶다면? 사 막여우나 자칼처럼 아주 아주 쫑긋한 귀가 달린 모자를

● 루시아 벌린, 「내 아기」, 『청소부 매뉴얼』, 공진호 옮김, 웅진지식하우스, 2019, 524~525쪽.

쓰겠다고 하면? 밥 먹을 때나 잘 때나 그 모자를 벗지 않겠다고 한다면?

네가 원한다면 나는 네가 어떤 모습이어도 좋아. 네가 어떤 머리를 하든, 어떤 목소리로 어떤 생각을 말하든, 그 생김생김 안에는 너의 바람과 너의 빛깔이 깃들어 있을 테니까. 네가 진심으로 원한다면, 너는 아무것도 세상의 기준에 맞게 바꾸지 않아도 돼. 누군가 너의 모습을 바꾸려고 하면, 너는 병원에 간 저 아이처럼 당당히 소리치는 거야. "싫어! 내 거란 말이야. 내 모습이란 말이야!"

내가 이렇게 말하면 혹시 너의 엄마나 아빠가 걱정할까? 저 위험한 인간은 우리 애 곁에 오래 두지 말아야겠다며 둘이서 작전 회의를 할까? 너에게는 자유로운 경험만큼이나 지켜야 할 규칙이나 선을 알려주는 게 필요할까?

음, 그러니까 내가 하고 싶은 말은…… 그런데 어째서 나란 사람은 좀 더 너의 눈높이에 맞게 말하지 못하는 걸까. 네가 까르르 웃을 수 있게 쉽고 재미난 예를 들어주지 못하는 거지? 시도 소설도, 여섯 개의 손가락도, 아직 너에겐 어렵기만 한 이야기일 텐데 말이야(그렇지만 어쩌면 너는 세상에서 가장 맑은 시와 이야기를 이미 네 안에 지니고 태어난 건지도 몰라).

나는 네 걸음걸이에 맞게, 네가 제풀에 자라나는 리듬에 맞게, 너에게 말하는 법을 배워야 하지. 그러지 않으면 지난번에 했던 실수처럼 너를 당황하게 만들 테니까. 얼마 전 "차렷! 차렷!" 하며 양손을 허벅지에 붙이며 차려 자세를 배우는 네 앞에서, 나는 "열중쉬어" "경례!"를 붙이며 너를 혼란스럽게 만들었지.

그리고 또 언젠가 내가 이마를 손바닥으로 치며 "맙소사!"라고 하자, 너는 그 모습을 보며 환하게 웃었고, 나와 영상통화를 할 때면 "마쇼사, 마쇼사"라고 말했지. 그걸 본 나는 또 한참을 앞서가 "오 마이 갓! 울랄라!"라는 감탄사를 말했고, 너는 또다시 혼란스럽고 당황한 표정을 지었어. 그러고는 나와 통화하는 카메라 앞에서 스윽 사라지고 말았지.

미안, 사과할게. 나는 아직 너의 '제풀에'와 '제바람에'와 맞춰 걷기엔 부족한가봐. 내 안에 있는 '제풀에'와 '제바람에'를 알맞게 글로 풀어놓는 법도 잘 모르지. 실은 있는 그대로의 너, 카메라에 담긴 그때그때의 너를, 쉽고 편한 말들로 쓰고 싶었는데, 이렇게 비비 꼬인 소리만 하고 있으니, 나는 언제쯤 제풀에 겨워 신나게 춤출 수 있을까? 있는 그대로의 너를 받아쓸 수 있을까? 너는 꾸밈말이나 비유 없이 있는 그대로 써도 나에게 진실이 되는 사람인데 말이지. 내가 글로 쓰고 싶은 진실인데 말이지.

어느 오후, 너는 거실에서 방방 뛰다가 문턱에 발이 걸려 꽈당 넘어졌지. 그렇게 넘어진 그대로 잠시 엎드려 있다가, 스윽스윽 배를 깔고 앞으로 기어갔어. 괜스레 꿈틀꿈틀 기어갔는데, 그건 쑥스러워서 그런 거지. 나는 너의 '쑥스러움'을 처음 본 날을 기쁘게 기억해. 또 네가 엄마 앞에서는 능숙하게 잘하던 일(다 먹은 너의 앞접시를 부엌 개수대 안에 내려놓는 일)을 내 앞에선 머뭇거리며 망설이던 순간을 기억해.

"어린 애도 의식하는구나. 네가 보고 있어서 긴장했나봐."

너의 엄마가 말했지. 그때 너는 눈을 깜박거리며 접시를 들고 우물쭈물했어. 나는 네가 긴장하던 그 순간을 내 비밀스러운 사탕처럼 달콤하게 간직하지. 또 어느 날, 도서관에 간 너는, 너보다 크지만 너처럼 어린아이와 다름없는 몇 명의 언니들에게 둘러싸여 애정이 가득 담긴 시선을 받았지. 자기도 꼬마이면서, 더 작은 꼬마를 안고서 즐거워하는 아이들. 너는 그 아이들에게 불편한 자세로 번갈아 안긴 채 애써 웃음 지었어. 나는 그 순간이 담긴 영상을, '애써 웃음 짓는 너의 표정'을 몇 번이나 돌려봤단다. 한 아이가 개나 고양이를 자기 자전거에 태우고 가는 모습을 볼 때처럼. 개나 고양이는 조금은 못마 땅한 표정이지만, 아이는 자기의 소중한 친구를 태우고 이리저리 쏘다니지. 그런 걸 볼 때 나는 어떤 수식이나 과장 없이 제바람에 볼을 씰룩이며 웃곤 하지.

또 어느 날, 또 어느 날, 또 어느 날……

나는 이렇게 시작하는 문단을 한없이 이어서 쓰고 싶어. 네 머리카락을 동여맨 고무줄과 네가 좋아하는 호랑이 인형과 네가 수없이 타고 내려갔던 놀이터 미끄럼틀, 그때 너의 등 뒤에서 춤추던 무성한 느릅나무 이파리, 네가 조몰락거리며 입에 넣는 쌀밥과 네가 호로록 삼키는 면발의 시선으로, 너를 보고, 네게 말을 걸며, 너와 모험을 떠나는 글을 써서 너를 웃게 해주면 좋겠어. 너는 그 안에서 무엇이든 될 수 있고, 언제나 내가 쓰는 글보다 더 멀리 갈 수 있단다. 혹은 아무 데도 가지 않고 그대로 엎드려 있어도 좋아. 너는 제풀에 자라나고, 제바람에 춤추렴. 나는 가느다랗고 긴 실처럼, 멀리 또 가까이 너와 연결되어 있을게.

연날리기를 본 적 있니? 호랑이 얼굴 모양을 한 연이 하늘 높이 올라가는 걸 보고 싶지 않아? 호랑이 연은 바람에 날면서 어떤 소리를 낼까?

통증 완화 고양이에게

안녕, 나오미.

나야, 은영 언니. 가끔 너에게 멜라 언니라 인사하기도 하고, 또 다른 별명으로 불리기도 하지만, 이 글은 다른 사람도 보는 것이니 너무 개인적인 호칭은 쓸 수 없단다. 하긴, 너는 나를 어떤 이름으로도 부르지 않지. 네가 나를 어떻게 생각하는지도 모르겠어. 넋 나간 얼굴로 컴퓨터 앞에 앉아 자판을 두들겨대는 '인간 1'쯤으로 여길까? 아니면 어떤 고양이 전문가의 말처럼 너는 온점과 나를 너보다 덩치 큰 고양이로 생각하는 걸까?

우리는 너를 나오미라 부르지. 나오미 캣츠.

영화배우 나오미 왓츠를 좋아하는 온점이 네게 붙여준 이름이야. 너도 네 이름을 알아듣는지 우리가 "나오미!" 하고 부르면, 네 특유의 울음으로 대답해주곤 해. 나오미란 이름에는 히브리어로 '나의 기쁨'이란 뜻도 있어. 사실 네가 우리에게 기쁨만을 주는 건 아니지만, 그보다는 피곤함과 책임감을 더해주는 존재지만, 그래도 우리는 네 이름을 지을 때 그런 의미를 담았단다. 앞으로 다가올 일은 까맣게 모른 채 말이야.

너의 첫 이름은 꼬비였지. 까비였나? 잘 기억나진 않지만, 먹깨비와 돌림자를 써서 지었던 건 분명해. 네 오빠 먹깨비 말이야. 오빠 맞지? 너처럼 흰 몸통에 꼬리가 까맣고 등과 이마에 검은 얼룩이 있잖아. 오빠가 아니라면 사촌이나 먼 친척 관계일까?

너와 먹깨비가 처음 이곳에 온 건 1년 전 여름이었어. 비 오는 한밤중, 건물의 외진 복도 구석에 앉아 비를 피하고 있었지. 그걸 본 온점이 편의점에서 고양이 간식을 사 와 너희에게 주었고, 그 뒤로 우리는 너희를 만나면 고양이 통조림을 그릇에 담아줬어. 그럴 때 먹깨비는 용기 있게 다가와 배불리 먹고 갔지만 너는 먹깨비 뒤에 숨어 우리가 조금이라도 다가가면 포르르 도망가곤 했지. 먹깨비보다 체구가 작고 어려 보이는 너에게 먹이를 주고 싶어서 우리가 그릇을 네 쪽으로 옮기면 눈치 없는 먹깨비가 그것마저 먹어치웠어. 뭐든 잘 먹고, 우리를 무

우리의 고양이
나오미 캣츠

서워하지 않는 먹깨비가 좋아서 우리는 작업실에 머무는 날이면 먹깨비가 언제 오나 기다렸지.

온점과 나는 먹깨비를 '우리의 고양이'로 생각했단다. 우리와 제일 친한 고양이. 그즈음 온점은 건물 주변에 사는 비쩍 마른 새끼 고양이들을 찾아가 먹이와 물을 주고, 그릇을 챙겨 돌아오곤 했어. 먹깨비는 우리가 찾아가지 않아도 때마다 제 발로 방문해주는 고양이였지. 우리는 먹깨비를 위해 고양이 사료를 샀고, 먹깨비를 위해 고양이 동영상을 찾아보며 공부했어. 먹깨비가 와서 쉬라고 작업실 옆 따로 마련된 공간에 쉼터를 만들고, 스크래처를 사고 먹깨비와 놀아주기 위해 깃털 장난감도 구입했는데…… 결국 그 모든 건 너의 차지가 되었지.

이제 와 그때 일을 말하면 네가 기분이 상할지도 모르겠어. 먹깨비와 너 사이의 일 말이야. 그날 먹깨비가 널 덮치지만 않았다면, 너와 우리가 지금처럼 가까워지진 않았을 것 같아.

"먹깨비가 나오미를 덮쳤어. 싫다고 하는데도 계속 덮쳤어."

그날 나는 혼자 너희에게 먹이를 주다 먹깨비가 네 위에 올라타 교미를 시도하는 걸 봤어. 당황한 나는 온점에게 전화를 걸었고, 그러고도 한동안 충격이 가시지 않았지. 아까도 말했지만, 우리는 너와 먹깨비가 오누이 사이라고 생각했거든. 그래서 먹깨비가 네 위에 올라타 목을 물고 괴롭힐 때 나는 놀라서 온몸이 굳어버렸어. 괴롭힌 거 맞지? 그 뒤로도 먹깨비는 도망치는 너를 쫓아다니며 몇 번이나 교미를 시도했잖아. 너는 싫다는 듯이 울면서 먹깨비를 떼어내려고 했고. 혹시 내가 인간의 잣대로 너희의 자연스러운 행위를 오해한 걸까? 그럴지도 모르지만, 몸집이 작은 암컷 고양이인 네가 덩치 큰 수컷 고양이들한테 쫓기는 걸 전부터 봤던지라, 나와 온점은 그대로 지켜볼 수만은 없었어. 우리는 먹깨비로부터 널 보호하기로 했지. 작업실 안에 만든 고양이 쉼터에는 나오미 너만 들어올 수 있도록 했어. 그때까지 우리와 제일 가까운 고양이는 먹깨비였지만, 힘이 더 약한 너를 돌봐줘야 한다고 생각했으니까.

"나오미가 임신한 거 아닐까?"

온점은 매일 너의 상태를 살피며 고민했어. 혹시라도 네가 새끼를 뱄다면 그 새끼까지 우리가 돌봐줘야 할지 모르니까. 알다시피 우리는 오래된 건물의 외떨어진 공간을 빌려 쓰는 세입자인데, 새끼가 태어나 밤낮없이 외옹외옹 운다면 다른 세입자들이 싫어할지도 모르잖아. 우리가 작업실 안으로 널 데려와 밥을 챙겨주는 걸 더는 못 하게 될지도 모르잖아.

"한번 하면, 대부분 그냥 된대."

온점과 나는 고양이 상식을 찾아본 뒤 먹깨비의 행위가 너의 임신이란 결과를 낳았을 거라 예상했지. 그 무렵, 너의 젖꼭지는 유난히 분홍빛으로 부풀어 올랐고 배도 전보다 나온 것 같았으니까. 이렇게 너의 사적인 이야기를 내 마음대로 발설해서 미안해. 인간 세계에선 이야기라는 걸 할 때면 앞과 뒤의 맥락을 설명해줘야 하거든. 나도 그런 부분이 여간 힘든 게 아니야. 너처럼 '애애애옹' '와오오옹' '이야야양' 울며 하고 싶은 말을 표현하면 좋겠지만, 인간에겐 스토리란 것이 있어서 뭔가를 말하거나 쓸 땐 피치 못하게 누군가의 개인적인 부분을 보여줘야 할 때도 있어. 나도 글을 쓰면서 늘 부딪치곤 하는 딜레마야. 딜레마가 뭐냐고? 쉽게 말하면, 임신했을지도 모를 너를 보며 이러지도 저러지도 못하는 우리의 심정 같은 거랄까.

그 시절 내 일기를 보면 우리가 너를 두고 얼마나 안절부절못했는지 알 수 있어. 너를 안고 병원에 가려고 근처 동물 병원을 알아보기도 하고, 네가 안전하게 새끼를 낳을 수 있도록 작업실에 편안한 고양이 집과 소파, 갖가지 놀이 기구를 한가득 마련해두었지. 안타깝지만, 먹깨비는 계속 작업실 안으로 들어오지 못하게 했어. 너를 괴롭히는데 계속 같이 둘 순 없잖아. 물론 먹깨비는 네가 장난치는 걸 받아주는 무던한 고양이이긴 하지만,

먹깨비 자신도 어쩌지 못하는 본능이 폭발할 때면 사납게 너를 물고 공격했으니까. 온점과 나는 먹깨비와 정이 들어서 우리의 그런 결정이 먹깨비에게 가혹한 게 아닐까 미안한 마음이 들었어. 그래도 다행히 녀석은 씩씩하게 잘 사는 것 같아. 가끔 건물 주변 풀밭에서 듬직한 몸집으로 새를 쫓는 먹깨비를 만나곤 하니까.

마음을 졸이며 너의 출산을 준비하던 어느 날, 거리와 우리의 작업실을 오가던 너는 귓속에 무슨 탈이 났는지 종일 뒷발로 귀를 긁다가 피까지 흘렸어. 그래서 우리는 용기를 내기로 했지. 널 데리고 동물 병원에 가기로 한 거야. 걸어서 갈 수 있는 가까운 곳도 있었지만, 우리는 병원 방문 후기를 읽고 좀 더 고양이 친화적인 곳을 골라서 미리 그곳을 방문해 상담도 받았어. 겨우겨우 널 이동장에 넣고 택시를 탔을 때 너는 생전 처음 듣는 울음소리를 냈어. 온점과 나는 택시 기사님과 너에게 너무도 미안해 병원까지 순간이동이라도 하고 싶은 심정이었지.
"나오미, 나오미, 괜찮아."
5분 정도 걸려 도착한 병원에서도 너는 지옥에 끌려온 듯 겁먹은 소리로 울었어. 이동장에서 나와 진료를 받을 땐 진료실을 난장판으로 만들며 여기저기에 배설물을 흘렸고, 결국 온점에게 안겨 바들바들 떨었지. 그

땐 네가 더럽다는 생각도, 네게서 병균이 옮을 거란 걱정도 하지 않았어. 그저 너와 병원 사람들에게 미안한 마음뿐이었지. 이래서 길고양이 진료는 잘 하지 않는다는 의사의 말에 우리는 죄인이 된 심정으로 계속 너를 달랬어.

"나오미, 괜찮아. 미안해. 다 하고 빨리 집에 가자, 나오미."

의사와 간호사, 그리고 나와 온점이 달라붙어 겨우 너의 몸무게를 재고 귓속을 들여다보고 해충들을 제거한 후 약을 발랐지. 의사는 네가 아직 임신인지 아닌지 모른다고 하더라. 만약 지금 중성화 수술을 하면 새끼가 있어도 그대로 중절 수술을 진행한대. 그러면서 우리에게 조언을 건넸어.

"길이든 집이든 둘 중 하나를 고르는 게 좋아요. 고양이한테도 그게 좋습니다."

우리는 숙제를 안고 돌아왔고, 그 뒤로도 너의 귀에 약을 넣어줘야 할 때면 온점은 팔과 손등을 너에게 할퀴이며 전쟁을 치러야 했지. 우리는 네가 임신을 했든 안 했든 그저 다가올 상황을 받아들이기로 했어. 그런데 얼마 후 풀숲으로 마실 가듯 나간 네가 갑자기 사라져버린 거야.

대체 어디로 간 걸까. 혹시 차에 치여 다치기라도 한

걸까. 아니면 마음 맞는 고양이 친구를 만나 어디 여행이라도 떠난 걸까.

바깥에서 실컷 놀고 나면 문 앞에 찾아와 울던 네가 며칠이 지나도록 보이질 않았어. 온점은 너를 찾으러 주변을 헤매고 다녔고, 그러다 중성화 수술을 받은 고양이들을 보게 됐지. 너처럼 건물 근처 풀숲에서 살던 고양이가 한쪽 귀 끝이 잘린 채 돌아와 있었어. 온점은 '동물보호관리시스템'이란 곳에 들어가 고양이 중성화 수술 사업을 살펴봤고, 거기에서 네 소식을 알아냈지. 우리 동네에서 포획했다는 어느 고양이 사진에 나오미 네가 있었어.

흰색 바탕에 점무늬 고양이. 암컷. 1세 추정.

그리고 며칠 후 네가 우리를 찾아왔어. 다른 고양이들처럼 한쪽 귀 끝이 잘린 채. 그대로 두면 큰 병이 날 것 같아서 너를 작업실 안으로 데려와 보살폈어. 배에 수술 자국도 완전히 아물지 않았고 잘린 귀에도 피가 맺혀 있었으니까. 너도 잘 알겠지만, 그때 온점이 너를 참 정성껏 돌봤어. 나는 너를 본체만체하며 컴퓨터 자판이나 두들겨댔지만, 온점은 아무리 바빠도 네 사료 그릇을 씻고, 너의 배설물을 치우고, 하루에 몇 시간씩 너와 놀아줬지. 우리는 너를 통해 고양이 울음이 그렇게 다양할 수 있다는 걸 알았어. 니야옹, 아앙, 에에에엥, 우에에엥, 에헤헤헤, 꾸르으! 냐앙?

그해 겨울을 지나 봄이 되면서 너는 다시 거리와 작업실을 오가며 지냈고, 다른 사람이 듣건 말건 네가 울고 싶을 땐 큰 소리로 울면서 우리를 난처하게 만들었어. 정말이지, 너는 천 가지 울음소리로 네 마음을 표현하는 소통의 왕 고양이야. 비록 우리가 하는 말은 잘 들어주진 않지만, 너는 한시도 쉬지 않고 네 마음을 갖가지 울음소리로 나타내지. 네가 원하는 게 있으면 들어줄 때까지 떼를 쓰듯 울어서 우리는 다른 사람들 눈치를 살피느라 가시방석이 따로 없었어. 나를 포함한 인간들은 때론 왜 그렇게 속이 좁은지, 자기들은 커다란 쇠문을 하루에도 수십 번씩 꽝꽝 닫아 온 건물 벽이 울리게 하면서, 또 복도에 갖가지 쓰레기를 아무렇지 않게 버리면서, 왜 네가 내는 울음소리나 너의 털 뭉치에는 득달같이 달려들어 화를 내는 걸까. 우리는 때마다 복도를 청소하고 다른 사람이 버린 쓰레기까지 치우며 널 향한 사람들의 미움을 조금이라도 덜어내려 했지. 그런데 정작 너라는 고양이는 점점 더 우리를 힘들게 하지 않았겠니? 너는 입맛이 상당히 까다로워서 온점이 공들여 산 통조림이나 고양이 간식이 네 입에 맞지 않으면 전혀 먹지 않았어. 길에서 살다 보면 그보다 못한 사료도 잘 먹어둬야 할 텐데, 도무지 너란 고양이는 그런 사정은 아랑곳없이 조금이라도 성미에 맞지 않으면 쳐다도 보지 않으니 이게 무슨 일이야?

멀쩡한 통조림을 몇 번이나 버리고 나서야 온점은 무언가를 깨달은 듯 내게 말했지.

"가난하다고 사랑을 모르겠는가. 그런 시 있잖아. 나오미도 그런 거야. 길에 산다고 입맛이 없겠어? 길에 사는 고양이도 취향이 있는 거잖아."

온점은 너그러운 마음으로 너를 이해했지만, 나는 가끔 참기 힘들 때도 있었어. 너인지, 아니면 다른 고양이인지 모르겠지만, 우리 신발에 몇 번이나 오줌을 싸놨을 땐 젖은 양말을 벗으며 화를 가라앉혀야 했지. 다른 입주자들이 있는 시간에 나오미 네가 크게 울 땐 둘리를 택시에 태워 멀리 가서 놓고 오는 고길동의 심정을 알 것 같았어. 그래서 우리는 한때 널 '망덕이'라 부르기도 했지. 배은망덕하다는 뜻으로 말이야. 다 지난 일이니, 그때의 우리를 이해해주겠지?

❦

나오미, 네게 죄책감을 주려는 건 아니지만, 사실 나

는 지난주에 안과에 다녀왔어. 며칠째 오른쪽 눈이 간지러워서 갔는데, 눈에 알레르기 반응이 있다고 하더라. 그즈음 나오미 네가 눈병이 나서 너의 눈을 자세히 살피다가 네 털이 내 눈에 어떤 영향을 미쳤나봐. 나란 사람은 눈으로 책을 읽고 글을 쓰는 게 직업이라 눈병이 나면 곤란할 일이 많거든. 약속한 일을 제때 하지 못하면 너에게 신경질을 낼 수도 있고 말이야. 그러니 웬만하면 작업실에서만 지내는 게 좋다고 생각해. 밖에 한번 나갔다 오면 너도 병이 나잖아. 무엇보다 너는 우리가 보기에 길에서 살기에는 몸이 약한 것 같아. 물론 너는 길에서 태어났고, 가끔 나가서 친구들도 만나고 콧바람도 쐬고 싶겠지. 그래서 너의 외출을 여러 방면으로 이해해보려 해도 자꾸 네가 아프고, 그런데도 못 나가게 하면 끈질기게 울어대니, 온점은 할 수 있는 방법을 총동원해 노력하고 있어. 네가 좀 더 안전하게 다닐 수 있게 말이야. 네 목덜미에 해충을 막아주는 약품을 주기적으로 발라주고, 진드기나 기생충을 퇴치한다는 고양이 전용 목걸이를 해주려고 계획하고 있어. 네 목에 가끔 헝겊을 감싸주는 건 그 훈련을 미리 하는 거야. 목걸이를 차는 감각에 익숙해지라고 말이야. 그렇게 하나씩 단계를 밟아 나가면 너나 우리나 건강하게 함께할 수 있지 않을까?

나오미, 사실 내가 이렇게 평소와 다른 말투로 네게 편지를 쓰는 건 너에게 고맙다고 말하고 싶어서야. 너는 모르겠지만, 아니, 어쩌면 너도 느끼고 있는지 모르지만, 온점이 몹시 아파. 우리가 처음 이곳에 왔을 때부터 아팠는데, 올해 여름부터 통증이 더 심해졌어. 너도 아프다는 게 뭔지 알지? 영문도 모른 채 어딘가로 끌려가 수술받고 돌아온 다음, 많이 고생했잖아. 지금도 눈이고, 귀고, 때마다 가려워하고 불편해하지. 그러니 아프다는 건 너와 우리가 지닌 공통점일 거야. 배고파하는 거, 만나면 반갑다고 인사하는 거, 복도에 사람이 지나가면 긴장하는 거, 밖에 나갔다 오면 피곤해 쓰러져 자는 거. 그러고 보면 너와 우리는 통하는 점이 많은 것 같아.

그렇지만 안다고 해서 대신 아파줄 순 없어. 네가 아플 때, 온점이 아플 때, 나는 걱정하긴 하지만 그 통증을 같이 앓거나 덜어줄 순 없으니까. 이따금 같이 병원에 가거나 약 먹을 시간을 챙겨주는 게 전부야. 인간들은 고양이와 달라서 아프면 제 발로 병원에 가서 의사에게 진료도 받고, 검사도 많이 받는단다. 네가 그렇게 무서워하는 병원을 온점은 일주일에 서너 번씩 가고, 새벽엔 응급실로 달려가곤 해. 온점과 나는 60세까지 살아서 서로 환갑잔치를 해주기로 했는데 말이야. 수박을 좋아하는 나를 위해 온점이 비싼 무등산 수박을 환갑상에 올려주겠다고 약속했는데, 그러니 아무리 힘들어도 스스로 생명을 놓지 말자고 맹세했는데, 온점이 너무 아플 땐 그런 약속들보다 당장 온점이 편안해졌으면 좋겠다고 바라기도 해. 하지만 온점은 나보다 강한 사람이라 잘 이겨내고 있어. 통증과 함께 사는 방법을 배우고 있어. 너와 함께 사는 법을 익히듯이 말이야. 그리고 그 시간과 경험은 언제나 우리가 예상하지 못했던 방향으로 우리를 이끌며 깨달음을 주지.

꼬비, 나오미, 망덕이.

그렇게 불리던 너는 이제 우리의 통증 완화 고양이가 되었어.

아픈 온점이 독한 진통제를 먹어도 통증이 가라앉지 않을 땐 너와 함께 놀곤 해. 깃털이 달린 장대를 들고 너와 놀고 있으면 아픈 걸 조금 잊게 된대. 네 털을 빗겨주고, 네가 천 가지 울음도 모자라 천 한 가지 울음을 또 개발해 소리 낼 때면 온점은 그게 재밌고 사랑스럽대. 너와 놀면 아드레날린이 분비되는지 잠시나마 아픈 걸 잊게 된다고 해.

나오미, 우리의 통증 완화 고양이.

너는 마약성 진통제보다 이롭고, 만화 속 둘리만큼이나 혓바닥이 핑크빛이지. 채워지지 않은 거대한 허기 같은 애정을 갈구하며 앞발로 꾹꾹이를 하지만, 입맛에 맞지 않는 통조림은 거들떠보지도 않지. 반나절만 밖에 나갔다 와도 나가떨어지는 부실한 체력으로도 나가고 싶다며 문을 긁어대고, 그렇게 외출하면 따돌림을 당하는지 퀭해진 얼굴로 돌아와 앓아눕지. 이따금 고양이 친구와 함께 복도까지 왔다가도 혼자만 작업실 안으로 쏙 들어와 배불리 먹고 가는, 고양이의 눈에도 조금은 얄미워 보일 것 같은

너란 고양이, 나오미 캣츠.

우리에게 와줘서 고마워.

요쉬또 요쉬또 2

이런 말을 들었다.

"야, 읽지 마."

그때 나는 대학 동아리실에서 사드의 『소돔 120일』을 읽고 있었다. 마주 앉은 한 선배가 내가 읽는 책을 보더니 말했다.

"굳이, 읽지 마."

그녀는 담배를 피워 물었고, 연기를 내뿜으며 크고 까만 눈으로 나를 똑바로 봤다. 자신이 하는 말에 조금의 의심이나 망설임 없이, 분명하게 나에게 자기 뜻을 전했다. 사람의 마음은 때론 스펀지 같아서 어떤 물이 한번 들고 나면 원래대로 돌아가지 않는다고. 그런 경험은 굳이 하지 않는 게 낫다고.

또 이런 말을 들었다.

"이렇게 죽을 줄도 모르고 그런 패악을 부렸습니다."

온점은 내 장례를 치르며 말했다. 여러 번 온점은 내 몸에 이불을 덮어 무덤을 만들고, 그 앞에서 추도사를 읊었다. 나는 침대에 누워 이불 더미에 묻혔다.

"김은동은 갔습니다. 이렇게 허망하게 갈 줄도 모르고 그런 패악을 부렸습니다."

온점은 추도사를 읊으며 내 몸에 한 겹씩 이불을 덮었다. 머리끝까지, 내가 아무것도 볼 수 없게. 온점도 나를 볼 수 없게. 이불 위에 이불을, 베개를, 또 이불을, 덮고 또 덮으며 나의 무덤을 만들었다. 나는 약이 오르고 숨이 막히다 나중에는 이불이 내리누르는 무게에 편안해졌다.

❦

티모페이라는 이름의 러시아 아이는 '티모치카, 티마, 팀카, 티모샤, 티모페티카'라는 애칭으로 불린다.* 온점은 '은영'이란 내 이름을 '은동, 은동뿌, 동뿌, 은삐, 은빼, 은빼로, 은빼빼, 은꾸꾸'라고 부른다.

이불 무덤에 묻힐 때 나는 김은동이고, 그러면 나는 세상을 향해 날을 세운 내 모습 중 하나를 어둠에 묻는다. 숨죽여 얌전해지길 바란다. 불쑥 무덤 밖으로 손을 뻗어 온점의 발목을 움켜잡기도 한다.

❋

이런 말을 들었다.

"천당 가셨어요."

창문 밖에서 한 여자가 말했다. 소리만 들릴 뿐 얼굴은 보이지 않았지만, 대화를 주고받는 사람 중 한 사람은 높은 곳에, 다른 한 사람은 그보다 낮은 곳에 있다는 걸 알 수 있었다. 목소리가 그렇게 전해졌다.

"어디요?"

아래에 있는 남자가 물었다.

(침묵)

(남자가 또 다른 누군가에게 뭐라고 말하는 소리)

"……이 집 아저씨?"

"돌아가셨대."

"아니 (뭉개져 들리지 않다가) 멀쩡하셨는데."

● 류드밀라 페트루솁스카야, 『시간은 밤』, 김혜란 옮김, 문학동네, 176쪽.

아래에 있는 남자와 여자가 말을 주고받았다. 그들은 같은 높이에 있어 목소리를 크게 내지 않았지만, 내 방 열린 창문으로 그들이 놀라는 기색이 전해졌다. 그들보다 높은 곳에 있는 여자는 바닥을 비질하고 있었다. 비질 소리가 나에게 전해졌다. 우리의 청각세포는 대체 얼마나 촘촘하기에 그런 차이를 모두 알아차리는 걸까. 얼마나 열려 있기에.

❧

또 이런 말을 들었다.

"언니 택배 상자에 '김공삼'이라고 적혀 있는 거야."

어느 날 언니 집에 다녀온 온점이 말했다. 재밌는 얘기를 들려주는 목소리로, 옷을 갈아입으며.

"김공삼?"

"여자 이름 하기 싫어서 김공삼으로 했대."

"왜 김공삼이야?"

"나도 그렇게 물어봤지."

온점은 숫자 '0'과 '3'으로 이루어진 김공삼 씨의 이름 이야기를 들려주었고, 그때부터 우리의 세계에 김공삼 씨가 존재하기 시작했다. 그리고 얼마 뒤 온점은 '마석호' 씨를 만들어 이따금 그 이름으로 가입된 사이트에 들어가 영화나 드라마를 봤다.

❦

"적어놔. 잊어버리지 않게."

약국 의자에 앉은 온점이 말했다. 온점은 한 달 치 약을 받아 가기 위해 기다란 대기 의자에 앉아 자신의 이름이 전광판에 뜨길 기다렸다. 휴대전화를 보고 있던 나는 온점이 말하는 이름들을 올려다봤다. 과연, 소설에 쓰면 좋을 법한 이름들이었다.

"어떻게 이름이 강투야?"

온점은 내가 어떻게 소설에 그런 이름을 쓸 수 있는지 여전히 믿기 힘들다고 했다. 나는 내가 소설에 썼던 이름 '강투'와 '세방'을 떠올렸다.

"좋지 않아? 세방이?"

온점은 대답하지 않았다. 우리는 약국 의자에 앉아 우리가 아는 이름이 전광판에 뜨길 기다렸다.

❦

어딘가에서 희미한 음악 소리가 들렸다. 이따금 내가 즐겨 듣는 음악의 멜로디였다. 아마도 거리를 지나가는 누군가 스피커폰으로 음악을 틀어놓은 듯했다. 걸음을 멈춘 듯했다. 그 사람이 틀어놓은 음악이 일정한 볼륨으로 계속 들려왔다. 오늘은 운이 좋군. 만약 내가 개나 고양이였다면, 지금 이 순간 귀를 움찔거렸을 텐데. 그리고 잠시 뒤 나는 깨달았다. 그 음악은 내가 컴퓨터로 틀어놓은 것이었다.

❧

개의 귀, 고양이의 귀
푸르르 푸르르 말의 귀
소라 껍데기
청어의 귀, 뱁새의 귀
종아리마디에 고막이 있는 여치의 귀

❧

천당이란 말은 비질하는 그 여자의 마음을 조금이라도 가볍게 해줬을까.

또 이런 말을 보았다.

'이쁘면 보고 가시면 되지, 왜 화분을 가져가세요. 고무나무 돌려주세요. CCTV 있습니다.'

그 말은 어느 가게의 유리 벽에 붙어 있었다. 며칠 뒤 종이에 적힌 말은 이렇게 바뀌었다.

'돌려주셔서 감사합니다. 잘 키울게요.'

❦

또 이런 말을 보았다.

'보리에게 고기 주지 말 것.'

그 종이는 할머니 집에 붙어 있었다. 벽과 냉장고 문, 창문 옆, 식탁 위에 같은 문구가 붙어 있었다. 글자 하나하나가 노인도 잘 볼 수 있게 큼지막했다. 보리는 할머니와 사는 개였다. 자꾸 할머니가 고기를 떼어 줘서 보리는 배가 불룩했다. 나는 그 배를 만지는 게 좋았지만, 수의사는 과체중 판정을 내렸다.

또 이런 말이 떠오른다.

그 말은 어느 단막극에 나오는 주인공의 대사였다. 어린 시절 나는 60분짜리 단막극을 좋아했는데, 돌이켜 보면 소설이 원작이었던 드라마가 많았던 것 같다. 지금은 제목도, 배우 이름도 기억나지 않지만, 선명하게 떠오르는 한 장면이 있다. 드라마에서 한 여자가 자기 엄마에게 말했다.

"내가 그랬어. 엄마, 내가 말했어."

그 여자는 자신이 한 말 때문에 오빠가 죽었다고 믿었다. 전쟁이 나고 남자들을 붙잡아 가던 시절, 여자와 엄마는 오빠와 오빠의 친구를 집 안에 숨겼다.

"엄마, 다락방이 안전해. 거기가 더 안전해."

어린 딸은 엄마에게 말했고, 엄마는 오빠를 더 안전한 다락방에 숨겼다. 폭탄은 다락방에 떨어졌다. 오빠의 친구는 살았고 오빠는 죽었다. 그 뒤로 엄마와 딸은 서로를 미워했지만, 그 숨겨진 이유는 마지막에 가서야 밝혀진다. 여자가 말한다. 엄마, 내가 그랬잖아. 내가 다락방에 숨기자고 했잖아.

또 이런 말을 했다.

"정 무서우시면 개를 키워보시면 어때? 강아지가 노인 정신 건강에 좋대."

할머니가 혼자 주무시는 걸 무서워한다는 소리에 내가 개를 키우면 어떠냐고 말했다. 얼마 뒤 다른 집에 살던 개가 할머니 집으로 왔고, 개는 다른 가족들과 어울려 살 땐 몰랐던 슬프고 안타까운 일들을 겪었다. 그건 혼자 사는 노인의 탓도 개의 탓도 아니었다. 내가 말했다. 개를 키워보시면 어때?

❦

그러고 보니 나도 그런 말을 했다.

"야, 하지 마. 다신 그러지 마."

그 말은 얼어붙은 호수에 다녀온 친구에게 한 말이었다. 우리가 다니던 고등학교는 어느 산 중턱에 자리해 있었고, 산길을 따라 내려가면 한 대학교 교정이 나왔다. 교정 안에는 커다란 호수가 있었다. 해마다 대학교 축제가 열리는 봄가을이면, 호수에 사람이 빠져 죽었다. 호수에 빠지는 사람은 주로 호수에 관해 잘 모르는 신입생

이거나 다른 학교에서 놀러 온 학생이었다. 한겨울이 되면 호수는 얼어붙었고, 그 위로 낙엽과 눈이 쌓였다. 겨울방학의 어느 날, 자율학습이 끝나고 친구들이 얼어붙은 호수 위를 걸었다. 다른 아이들은 가장자리를 몇 번 밟다가 돌아왔지만, 한 사람은 거의 한복판까지 갔다.

"야, 하지 마. 다신 그러지 마."

나는 되돌아온 그 애에게 말했다.

"알았어. 안 그럴게."

그 애는 순순히 대답했다. 하지만 얼굴은 거기까지 갔다 온 게 좋아서 방글방글 웃고 있었다.

❦

"감사합니다, 잘 키울게요?"

온점과 나는 화분이 많은 그 가게 앞을 자주 지났다. 처음 그 종이를 본 사람은 온점이었고, 종이에 쓴 글자가 바뀐 걸 나에게 알려준 사람도 온점이었다. 어느 날 온점이 집에 돌아와 내게 말했다.

"글자 바뀐 거 봤어? 감사합니다, 잘 키울게요?"

또 이런 말도 보았다.

'김영애, 김인문, 여운계'

오래전 티브이에서 방영된 드라마의 오프닝 자막이었다. 그땐 드라마가 시작하기 전 음악과 함께 배우들의 이름이 자막으로 나왔다. 배우라는 말보단 탤런트라는 말이 익숙하던 때였다. 주요 출연자 중 나이가 많은 탤런트 이름이 먼저 나왔다. 주인공보다 먼저 나왔다.

❧

또 이런 말을 들었다.

"너는 핸디캡이 있으니까."

그 말은 명절 휴일 어느 친척에게 들은 말이었다. 집에 돌아와 나는 온점에게 그 말을 전했다. 전하고 싶지 않았지만, 그래야만 했다.

"핸디캡? 뭐가?"

나는 어깨를 으쓱했고, 온점은 잠시 생각한 뒤 말했다.

"그분이 잘 모르시네. 오히려 그래서 네가 기회를 얻는 건데."

"그래?"

"응."

"쿼터제 같은 거야?"

"아무튼 좋은 거야. 그러니까 괜찮아."

❦

또 이런 말을 들었다.

"왜 그래, 어디 아프냐?"

그때 나는 하루가 멀다고 어금니가 흔들렸고, 내가 흔들리는 이를 혀끝으로 밀고 있으면 선생님이 나를 불렀다.

"안 뽑아. 얼마나 흔들리나만 볼게."

내가 뒷걸음치면 선생님이 철석같이 약속했다. 만져만 본다고. 안 뽑는다고. 그렇게 나는 입을 벌렸고, 입안으로 선생님의 손이 들어왔다. 만져만 본다더니, 흔들어만 본다더니 선생님은 내 이를 뽑았다. 우지끈, 내 작은 이를 비틀어 뽑았다. 입안에 선생님의 텁텁한 손맛이 났다. 혀로 더듬으면 피 고인 잇몸이 느껴졌다. 선생님은 뽑은 이를 나에게 주며 이제 들어가 수업에 집중하라고 했다. 나는 아홉 살에 그렇게 어금니 세 개를 모두 같은 사람에게 뽑혔다.

❦

"왜 그래? 무슨 일 있었어?"

온점이 내게 묻는다. 오랜 시간 나는 아무 일도 없다 며 내 흔들리는 어금니를 숨겼다. 하지만 이제는 온점 앞에서 입을 벌린다. 안 그러면 그것들이 내 안에 쌓여 이불 무덤에 묻히게 될 테니까.

❦

또 이런 말을 들었다.

"그 말이 그렇게 어렵니?"

엄마는 선생님한테 그 한마디를 물어보는 게 그렇게 어렵냐고 했다. 나는 아무 말도 할 수 없었다. 나는 방학 숙제로 제출한 우편 수집책을 왜 돌려주지 않으시냐고 선생님께 여쭤볼 수 없었다. 그 책에는 돈 주고도 살 수 없는 희귀한 기념 우표들이 잔뜩 있었다. 나의 삼촌이 학생 때부터 수년간 열심히 모아 온 것이었다. 나는 방 학 숙제로 삼촌의 보물을 제출했다. 엄마가 나중에 삼촌 한테 다시 잘 돌려주면 된다고 했다. 내가 우표 수집책 의 행방을 물으려면 두 개의 장애물을 넘어야 했다. 나 의 거짓과 자기의심. 나는 선생님이 그 과제물을 돌려주셨는데, 내가 어디서 잃어버린 게 아닌가 의심했다. 그렇게 여기는 게 나았다. 내 이를 아프지 않게 뽑아주신 선생님이 어린애의 방학 숙제를 탐내 꿀꺽했다는 걸 도저히 믿을 수 없었다.

❦

"진짜 다신 그러지 마."

나는 얼어붙은 호수를 뛰어갔다 온 친구에게 말했고, 그 애는 웃으면서 고개를 끄덕였다. 나는 평소에 그 애가 웃는 모습, 시원스레 박장대소하는 모습을 좋아했다. 그 애가 만화에 나오는 사람처럼, 한 손으로 자기 배를 두들기며 '핫! 핫! 핫!' 하고 우렁찬 소리를 내며 웃을 때. 그 애는 코가 컸고, 웃음소리도 컸고, 보폭도 커서, 보고 있으면 마음이 놓였다.

❦

"코가 그렇게 크면 안 아파?"

어느 휴일, 나는 아빠와 티브이를 보다 물었다. 옆에서 본 아빠의 콧등이 너무 높아 아플 것 같았다. 아빠는 코가 큰데 왜 아프냐며 피식 웃다가 코에 관한 다른 이야기를 들려주었다. 자기는 콧대가 약해 피가 잘 난다고, 권투 시합할 때 코피가 잘 나는 건 불리하다고. 별로 아프지도 않은데 피가 줄줄 나서 꼭 진 것만 같은 기분이 들었다고 했다. 그날 나는 아빠에게 한 손으로 턱을 가리고 다른 손으로 잽을 날리는 권투의 기본 동작을 배웠다.

❦

이런 말을 옮겨 적었다.

'네 부모가 네 부모인 것은 그저 우연이다.'•

이 말은 나에게 위안이 되었다.

❦

이런 말을 썼다.

'온점 꽃.'

며칠 뒤 다른 날 또 일기에 썼다.

'나 꽃.'

온점이 생리를 시작하면 내가 2주 뒤쯤에 시작한다. '꽃'은 온점이 제안한 단어다. 꽃 핀 날, 머리 자른 날, 처

• 브리앤 파스 엮음, 『우리는 다 태워버릴 것이다』, 양효실 외 옮김, 바다출판사, 2021, 768쪽.

음 내복 입은 날, 처음 에어컨 튼 날, 피클 담근 날, 첫 수박 먹은 날.

내 일기에는 우리가 보낸 계절의 단락들이 책갈피처럼 포개져 있다.

❀

또 이런 말을 썼다.

'카프카를 읽으면 온점과 싸운다.'

이 일기는 우리의 싸움이 몇 번 반복되고, 그러다 온점이 내 무덤을 만들어 추도사를 읊고, 무덤에서 살아나온 내가 그 일을 잊지 않기 위해 쓴 것이다.

"무슨 일 있어?"

카프카를 읽고 나면 온점이 내게 묻는다. 나는 신경질을 내고, 대답도 무성의하다. 입을 꽉 다문다. 그러다 욕도 한다. 그래서 나는 웬만하면 카프카는 읽지 않기로 했다.

❀

일기를 쓰기 시작한 건 6년 전 겨울이고, 첫 줄에는 언제나 '루틴'이라고 적혀 있다. 루틴은 일어난 다음 그 자리에 엎드려 기도하는 것이다. 처음엔 다리가 저리도록 길게 했고, 매일 밤 잠들기 전에도 했지만, 지금은 눈 뜨고 일어날 때만 짧게 한다. 그런데 왜 나는 나만 보는 일기에도 '기도'라고 적지 못할까.

✤

온점은 꽃향기를 맡으면 머리가 아프다. 길 가다 스쳐 지나가는 사람에게 짙은 향수나 화장품 냄새가 풍기면 두통을 느낀다. 그런데 왜 온점은 우리의 생리를 꽃이라고 할까.

✤

또 이런 말을 썼다.

'우리는 빨간 비트로 피클을 담그며 여름의 빨강을 차갑게 보관한다.'

그 글은 어느 신문에 실리는 수필이었고, 나는 우리집 작은 냉장고와 여름이면 온점과 담그는 피클에 관해 썼다. 레몬과 꿀과 비트와 무가 어우러진 새콤한 맛. 하지만 그 글을 쓰고 난 뒤 통에 담아둔 피클에 문제가 생겼다. 짙은 빨강 물에 흰 거품이 보글거리더니 맛이 갔다. 그런 일은 이전에도 있었다. 나는 온점과 둘이 하는 우리의 역할극 놀이를 어느 작가 노트에 썼고, 그 뒤로 우리는 약속이나 한 듯 그 역할극을 더는 하지 않았다. 글로 써서 세상에 내놓으면 그것이 상해버린다는 것을 나는 알았다. 그 이유가 무엇일까?

"혹시 숟가락 잘못 썼어?"

"조금씩 따로 담아놔야 했나봐."

온점은 피클이 상한 이유를 사실에 근거해 되짚는다. 나는 내가 저지른 다른 차원의 잘못을 되짚는다. 이제 껏 내가 글로 써서 상하게 한 것들은 무엇일까.

❦

이런 말을 들었다.

"잠깐 뱉어."

그럴 때 나는 컴퓨터 앞에 앉아 있고, 온점은 물컵을 들고 내 옆에 서 있다. 나는 잠깐 껌을 뱉고 온점이 들고 온 비타민을 먹는다.

❦

죽은 사람의 이름이 화면 속 자막으로 나온다. 죽었

다고 알려진 사람들이 화면 속에서 마주 앉아 대화한다. 생생한 표정과 귀에 익은 목소리. 나에게 죽음이란 그런 것이다. 죽었다고 알고 있지만, 실은 어딘가에서 여전히 존재하며 변함없이 말하고 움직이는 것이다. 비록 그것이 연기일 뿐이라 해도.

하지만 우리의 삶도 어차피 하나의 연기일 뿐이라면.

❦

요쉬또 요쉬또는 나의 기도다. 나의 일기이고, 내가 매일 신께 드리는 안부 인사다. 오늘도 우리에게 생명을 허락해주셔서 감사합니다. 그다음 이어지는 말은 갈수록 짧아진다. 하지만 누군가 아플 땐 길어진다. 온점과 내가 아는 사람이 아플 땐 길게 한다. 뭐라고 말해야 할지 몰라 두 손을 모으고 엎드려 있지만, 나는 기도를 끝내지 못한다. 그럴 땐 내가 좋아하는 말을 떠올린다.

돌려주셔서 감사합니다. 잘 키울게요.

좋은 말이라 한 번 더 반복한다. 진정한 기도는 들리지 않는 소리로, 혼자만의 무덤에 들어가 해야 한다는 걸 알지만, 나는 무덤 밖으로 내 기도를 꺼내고 만다. 부디 내 글과 말이 그 존재를 상하게 하지 않길 바라며.

감사합니다. 잘 키울게요.

쪼그라드는 마음과 우리의 이웃들

늦여름 폭우로 작업실에 물이 샜다. 비가 많이 올 때마다 천장에 물주머니가 생기곤 했는데, 큰비가 한꺼번에 쏟아지면서 빗물의 무게를 이기지 못하고 벽지가 찢어진 것이다. 벽을 타고 바닥에도 물이 흥건했고, 근처에 두었던 책과 매트가 모조리 젖고 말았다. 온점과 나는 서둘러 바닥을 닦고 통이란 통은 전부 끌어모아 천장에서 떨어지는 빗물을 받았다. 작업실 바로 위가 오래방치된 옥상이라 샛노란 폐수가 흰 거품과 함께 콸콸 쏟아졌다. 가구와 물건들을 내버려두고 갈 수도 없고, 마감해야 할 원고도 있어서 나는 물이 새는 작업실 한쪽에서 컴퓨터를 켜고 글을 썼다. 온점은 밤을 꼬박 새우며 통에 가득 찬 빗물을 비웠다.

"이 모든 고생도 나중엔 다 글이 될 거야."

다음 날 아침, 온점은 넋이 나가 있는 나를 위로했다. 정말 그럴까. 하늘이 나에게 글의 소재를 만들어주기 위해 손수 벽지를 찢어 비가 새게 하시는 걸까.

온점은 동네 철물점에서 성인 한 사람이 들어가 앉을 수 있는 크기의 통을 사 와 빗물받이로 썼다. 처참한 천장과 바닥 상태를 사진으로 찍어 여러 번 임대인에게 보내기도 했다. 그동안 비가 올 때마다 물주머니가 차서 불안하다고 말했음에도 임대인은 제대로 조치해주지 않았고, 나는 원망과 분노의 감정이 쌓일 대로 쌓여 있었다. 그쪽도 나도 똑같이 '상식'을 기준으로 얘기하는데도 좀처럼 대화가 이어지지 않았다. 사람의 기준은 저마다 다르구나, 임대인과 임차인의 입장은 웬만해선 좁혀지지 않는구나, 그런 생각에 휩싸여 절망에 빠져 있던 중 폭우로 돌아가신 분들의 뉴스를 뒤늦게 봤다. 이 일이 지금 현실에서 벌어진 게 맞나. 기사를 읽고도 나는 그 기사 속의 일들이 믿기지 않았다. 가슴이 먹먹하고 머릿속이 뿌옇게 멍해져 한동안 허공만 바라봤다. 그러다 밤이 되면 또 조마조마한 심정으로 천장에서 떨어지는 빗물 소리를 들었다.

겨우 비가 그친 후 나는 우리가 입은 피해를 보상받으리라 마음먹었다. 하지만 온점은 여러 기관에 관련 법규를 자문하더니 임대인에게 타협안을 제안하자고 했다. 평화롭게 이곳과 작별하자며 날이 잔뜩 서 있는 나를 설득했다.

"그래도 도배 아저씨가 도배를 정말 잘했나봐. 종이가 엄청 잘 버텨줬어."

온점은 넝마가 된 천장을 보며 말했다. 날카롭게 곤두선 마음 한편으로 실은 나도 그렇게 생각하고 있었다.

"맞아. 도배지를 꼼꼼하게 잘 발랐나봐."

새로 이사 올 때 좋은 종이로 잘 발라놔서 이 정도의 피해로 그친 거라며 우리는 도배사의 훌륭한 직업 정신에 고마워했다. 불행한 상황에서도 긍정적으로 생각하려는 온점의 마음이 나에게도 전해졌다. 그리고 보름 뒤 우리는 작업실을 떠났다. 처음으로 집 밖에 작업실을 구한 지 1년 4개월 만이었다.

❦

온점과 내가 처음 구한 우리의 공간은 지하 단칸방이었다. 1층 같은 지층이나 반지하라는 말로 좋게 포장할 수 있는 곳이 아니라 그야말로 깊은 계단을 내려가야 하는 땅 밑에 하나짜리 방.

'공기 좋고 근처에 산책하기 좋은 산이 있어요.'

임대 광고에 이런 설명이 붙은 집은 대부분 가파른 오르막에 있기 마련이다. 우리의 첫 집도 높은 언덕길 어귀에 있는 골목집이었다. 그때만 해도 온점이나 나나 가족과 함께 사는 집이 따로 있었기에 그곳은 우리의 집이라기보다 편하게 만날 수 있는 아지트였다. 그래도 그곳에서 우리는 작은 살림살이들을 장만했고 이따금 요리도 해 먹었다. 겨울이면 실내가 추워 방에 텐트를 쳐야 했고, 장마철이면 벽 모서리에 곰팡이가 슬었다. 부엌에는 어디서 들어왔는지 모를 다리 긴 벌레들이 나타나 우리를 놀라게 했다. 하지만 우리는 그곳에 머무는 동안 어디로 가야 편히 쉴 수 있을지 더는 고민하지 않아도 되었고 마음껏 애정을 표현할 수 있었다.

그 지하 단칸방의 이웃은 홀로 사는 할머니였다. 허리가 두껍고 목소리가 카랑카랑한 할머니는 우리가 이사 온 첫날부터 지켜야 할 수칙을 전해주셨다. 할머니와 우리는 지하를 공유한다는 이유로 문밖 담벼락 아래 있는 하나의 화장실을 함께 써야 했다. 화장실 쓰레기통은 자신이 비울 테니 양변기를 깨끗이 쓰라는 할머니의 당부를 들으며 온점과 나는 볼일이 보고 싶어 정신이 아득해질 정도가 아니면 참자고 다짐했다. 할머니는 깊은 계단을 오르내릴 때마다 신음을 크게 내뱉었는데, 거동이 편치 않으셨음에도 날이 밝으면 늘 어디론가 외출하셨다. 온점은 바쁘게 돌아다니는 할머니에게 '뽈뽈뽈 할머니'라는 별명을 지어주었다. 할머니는 우리가 담벼락에 세워둔 자전거를 못마땅해하셨고, 물을 많이 써서 수도 요금이 많이 나올까봐 불안해하셨다. 그러다 어느 한낮, 우리는 의도치 않게 할머니의 사생활을 엿보고 말았다. 무더운 여름 오후, 할머니가 현관문을 열어놓은 채 목욕하고 있었던 것이다. 할머니는 발가벗고 쪼그려 앉아 바가지로 어깨에 물을 끼얹었고, 계단을 내려가던 우리는 피치 못하게 그 모습을 보고 말았다. 화들짝 놀란 우리와 다르게 할머니는 담담한 표정으로 계속 목욕했는데, 그 뒤로 우리는 대문을 열고 계단을 내려갈 때마다 대범한 할머니의 목욕 장면을 보게 될까 조심했다.

그러던 어느 날엔 공공 단체의 직원인 듯한 사람들이 와서 할머니의 짐을 모조리 밖에다 빼고 대청소했다. 이 많은 짐이 저 좁은 방 어디에 쌓여 있던 걸까. 알몸을 내보이고도 덤덤하던 할머니는 끝없이 집 밖으로 나오는 자신의 살림살이들에 조금 부끄러워하셨다. 큰 목소리로 당당하게 호통치시던 할머니의 숨기고 싶은 모습을 본 것 같았다.

"뽈뽈뽈 할머니는 아직 살아 계실까?"

가끔 온점과 나는 우리의 첫 집을 떠올리며 얘기한다. 할머니는 건강하게 살아 계실 거라고 온점은 말한다. 자신은 이 집에서 살다가 이 집에서 죽을 거라 말하던 할머니. 우리와 같은 세입자였지만, 얼마간 머물다가 떠난 우리와 다르게 자신의 집을 애지중지하시던 할머니. 그 할머니가 우리의 첫 번째 이웃이었다.

　우리의 두 번째 집은 지하에서 수직 상승한 옥탑방이었다. 옥상이라도 2, 3층 건물의 옥상이면 좋았으련만, 그곳은 5층 빌라의 옥상이었다. 보통 건물의 한 층과 비교하면 그 빌라의 타원형 계단은 층 사이의 간격이 1.5배 정도 넓고 가팔랐다. 덜컹거리는 마을버스에서 내려 집까지 올라가는 게 매번 등산하는 것 같았고, 한번 오르고 나면 숨이 턱까지 차오르며 지쳐서 얼마간 가만히 쉬어야 했다. 쉽사리 오르내릴 수 없었기에 온점과 나는 그 집에 들어가면 외딴섬에 머무는 느낌이었다. 집의 외벽은 벽돌이나 콘크리트가 아닌 패널로 세운 가벽이어서, 여름에는 숨이 턱턱 막힐 듯이 더웠고 겨울에는 방한 텐트를 쳐야 했다. 언제부턴가 우리는 혹한기에 텐트가 꼭 필요한 사람들이 되었는데, 온점은 꼭 붙어서 잘수 있는 텐트가 나쁜 것만은 아니라며 쪼그라드는 내 마음을 펴주었다.
　가난한 연인은 한번에 새 가구를 사들이는 건 꿈꿀 수 없어서 우리는 하나씩 필요한 가구를 사서 날랐다.

그 높은 곳까지 퀸사이즈 매트리스를 옮길 땐, 정말이지 좁은 계단에서 묘기를 부리듯 매트리스와 씨름했다. 중고로 산 5단 서랍장과 신발장을 옮길 땐 온점도 나도 괴력을 발휘했다. 실내에 화장실이 따로 있고, 부엌도 있었지만, 벽 없이 하나로 트인 공간에서 요리할 엄두가 나지 않아 우리는 몇 번 시도하다 음식을 해 먹는 건 포기했다. 그때까지도 온점은 가까운 곳에 가족이 살아서 그곳과 옥탑방을 오가며 지냈고, 나 역시 엄마의 집에서 계속 머물렀다. 우리는 주말이나 공휴일에만 온전히 함께 보냈는데, 그러던 어느 여름날 아랫집 이웃이 찾아와 문을 두들겼다.

"시끄럽게 뛰지 좀 마세요. 발소리가 쾅쾅 다 울려요."

아랫집 사람은 창백한 얼굴로 말했다. 쾅쾅거리며 뛰다니, 여긴 뛰어다닐 공간도 없는데? 나는 의아해하며 문을 활짝 열어 아랫집 사람에게 우리의 좁은 방을 보여주었다. 이곳엔 뛰어다닐 만한 공간이 없다고 설명했지만, 아랫집 사람은 화를 가까스로 참는 듯한 얼굴로 계속 우리를 의심했다. 아마 더 아래층에서 뛰는 소리가 벽을 타고 그쪽 집까지 울리는 걸 거라 말해도 아랫집 이웃은 이따금 찾아와 문을 두들겼다. 어느 날은 우리의 화장실 소리가 시끄럽다며 항의했다. 화장실에서 물 쓰는 소리가 시끄럽다니, 대체 어떻게 살라는 거지? 온점과 나는 공기나 먼지가 아닌 사람인데.

다른 이웃에게 전해 들은 바로는 아랫집 사람은 무슨 고시를 준비 중이었다. 그래서인지 신경이 더 예민하고 날카로운 것 같았고, 우리가 사는 옥탑방뿐 아니라 다른 곳에도 조용히 해달라며 여러 번 찾아갔다고 했다.

"아랫집 사람, 합격했을까?"

이따금 온점과 나는 그 이웃을 떠올린다. 아마 합격했을 거라고, 왠지 그럴 것 같다고, 우리는 추측한다. 빌라의 주인이 바뀌면서 아랫집 사람은 우리보다 일찍 그곳을 떠났다. 온점과 나는 그곳에서 계약 기간을 연장해 살았고, 다음 집으로 옮겨 가기까지 몇 년간 돈을 더 모아야 했다.

세 번째 집으로 옮겨 갈 때 우리는 이삿짐 트럭을 부르지 않았다. 걸어서 15분 정도의 거리라서 이사 비용을 아끼고자 조금씩 조금씩 개미처럼 짐을 옮겼다. 새로 갈 집은 첫 번째와 두 번째 집보다 더 가파른 오르막에 있었지만, 지하도 옥탑도 아닌 1층에 있는 집이었다. 하지만 그 집 역시 핸디캡이 있긴 했다. 오토바이와 사람이 쉼 없이 오가는 혼잡한 길가 바로 앞이라서 자칫 문을 잘못 열었다간 우리의 사적인 모습이 행인에게 훤히 보일 위험이 있었다. 그래도 우리는 드디어 부엌과 방이

따로 분리된 곳에 가게 돼 기뻤다. 비록 부엌과 방 사이에 달린 문이 사라지긴 했지만.

좁은 집은 문을 여닫는 공간조차 사치구나.

나는 문턱만 남은 뚫린 벽을 보며 또 마음이 쪼그라들었다. 그렇지만 그런 집이라도 온점과 같이 살 수 있어 좋았다. 밤이 되면 서로의 집으로 돌아가던 우리는 세 번째 집으로 이사하면서 완전히 짐을 옮겨 왔다. 밤에 같이 잠들고, 아침에 눈 뜨면 제일 먼저 서로에게 굿모닝 인사를 건넬 수 있다니. 한동안 나는 그 단순한 하루의 끝과 시작이 믿을 수 없을 만큼 고맙게 느껴졌다.

그 집에서 온점은 요리를 시작했다. 어느 날엔 한 끼 식사에 찌개, 볶음, 무침, 구이를 한꺼번에 차리기도 했다. 덕분에 나는 끊임없이 먹어대던 고3 때 이후로 최고 몸무게를 경신했다. 우리는 열심히 먹고 쉼 없이 일했다. 나는 처음으로 사랑하는 사람과 같이 산다는 게 어떤 것인지 알아갔다. 여행지에서 얼마간 머물다 각자의 집으로 돌아가는 게 아니라 온전히 한집에서 살림하며 같이 산다는 것. 청소와 빨래를 비롯해 집안일을 분담하고 공동 생활비를 모아 함께 지출하고 더 나은 앞날을 꿈꾸며 하루하루 보내는 일상.

그때도 나는 단기 계약직 일을 전전하며 혼자 소설을 썼다. 큰 상금이 걸린 장편 공모에 도전해보기도 했지만,

번번이 떨어졌다. 그때만 해도 나는 내가 소설가로 살며 돈을 벌 수 있을 거라 기대하지 않았다. 무슨 일을 하든 최저생계비 정도는 내 힘으로 벌 수 있었고, 어떤 일을 하든 책 읽을 시간과 글을 쓸 만한 여유가 있는 직장이라면 대체로 만족했다.

수능 시험을 본 이후 대학에 다닐 때나 졸업한 후나 한 번도 일을 쉬어본 적 없는 온점도 계속 돈을 벌었다. 집안일에서는 온점이 요리를 맡았고 나는 청소와 빨래를 담당했다. 매일 저녁, 나는 찢기고 구멍 난 자국이 많은 장판을 걸레로 닦을 때면 우리의 관계가 자랑스러웠다. 이 정도의 방이, 이만한 크기의 집이 내가 청소하기에 편하고 수월한 집이라 여기며 이 공간을 누리는 우리의 삶에 감사했다. 우리를 힘들게 하는 게 있다면 이번에도 역시 이웃이랄까.

이번에는 사람보다 동물이 우리의 관심을 모았다.

"큰 개가 있나봐."

처음 이사 온 날부터 창문 밖에서 우렁찬 개 짖는 소리가 들렸다. 소리만 들어도 개의 덩치가 크다는 걸 짐작할 수 있었다. 저렇게 큰 개가 있으니 도둑이 들 염려는 없을 거라고 이번에는 내가 온점을 안심시켰다. 하지만 청각과 후각이 예민한 온점은 담벼락 너머 뒷집에 사는 개의 상태를 시시각각 알아챘다. 개는 쇠사슬에 묶여 있는지 땅에 쇠줄을 끄는 소리가 들렸고, 물을 할짝거리는 소리, 꼬리를 흔들 때 풍풍 바닥에 꼬리 끝이 닿는 소리까지 들렸다. 온점을 가장 힘들게 한 건 한여름에 풍겨오는 개의 냄새였다. 나 역시 글을 쓰느라 집중할 땐 개가 짖는 소리에 깜짝깜짝 놀랐다.

어느 날엔 근처 산자락을 산책하는데, 우리 뒷집에 사는 개 소리가 산마루를 쩌렁쩌렁하게 울렸다. 듣는 사람도 힘들지만, 그렇게 쉴 새 없이 짖어야 하는 개도 고달플 것 같았다. 개 짖는 소리를 참다못한 다른 이웃집 사람의 신고로 경찰이 출동한 적도 여러 번이었다.

"인석아, 너 자꾸 이렇게 짖으면 수술시킬 수밖에 없어."

하루는 뒷집 남자가 마당에 나와 개에게 말했다. 온점과 나는 개 짖는 소리와 냄새가 힘들긴 했지만, 개를 미워하진 않았다. 그보단 개와 함께 사는 뒷집 사람들에게 의문을 품었다. 왜 저 사람들은 한 번도 개와 산책하지 않는 걸까. 우리가 그 집에 사는 몇 년 동안 개는 늘 쇠줄에 묶여 있었다. 그 사실이 개의 냄새나 소리보다 우리를 더 괴롭게 했다. 다행히 우리가 그곳을 떠날 때까지 개는 자신의 목소리를 잃지 않았다.

개 말고도 또 다른 이웃이 있었다. 오른쪽 벽을 맞댄 이웃은 일요일 아침마다 피아노를 치며 찬송가를 불렀고, 왼쪽 벽을 맞댄 이웃은 새벽마다 귀신처럼 흐느꼈다. 그런 소리를 들으며 우리는 그곳에서 4년을 보냈다. 그러다 네 번째 집으로 옮겨 갈 때 우리는 일탈을 시도했다. 그동안 모은 돈으로 집 밖에 작업실을 따로 구한 것이다.

그즈음 감염병 유행으로 인해 온점은 재택근무를 하게 되었고, 어느새 나도 원고 마감을 앞둔 작가가 되었다. 책상도 없이 부엌 식탁에서 글을 쓰던 나는 예전처럼 카페나 도서관에 긴 시간 있을 수 없었다. 마스크를 오래 하면 귀가 아파 두통까지 일었다. 우리는 좁디좁은 집에서 종일 일에 치이면서 하루가 멀다고 부딪쳤는데, 어느 날 온점은 중대 결심을 발표하듯 내게 말했다.

"내 공간을 갖고 싶어. 너한테 계속 구박받는 거 힘들어."

온점은 자신의 작은 인기척에도 신경이 곤두서는 나와 함께 있는 게 힘들다고 했다. 나에게 방해되는 존재가 된 것 같아서 자괴감이 든다고. 나는 아니라고 변명했다. 글을 써서 발표한다는 부담감 때문에 그렇지, 네 존재가 싫어서 그런 게 아니라며 사과했다. 더 큰 집으로 이사 가서 네 방을 따로 만들면 되지 않겠느냐고도 했다. 하지만 온점은 자신의 의지를 굽히지 않았다. 작업실을 구하는 문제로 우리는 서로가 얼마나 다른지 매일 확인했다. 어떻게 이렇게 싸울 수 있을까 싶을 정도로 각자 온 힘을 다해 싸웠다. 그렇지만 싸움의 끝은 언제나 서로를 얼마나 사랑하는지, 얼마나 서로가 필요한지, 이렇게나 다른 사람이어도 왜 네가 좋은지 확인하는 것이었다.

험난한 갈등을 이어가면서 나는 그동안 온점이 대부분 내 뜻에 따르고 맞춰줬단 걸 깨달았다. 이번에는 내 차례였다. 나는 온점이 원하는 공간을 함께 찾고 같이 꾸몄다. 저축 계획이나 과소비라는 생각은 다 잊고 처음으로 온점이 좋아하는 커다란 창문에 빛이 환하게 들어오는 널찍한 공간을 구했다. 늘 좁은 곳에서 숨죽여 사는 걸 힘들어했던 온점을 위해 우리는 큰 작업실과 함께 복도 끝에 있는 별도의 공간도 얻었다. 그리고 그곳에서 고양이 나오미를 만났다.

그 작업실에서도 우리는 바람 잘 날 없었다. 그간 몇 군데 집을 옮겨 다니며 겪은 고초를 전부 합한 듯한 고난이 연달아 닥쳐왔다. 이웃 사람, 화장실, 소음과 냄새, 그러다 마지막엔 천장에서 빗물이 새기까지.

❦

다섯 번째 집으로 이사한 날, 아침부터 가랑비가 내

렸다. 그간 집과 작업실을 분리해 쓰던 나는 다시 집에 컴퓨터를 놓고 글을 쓰기로 했다. 비가 새지 않는 작업실의 작은 공간은 나오미를 위해 당분간 유지하기로 했다. 이사 온 뒤로 온점은 매일 저녁 예전 작업실로 가서 나오미를 기다렸다가 밥을 주고 돌아온다. 깃털 장난감으로 놀아주고, 털을 쓰다듬어주고, 한참을 같이 시간을 보내다 오지만, 나오미와 헤어질 때면 늘 마음이 편치 않다고 한다. 그래서 우리는 천천히 적응 기간을 가지며 나오미를 새집으로 데려올 방법을 궁리 중이다. 소통의 왕 나오미가 이 집에서 우리와 함께 잘 살 수 있을까. 이곳의 이웃은 어떤 사람들일까.

아직 짐 정리를 다 끝내지 못한 방에 누워 온점과 나는 지난 1년을 돌이켜본다.

"여행한 것 같아. 여행지에서 살다 온 것 같아."

온점은 다른 세계에 다녀온 기분이라고 했다. 나도 그런 느낌이었다. 우리는 떠나온 그곳에서 많이 다투었고, 그보다 더 자주 다정했으며, 이제는 한 식구나 다름없는 나오미를 만났다. 결국 그 모든 시간이 우리의 삶이자 하나의 이야기가 되는 것일까.

사랑을 전시해도 되나요?

언제 그 생각이 떠올랐을까?

인터넷 기사를 채우는 유명인들의 휴가 사진을 봤을
때? 무지막지한 한파가 몰아닥친 겨울날, 발을 동동거
리며 출근길 버스를 기다리는 사람들의 사진보다 더 윗
줄에 링크된 따사로운 이국의 야외 수영장 풍경을 봤을
때? 서로 약속이나 한 듯 엇비슷한 골프복을 입고서 탁
트인 잔디밭에 서서 웃고 있는 어떤 이들을 봤을 때? 아
니면, 온갖 꽃들이 장식된 성대한 결혼식 영상을 봤을
때?

그때 나는 미용실 의자에 앉아 벽걸이 티브이에서 흘
러나오는 왁자지껄한 피로연 소리를 들었다. 티브이 화
면에서 한 연예인 커플의 결혼식 장면이 방영되고 있었

다. 여기 이 자리에서 가게 문을 연 지 40년이 넘었다는 미용실 주인은 내 뒤에 플라스틱 의자를 놓고 앉아 화면을 흘깃거렸다.

"난 저런 거 안 해줬으면 좋겠어."

이발기로 내 목덜미를 슥슥 문지르며 주인이 말했다. 젖은 머리를 제대로 말릴 시간도 없이 밀려드는 손님 때문에 점심은 늘 두유 하나로 때운다는 미용사는 연예인들의 저런 모습이 보기에 안 좋다고 했다. 저렇게나 거창하고 화려한 것만 보여주니, 젊은 사람들이 점점 더 눈만 높아지는 게 아니냐고, 티브이에서 왜 자꾸 저런 걸 보여주는지 모르겠다고, 동의를 바라듯 거울 속 내 얼굴을 봤다. 어깨와 양손을 큼지막한 나일론 천에 감싸인 채 미용사가 손에 든 날카로운 도구들에 목덜미를 내맡긴 나는, 저도 사장님과 같은 생각이란 뜻으로 작게 웃었다. 그런데 왜 굳이 저 프로그램을 틀어놓은 걸까. 과연, 10년 전 가격으로 미용비를 동결하신 이분은 리모컨을 들어 채널을 바꿀 시간조차 없으시구나. 그래, 누군가의 행복이 다른 누군가에겐 자기 불행을 깨닫는 순간이 될 수도 있지. 세상은 끊임없이 통과의례나 시험을 만들어 열외자를 구분하고, 그 서열의 앞번호에 들어간 소수의 성취는 무수한 탈락의 숫자들과 쌍점(:)의 벽을 세워 높은 경쟁률을 자랑할 때 더욱 빛나 보이니까. 하

작업실에서,
어느 날의 해 질 녘

지만 행幸이 불행不幸으로 바뀌는 건 단지 그 감정을 느끼는 주체가 달라져서만은 아니라고, 그 감정을 소리 내는 볼륨 때문이라고 나는 생각했다. 전국으로 퍼져나가는 방송에서 '나 행복해요!'라고 광고하면, 그 소리의 파동이 뜻하지 않게 굴절되어 누군가에겐 자기 처지를 비관하는 좌절의 주파수를 만들 수도 있으니까. 나의 기쁨과 성취가 누군가에겐 '느 집엔 이거 없지?'라는 과시가 되기도 하니까. 그날 나는 집으로 돌아가 어딘가 비뚤름하게 잘린 듯한 옆머리와 지나치게 길이가 일정한 앞머리를 거울에 비춰보며 세상에 떠도는 환희의 소리에 관해 생각했다.

때때로 다른 이의 기쁨은 내 기쁨의 부재를 확인하는 잣대가 되기도 한다. 그건 단지 다른 이의 만족을 질투하거나 시기하는 마음 때문은 아닐 것이다. 그 사람이 가진 것과 자신이 갖지 못한 것을 비교하는 못난 심리 때문만도 아니다. 어쩌면 그런 이유라 할지라도, 남과 자신을 견주어보며 조금이라도 우위에 서고 싶은 게 우리의 피치 못할 본능이라면, 그 본능을 충동질해 쌓은 욕망의 탑을 전시하기보다는 자기 기쁨의 감탄사를 조금 낮춰 소리 내는 마음도 필요하지 않을까. 귀한 자식일수록 흔하고 너저분한 이름으로 부르는 것처럼(애, 개똥아,

야, 말똥아), 소중한 것일수록 입 밖에 내지 않고, 아끼는 존재일수록 더 삼가는 것처럼. 드러내면 때가 탈까, 내 보이면 모퉁이가 헐어버릴까 고이고이 안으로 담아 간직하는 것도 나쁜 길로 빠지기 쉬운 우리의 욕망과 비교 심리를 잘 어르고 달래며 사는 법이 아닐까.

그러면 나는? 내가 쓰는 글은 어떨까? 나는 그 자랑과 모방 경쟁에서 자유로울 수 있나. 나도 모르는 사이에 나는 내 안의 무엇을 전시하고 있을까.

언젠가 한 대학교의 강연이 끝나고 청중 한 분이 나에게 다가와 말했다.

"작가님 얘기를 들으니까 저도 사랑을 해야 할 것 같아요. 사랑하지 않는 제가 뭔가 잘못된 것 같아요. 저도 사랑해야 할까요?"

고개 숙여 책에 사인하던 나는 깜짝 놀라 얼굴을 들고 말했다.

"아니요! 괜찮아요! 사랑 안 해도 괜찮고, 아무 상관 없어요. 절대 다른 사람 욕망을 따라 하지 마세요. 결코 억지로 사랑하려고 하지 마세요!"

나는 두 눈에 힘을 주고 말했다. 내가 쓴 사랑 이야기가 행여나 원치 않는 연애를 시도하는 동기가 될까 겁났다. 사랑의 문을 조심스럽게 두드리는 젊은 여성의 마음을 세상이 어떻게 악용하고 착취하는지 모르지 않기에 마음이 조릿조릿했다. 그동안 내가 맘 졸이며 걱정하던 것이 눈앞에 드러나는 순간이었다. 글을 쓰면서, 그 글이 책으로 나와 사람들에게 읽히면서, 더 나아가 사람들과 직접 만나 그 책에 관해 얘기하면서, 나는 사람들에게 내 사랑을 자랑하고 있다는 생각이 들었다. 내가 가진 것 중에 남에게 내보일 만한 것을 골라 이렇게 글로 뽐내고 있는 게 아닌가. 집으로 돌아가는 내 꽁무니에 그런 의심이 달라붙었다. 이것도 잘라내야 할 비대한 자의식일까. 타인에게 벽을 세우는 내 인색한 성격 중하나인가. 아무 영향도 끼치고 싶지 않으니 나에게 아무런 영향도 받지 말라는(책임지지 않겠다는) 속 편하고 게으른 방관? 한 인터뷰에서 작가님의 말이 가진 힘을 모르시냐고 어느 기자분이 물었을 때 나는 말 그대로 불에 덴 듯 몸을 움찔했다. "이에? 힘이라뇨? 아니 제가 무슨……."

소설은 몰라도 적어도 에세이에서만큼은 내가 얼마큼 좌충우돌하면서 아픈지(그러니 당신의 그 아픔은 혼자 겪는 것이 아니라고), 내가 얼마나 부족한지(계급이라 불리는 사회적 위치, 재산, 체력과 정신력 등등), 그 모자람과 허덕임 속에서도 나를 둘러싼 애정과 보살핌의 힘으로 어떻게 겨우겨우 버티고 있는지를 쓰고 싶었다. 하지만 찬찬히 뜯어보면 내가 늘어놓은 그 빈틈과 허술함의 이면은 약자 특유의 '꼬리 내리며 배 보여주기'의 전술일지도 모른다. 내 얘기에 누군가의 억눌린 욕망이 고개를 치켜들게 하지 않기 위해 미리 방어막을 치고 깨금발로 조심한 것일지도. 그 눈칫밥 속에서도 어쩔 수 없이 비어져 나오는 과시가 있다면 그건 모조리 사랑이란 보자기 안에 싸 넣자고 생각했다. 사랑은 좀 과대 포장해도 되는 얼마 안 남은 인류의 덕목이니까, 글로 써도 되는 기쁨이니까. 그렇게 나는 내 궁둥이에 들러붙은 자기검열의 시선을 찜찜하게 뭉갰다. 하지만 내가 쓴 사랑 이야기가 굳이 연인 관계가 없어도 잘 살아가는 누군가에게 결핍과 소외감을 불러일으킨다면? 이것이 나의 경험이고, 이만큼이 나의 소박한 진실이라며, 내가 신나게 갉아댄 세상의 뿌리가 누군가의 기둥이나 들보와 이어져 있다면, 그래서 내가 한 말이 그 내면의 중심을 흩트려 놓는다면, 어떻게 나는 내 사랑의 기쁨을 마냥 소리칠 수 있을까.

❦

기쁨이란 얘기가 나와서 하는 말인데, 사람들이 잘

모르는 기쁨에 관한 사실이 하나 있다. 대단한 만족이나 어마어마한 성취는 오히려 우리의 건강에 위험하다는 것이다. 그러니까 과도하게 짜릿한 쾌감은 한 사람이 그 럭저럭 장수하는 데 그리 도움이 되지 않는다. 순간적인 호르몬 분비에는 좋을지 몰라도, 알다시피 그런 강도 높 은 쾌락은 쉽게 손에 넣을 수 없기에, 거기에 도달하려 고 아등바등하는 동안 우리의 한정된 몸과 마음은 닳아 버린다.

　의학 전문가도 아닌 내가 이런 생각을 하게 된 계기는 다른 이의 회고록이나 일기, 평전을 읽으면서다. 애써 이 런 결론을 얻으려고 읽은 게 아니건만, 마치 섬에 사는 되새의 부리 모양을 관찰하고 또 관찰하다 보니 먹이에 따른 되새 부리 모양의 진화 패턴을 발견하는 것처럼, 나는 여러 사람의 희로애락을 책으로 읽다가 이런 생각 에 다다랐다.

　아, 너무 큰 기쁨은 위험해. 간절히 바라는 건 정신 건 강에 해로워.

　『국화와 칼』이라는 책으로 유명한 미국의 인류학자 루스 베네딕트는 간절히 바라는 것의 치명성을 내게 알 려주었다. 그녀의 애인이자 동료 학자였던 마거릿 미드 가 쓴 전기에 따르면, 루스는 자신이 자료나 문서로 연 구해온 폴란드, 네덜란드, 벨기에 등을 직접 가보고 싶어 했다. 정말이지 무척이나 가보고 싶어 했다고 한다. 하지만 오랜 전쟁으로 엄두도 내지 못하다가 마침내 체코슬로바키아에서 열리는 한 세미나에 초청받은 그녀는 주변의 여러 나라를 고루 다니며 그곳의 문화를 눈으로 확인했고, 자신의 연구가 정확했다며 기뻐했다. 그러나 다소 약한 그녀의 심장은 '특별한' 여행을 감당하기엔 무리였다. 여행에서 돌아온 지 이틀 만에 그녀는 심장 혈전증으로 쓰러졌고, 그로부터 닷새 뒤 죽고 말았다(그리고 나는 기차나 비행기 좌석에 오래 앉아 하반신이 묵직해지고, 가슴께가 뻐근해지는 통증을 느끼면 루스 베네딕트의 급작스러운 죽음이 떠오르며 몹시도 초조해진다).

프랑스 소설가 플로베르 역시 방음 처리가 된 집에 틀어박혀 낮에는 잠자고, 밤에 일어나 글 쓰는 단순한 삶을 유지하다 하루는 무척 좋아하는 한 화가의 그림이 보고 싶어 미술관에 갔다. 플로베르의 소설을 우리말로 옮긴 한 번역자의 말에 따르면, 그는 그 간절한 외출로 인해 지병이 심해져 죽었다고 한다.

플로베르나 베네딕트처럼 손꼽아 바라던 것을 눈앞에 둔 순간에, 혹은 그것을 다 이루고 난 뒤에 마른 잎이 바스러지듯 숨을 다하는 사람은 얼마나 많은가.

영국의 작가 버지니아 울프의 일기에는 친구들과 평론가들이 자신이 쓴 글을 어떻게 볼까 전전긍긍하는 그녀의 모습이 그야말로 수두룩하게 적혀 있다. 그녀는 아무리 고민을 거듭해도 결국 그렇게 쓸 수밖에 없고, 반드시 그렇게 써야만 하는 몇 편의 소설을 쥐어짜내듯 완성했지만, 원고를 탈고한 다음에는 견딜 수 없는 허탈감과 우울증에 빠져들었다. 하나의 열망에 자신을 몰아넣으며 모든 힘을 소진해 평범한 일상을 살아갈 기력조차 잃은 것이다.•

원하던 바를 이룬 사람들은 그것을 이뤄낸 기쁨만큼이나 뭉텅이로 빠져나간 듯한 영혼의 헛헛함에 허우적거려야 했다. 환희가 찾아오면 그것을 뒤덮을 만한 불운의 실오라기도 연달아 풀려나왔으니, 나는 극도의 즐거움과 깍지 끼고 오는 절망의 극단적 사례들을 보며 자연스럽게 내 한계선을 가늠했다.

나는 얼마큼의 기쁨을 감당할 수 있을까.

그러니까 나는 저 찬란한 빛이 만드는 그늘의 깊이를 얼마나 감내할 수 있나.

밥을 든든히 먹고 신나는 음악을 들으며 산책할 땐

• 그도 그럴 것이 작업 노트처럼 쓴 일기에서 버지니아 울프는 소설을 쓸 때 "단어 하나하나를 증류"하고(『댈러웨이 부인』) "누구의 성격 묘사도 하지 않고, 시간의 흐름을 그리"는 방법을 고심하며(『등대로』), "산문을 깨뜨리고, 깊이 파내려 가고, 산문을 움직이게" 만드는 자신만의 작법을 찾기 위해(『파도』) 안간힘을 썼다. 『울프 일기』, 박희진 옮김, 솔, 2019.

'운명 따위, 피할 수 없다면 당당히 맞서리!'라고 사자 울음을 내지르는 순간도 있다. 하지만 책을 통해 누군가의 생로병사를 알아갈수록 나는 잠잠히 입을 다물고 내가 다다른 생의 주기가 어디쯤인지 받아들이게 된다. 세상에 태어난生 나에게 남겨진 것은 '노병사老病死'뿐이라는 걸. 아침이면 저혈압 증상에 허청거리는 나에게 '간절히, 미친 듯이, 다 쏟아부을 만큼 열렬하게' 같은 형용사는 늙고, 병들어 죽어가는 고통의 과정을 몇 배속으로 빠르게 만들 게 분명했다.

❖

"근근이 살면 돼. 근근이."

언제부턴가 온점은 내게 말한다. 내가 독서라는 간접 경험으로 깨달은 삶의 기술을 온점은 엎치락뒤치락하며 이어간 자기 나름의 인생사로 배운 듯하다. 이따금 온점은 나이가 들어 좋은 점은 더는 자신의 잠재 능력을 기대하며 무모하게 시험하지 않아도 된다는 것이라 말하는데, 우리는 흘러간 젊음을 되살려내고 싶지 않을 만큼 각자 그리고 함께 세상과 드잡이하며 시행착오를 겪어왔다. 그러면서 측량한 우리 자신의 그릇은 그다지 깊거나 크지 않았다. 정신과 신체의 강도도 그리 높지 않아서 우리는 세상이 휘두르는 손발톱에 살갗이 긁히다 못해 내면까지 움푹 파이는 무른 축에 속했다. 돈을 억수로 번다든가 으리으리한 경력을 쌓는 것은 우리의 몫이 아님을 자각했는데, 그만한 걸 이룰 능력이 있는지 없는지는 둘째치고, 설령 그런 운이 온다 해도 그 넘치는 복을 받아내려면 그만큼의 물살을 버티고 감내해야 한다는 단순한 이치를 쉽지 않은 체험들로 깨달았다.

어느 날 온점은 가족의 이사를 돕고 온 뒤 우리의 '짝달이 집'(자달막한 우리의 집을 온점은 그렇게 부른다)이 좋다고 칭찬했다. 방과 화장실이 여러 개라 쓸고 닦기만 해도 기력이 푹푹 쇠하는 넓은 집은 우리에게 맞지 않을 것 같다고 했다. 우리는 어쩌다 멀리 여행을 떠났다가 돌아올 때면, 아니 그저 좀 오래 산책하고 난 뒤에도, 역시 우리의 응달 집(창문이 북향이라 해가 잘 들지 않아 한여름에도 서늘하다)이 최고라고, 벽에 귀라도 달린 양 우리 집을 치켜세운다.

짝달이 응달 집에 어울리는 삶의 방식은 근근이 사는 것이다. 많아서 넘치지도, 모자라서 초라하지도 않게, 가까스로 겨우, 부족하지만 그 결핍이 슬픔이 되지 않도록 둘이서 다정하게. 온점은 그 다정함이 쌓여서 다복이 된다고 하는데, 다정을 잃으면 다 잃는 거라며 자잘

한 다정으로 탄탄하게 다복을 쌓아가자고 말한다(그래서 우리 집 가훈은 '근근이, 다정다복'이다).

우리가 지닌 다정의 주머니도 시간이 흐를수록 아담해져서 우리는 다른 이와 맺는 관계에 공연한 기대나 욕심을 내려놓기로 다짐한다. 때때로 사그라든 열정에 불을 지펴 활활 타오르게 만드는 빛나는 사람을 발견해도, 우리는 그 뜨거움이 가져올 화상의 경험을 미리 헤아리며 스멀스멀 피어오르는 욕구와 거리두기를 실천한다. 한때는 남미 여행을, 한때는 시베리아 횡단 열차를, 또 둘이 한창 여행을 다닐 땐 우리나라에 있는 섬을 모두 가보자는 몽실몽실한 계획을 세우기도 했지만, 장시간 앉아 있으면 쑤시고 저린 내 무릎 관절이나 낯선 곳에 적응하는 동안 심신의 위협을 여실히 느끼는 온점의 체질 때문에 한때 품었던 몽상으로만 간직한다. 얼마 전 거의 반년 만에 우리가 사는 도시를 떠나 하룻밤 자고 오는 여행을 갔는데, 여정에서 돌아온 뒤 온점은 햇빛 알레르기에 며칠간 고생했고, 그렇게 쇠약해진 몸으로 잘 걸리지 않던 목감기에 걸리고 말았으며, 그 감기 때문에 병원에 가서 주사를 맞았다가 부작용에 시달렸다. 그 통증과 회복의 시간 동안 나는 나대로 책상에 앉을 만한 컨디션을 되찾는다는 핑계로 게으름을 피웠다.

그러니 어쩌겠나. 기쁨은 찰나이고 그 기쁨을 통과한

몸은 나날이 자신의 한계를 거친 소리로 증명하는데. 그래도 그 한계 역시 우리가 가진 삶의 조건이고 둘레여서, 우리는 그 몸의 경계로 서로를 끌어안는다.

❧

"너랑 결혼하고 싶어. 너랑 뭔가 더 하고 싶어."

차곡차곡 다정을 저축만 하기엔 때론 안달이 나서, 나는 과장을 좀 보태 백만스물한 번쯤 온점에게 청혼했다. 그때마다 온점은 나중에 하자며 우리의 행복을 연기한다. 어차피 우리는 법적으로 부부가 될 수 없는 형편이란 말은 피차 꺼내지 않는다. 할 때마다 거절당하면서도 내가 계속 조르는 이유는 결혼이란 공개의식을 떠들썩하게 열고 싶기 때문은 아니다. 그 형식과 절차가 우리 관계를 더 결속시켜준다거나 결혼이 연인 사이의 피날레라는 생각도 없다. 다만 나는 우리 사이에 뭔가를 더 할 수 있다는 게 좋고, 그 순간을 장난스럽게 꿈꾸며 얘기할 수 있다는 게 기쁘다. 그런데 온점은 그런 내 설레발에 차분한 표정을 지으며 할지 말지 더 살아보고 결정하자고 답한다. 그렇게 늘 미적지근한 웃음만 짓던 온점이 어느 날 마음을 바꿔 결혼식 시기까지 확정하며 이렇게 말했다.

"육십 살에 하자. 내가 만 육십이 되는 해에 결혼해."

온점은 만 60세가 되어 국민연금을 반환일시금으로 받을 수 있는 때가 되면, 그 돈으로 결혼식도 하고 신혼 여행도 가고 무지무지 달콤한 웨딩 케이크도 먹겠다고 선언했다. 우리 집의 세대주로서 주민세를 내고, 수년간 국민연금을 꼬박꼬박 납부한 온점은 타의로 모은 그 목돈을 받게 되는 날, 우리의 기쁨을 최대치로 끌어올리자고 했다.

"좀 일찍 하면 안 돼? 그 전에 내가 죽을지 어떻게 알아?"

내가 아무리 꼬셔도 온점은 넘어가지 않는다. 어쩌다 내가 화를 버럭 내거나 똑같은 잘못을 반복해 저지르면 자기의 결심을 확신하듯 중얼거린다.

"이래서, 결혼은 신중해야 해. 육십은 돼야 해."

온점은 우리가 결혼하기에 아직 미숙하다고, 둘 다 모난 구석이 많다고 말한다. 나는 약이 올라 네 연금은 내가 나에게 주는 결혼 선물로 펑펑 써버리겠다고 어깃장을 놓지만, 이따금 혼자 앉아 온점이 꿈꾸는 노년의 결혼식을 상상해본다. 우리의 결혼식 장소와 열 손가락이 넘지 않는 초대 손님 목록을 노트에 적어본다. 그러고 나면 사랑의 절정을 먼 훗날로 미뤄놓은 온점의 계획이 현명하단 생각이 든다. 느긋하게 그 절정을 향해가자고,

우리의 평온과 무탈에 감사해하며 그렁저렁 근근이, 우리의 땅을 일궈가자고 생각한다. 우리가 발 딛고 선 땅도 1센티미터가 쌓이려면 2백 년이 걸린다는데, 우리가 만끽할 기쁨의 절정도 잘 무르익으려면 그 정도의 시간은 필요하겠지.

그즈음 나는 내 인내심을 단련하는 한 이야기를 알게 됐다. 생물학자 찰스 다윈이 생의 마지막 책으로 썼다는 지렁이 연구에 관한 이야기였다.[*] 다윈은 지렁이의 부식토가 어떻게, 얼마큼 쌓이는지 알기 위해 40년 넘게 관찰하고 연구했다. 그는 지렁이가 소리에 반응하는지 알기 위해 피아노 연주를 들려주고, 동네 부인이 1년간 모은 지렁이 똥을 감사히 받아 오고, 거의 매일 가는 산책 장소에 석회 조각을 뿌려 그 석회가 지렁이 똥에 파묻혀 가는 과정을 직접 확인했다.

처음으로 목초지에 석회를 고루 뿌린 날, 그는 실험 결과를 보기 위해 적어도 예순 살까지 살아야겠다고 다짐했다. 아, 장수를 향한 결심이란 이런 거구나. 나는 책에서 잠시 얼굴을 들고 생각했다. 나도 우리의 결혼식을 위해 살아야겠다. 우리나라 연금의 재정 건전성을 살피

---

[*] 니즈마 아키오 글, 스기타 히로미 그림, 『다윈의 꿈틀꿈틀 지렁이 연구』, 고향옥 옮김, 비룡소, 2012.

고, 비관주의로 흐르기 쉬운 내 생의 의지를 바로 세워야겠다. 차마 죽고 싶다는 말은 내뱉을 수 없어 '존재하지 않는 게 더 나을 것 같아……'라고 뇌까리는 나 자신에게, 그런 넋두리는 잘라버리라고 말해야겠다. 40년간 한결같이 문을 연 미용실에 가서 머리카락을 손질하듯 잡념을 다듬어야지. 먼지와 비바람에 쓸려나가 희끄무레한 글자 자국만 남은 그 가게의 간판을 바라봐야지. 전시 효과야 나든 말든, 길가에 선 플라타너스의 달덩이만 한 잎사귀에 가려진 그 가게의 낡은 얼굴을.

　내가 꺼내어 전시하고 싶은 게 있다면 바로 그 보통의 일상이다.

　다정. 다복.

　나에게 사랑은 그런 말과 함께 나타나 슬쩍 한번 웃고는 사라진다.

멜라져도 돼

지금까지 소설을 써오는 동안 사람들에게 가장 많이 받은 질문이 있다.

"멜라가 무슨 뜻이에요?"

그러면 나는 늘 비슷한 대답을 한다.

"친구와 장난치다 우연히 나온 이름이에요. 뜻은 비밀이고요."

거창하게 비밀이란 표현을 썼지만, 특별히 뜻을 숨기고 싶은 것은 아니었다. 다만 '멜라'에 담긴 의미를 사람들에게 말해도 될까 걱정스러운 마음이 컸다. 그 이름의 의미를 말하려면 나의 개인적인 이야기를 덧붙여야 해서 그런 설명이 질문을 던진 사람에게나 나에게나 부담스러운 상황이 될까 염려됐다.

그 질문을 처음 받은 건 어느 출판사 모임에서였다. 단편소설 「홍이」로 신인문학상에 선정됐다는 연락을 받고 나는 출판사 직원들과 심사위원들이 모인 자리에 갔다. 거기에서 필명에 관한 질문을 받았고 나는 의도치 않게 거짓말을 했다.

'멜라'는 친구와 장난스럽게 만든 말이라고, 개인적인 의미가 담겨 있어 뜻은 말하고 싶지 않다고. 장난스럽게 나온 말이라는 건 사실이었지만 그 상대가 친구라는 건 진실이 아니었다. 멜라라는 이름을 만들어준 사람은 나의 연인인 온점이었다. 하지만 처음 마주하는 낯선 이들 앞에서 애인이 만들어준 필명과 그 이름이 나오게 된 과정을 길게 설명하긴 어려웠다. 내 얘길 잘 꺼내지 못하는 성격 탓도 있었지만, 무엇보다 그 이름의 뜻이 소설가로 첫발을 내딛는 사람에게 어울릴 법한 의미를 담고 있지 않기 때문이었다. 이제 막 소설을 발표하기 시작한 처지에 '나는 소설을 안 써도 행복하게 살 거예요'라는 다짐을 공공연하게 말해도 되는 걸까.

그 뒤로도 나는 북토크에서 독자분들을 만날 때나 책을 내고 인터뷰할 때면 빠짐없이 이름에 관한 질문을 받았다. 첫 단추를 잘 끼우는 게 중요했는지, 나는 처음 했던 대답을 반복했다. 비밀이에요. 친구랑 장난치다 우연히 만든 이름이에요. 시간이 흘러 조금 달라진 게 있다면 요즘엔 '친구'란 말 대신 '애인'이란 단어를 쓴다는 것이랄까.

❀

「홍이」를 쓰던 10년 전 겨울, 나는 제주도에 있었다. 온점의 고향인 제주도 집에 머물며 멀지 않은 미술관이나 박물관에 다녀오고 이따금 과수원 일도 도우며 소설을 썼다. 온점과 나는 항공권값이 가장 싼 비수기에 제주도에 가곤 했는데, 그해는 며칠간의 숙박료마저 버거워 온점의 아버지 집에 머물며 돈을 아끼기로 했다. 대학에서 문예창작을 배웠으니 소설을 쓰는 게 특별한 일은 아니었지만, 당시 나는 전과 다르게 절박한 심정이었다. 소설이든 시든 영화 평론이든(그리 중요한 얘기는 아니지만, 소설을 발표하기 전 나는 한 잡지에서 주관하는 영화 평론 공모에 도전한 경험이 있다) 내가 글을 쓰며 살 수 있을 거란 확신이 없었다. 책 읽기를 좋아하는 편이었지만, 엄청난 독서량을 자랑할 정도는 아니었고 신간을 챙겨 보며 서평을 쓰는 부지런한 타입도 못 되었다. 내 또래의 다른 사람들이 취업에 필요한 외국어나 자격증 시험에 열중하는 동안 나는 어문학실 서가에 앉아 읽고 싶은 책들을 들춰봤을 뿐이었다. 이력서의 취미나 특기

란에 '독서'라고 적기에도 민망한, 얼마쯤은 그저 딴짓하는 시간이었달까.

몽상과 빈틈의 시간이 내게는 책 읽기였고 글쓰기도 그 언저리에 있었다. 그런데 나이가 서른을 넘다 보니 나도 모르게 어떤 갈림길에 당도해 있었다.

이대로 계속 갈 것인가, 아니면 다른 길을 찾아 돌아갈 것인가.

등단이라는 과정을 거쳐 작가가 되는 것에 큰 욕심이 없다고 생각했는데, 그런 내 생각은 접어두고서라도 여태껏 내가 지나온 시간에 대한 일종의 매듭이 필요했다. 내가 그리는 미래의 길은 어쨌거나 계속 '쓰는' 것이었다. 글쓰기는 내가 좋아하는 일이었으니까. 그 일이 그나마 내 마음의 가장자리에 고여 있는 허무감에 일정한 형식을 만들어보는 방식이었으니까. 직업으로 삼을 만큼 능숙하게 잘하거나 치열하게 몰두하지 못해서 그렇지, 나에게 글쓰기는 내게 주어진 삶을 충실하게 꾸려볼 수 있게 해주는 작은 가능성이자 고마운 생활 양식이었다.

그러니까 20대부터 제주도에 머물며 소설을 쓰던 그 시절까지 나는 '글을 쓰며 살겠다'라는 단순한 문장 하나를 나침반 삼아 이리저리 부딪치며 글 쓰며 사는 삶이 어떤 것인지 배워갔다. 글을 쓰는 것과 별개로 생계비를 벌 수 있는 일을 하며 나름대로 내 시간의 지층을 쌓았다. 그리고 그런 시간은 처음 소설을 발표하고도 몇 년간 더 이어졌다. 주된 벌이는 요식업 아르바이트였고, 문화예술과 관련된 교육 서비스나 국가 기관에서 주관하는 사회적 일자리, 청년들을 위한 공공 근로에 신청해 면접을 보고 계약 기간 동안 일했다. 대부분 경력이나 직책보다 '공공'이란 명칭이 더 중요하게 여겨지는 일이었다. 이따금 어느 자리에 가면 작가님은 소설을 쓰기전 어떤 일을 해오셨느냐는 질문을 받곤 하는데, 나는 "그때그때 아르바이트했어요"라고 말한다. 구체적인 직장을 말하고 싶지 않아서가 아니라 정말 그때그때 상황에 맞게 내 생활비를 벌 수 있는 일을 하면서 지내왔기 때문이다.

글쓰기와 생계에 관한 인상 깊은 이야기 하나가 떠오른다. 언젠가 강연회에서 들었던 어느 소설가의 답변이었다. 서로 다른 강연의 기억들이 뒤섞여 그 말을 했던 작가가 어떤 분인지 콕 집어 말할 순 없지만, 그때 한 청중이 작가에게 이런 질문을 했다.

"작가님은 어떻게 생활비를 버시며 글을 쓰시나요?"

어쩌면 이렇게 정돈된 문장의 질문은 아니었을지도 모른다. 어떤 과정을 거쳐 작가가 되셨나요? 작가로 글을 쓰기 전에는 어떤 일을 하셨나요? 작가로 살면서 생계를 유지하는 게 가능한가요? 그렇게 뒤섞인 여러 개의 질문들이 내 기억 속에서 하나의 문장으로 완성되어 있는지도. 하지만 그때 들었던 작가의 대답은 비교적 또렷이 기억하는데, 이런저런 생각들로 산만하게 주변을 맴돌던 내 주의력이 그 순간 쫑긋하게 집중됐다.

"6개월 일하고 6개월 글 쓰고, 그렇게 했어요."

그 소설가는 우선 반년간 일하면서 돈을 모으고, 그다음 반년은 그 돈으로 생활하며 글을 썼다고 했다. 오, 저거구나! 당시 20대 초반이었던 나는 앞으로 내가 살아갈 삶의 실용적인 계획표를 얻은 듯했다. 우선 돈을 벌고, 그 돈을 밑천 삼아 글을 쓰는 생활. 내 생각에 돈을 버는 시간은 생계비를 마련하는 통로이면서 동시에 글쓰기 안에만 갇혀 있지 않게 하는, 생활인으로서의 기반을 제공하는 하나의 연결고리인 것 같았다. 나는 그 대답을 마음에 잘 간직했다.

그리고 또 하나의 기억.

대학원에 입학한 뒤에도 계속 읽고 쓰긴 했지만 내가 쓰는 글을 책으로 출판해 사람들에게 읽히고 싶다는 생각에까진 이르지 못했다. 그러다 학교에 출강하던 한 평론가분을 알게 되었는데, 그분의 강의를 좋아하던 학교 친구와 나, 이렇게 셋이 어느 식당에서 함께 식사하는 자리가 생겼다. 요즘 읽고 있는 책 이야기 끝에 나는 좋아하는 시인을 말했고, 평론가는 그 시인의 근황을 말해주었다. 시인이 식당에서 일하며 시를 쓴다고 했다. 나는 충격을 받았다. 나에게 그 시인은 '한국의 위대한 시인'이란 인명사전이 있다면 영광스럽게 기재될 만한 그야말로 빛나는 이름이었다. 위대한 사람이 어떻게 입고 먹는지 평범한 사람은 잘 알 수 없는 법이기에 나는 그분이 어떻게 생활비를 버는지 (그런 시집을 냈는데도 따로 생활비를 벌어야 한다는 사실을) 몰랐다. 그날 그 이야기를 들은 뒤 나는 강연회에서 들었던 소설가의 대답이 떠올랐다. 두 개의 이야기를 연결하며 나는 졸업 후 내가 어떤 일을 해야 하는지 자연스럽게 정했다. 위대한 시인 '○○ 님'도 생활비를 따로 벌며 시를 쓰시는데, 내가 못 할 일이 무엇인가.

나는 어떤 일도 두렵지 않았다. 튼튼한 몸과 성실한 태도만 있다면 어떤 일자리든 감당할 수 있을 거라고 자신했다. 그때만 해도 나의 체력이 내 기대보다 튼튼하지 못하다는 것을 몰랐다. 일의 지속성은 무작정 열심히만 한다고 얻어지는 게 아니라 그 일을 수월하게 해내는 요령을 익혀야 한다는 것도 그땐 미처 알지 못했다.

서른한 살의 겨울, 나는 어지간한 맹추위가 아니고서 야 보일러를 틀지 않는 제주인의 강인한 겨울나기 한복 판에 있었다. 온점과 내가 머물던 방은 나무 문살로 된 미닫이문이 있는 자그마한 방이었는데, 바닥에 놓인 낮 은 책장에 그 방의 주인이 보던 법 관련 도서들이 빼곡 히 꽂혀 있었다. 온점과 나는 책장과 장롱 사이에 솜이 불을 깔고 우리가 서울에서 사 간 전기장판을 덮었다. 온점은 틀림없이 집이 추울 거라고, 보일러를 틀어도 추 울 거고 제주도는 공산품이 비싸니 전기장판과 겨울옷 을 든든히 챙겨 가자고 했었다. 나는 온점의 가족들에 게 친한 친구 사이라고 인사한 후 방에 틀어박혀 작은 노트북을 무릎에 얹고 글을 썼다. 벽에 베개를 두고 기 대어 앉으면 먼지 낀 유리창으로 마른 나뭇가지들의 그 림자가 보였다. 그때 나는 쓰고 싶은 이미지나 장면을 어떻게 이야기로 풀어가야 할지 몰라 괴로웠다. 세 줄을 쓰면 두 줄을 지우고, 남긴 한 줄마저 다시 볼 용기가 나 지 않는, 그야말로 줄어드는 내 통장 잔고만큼이나 자신 감이 빠르게 비어가던 나날이었다.

아침이면 온점의 가족들이 과수원이나 직장으로 일 하러 나갔고, 온점과 나는 미술관이나 제주의 건축물을 구경하러 다니다가 사나흘에 한 번씩은 과수원에 가서 일을 도왔다. 그 무렵 과수원은 귤을 다 따고 나서 땅에 비료를 주는 기간이었는데, 온점과 나는 두툼한 작업복을 입고서 그 일을 도왔다. 귤나무 아래 묵직한 비료 포대 하나를 갖다 놓는 일을 몇 시간 동안 하고 나니, 정말이지 나는 그대로 귤나무 아래에 털썩 쓰러져 눈감을 것 같았다. 내가 목도 제대로 가누지 못하며 허우적거리자 온점은 힘들면 그만해도 된다고 말하며 내 몫의 비료 포대까지 다 옮겼다. 나는 귤나무 아래 누워 눈만 겨우 뜬 채 겨울 햇빛 속에 멀어지는 온점을 바라봤다. 모처럼 긴 휴가가 생겨 쉬러 왔는데도 쟤는 일만 하다 가는구나, 나와는 인격의 토양이 다르구나. 새삼 감탄하며 미안한 마음이 커졌다.

집에서 글을 쓰는 날이면 온점이 내게 커피를 끓여주었다. 마트에서 산 인스턴트커피를 여러 개 넣어 진하게 탄 커피였는데, 내 인생을 통틀어 가장 맛있는 커피였다. 온점이 타준 그 커피에 제주도의 지역 빵집에서 산 옥수수빵을 먹으면 나는 세상에서 가장 호사스러운 습작생이 되었다. 만화영화에 나오는 빵처럼 노르스름한 스틱 모양에 겉면은 단단하고 속은 촉촉한 그 빵은 옥수숫가루가 듬뿍 들어가 손에 들고만 있어도 진한 옥수

수 내음이 났다. 우리는 저녁마다 가까운 마트에 가서 그 옥수수빵과 온점이 먹을 초콜릿 과자 그리고 제주 막걸리를 한 병씩 샀다. 객식구인 처지에 종일 방에만 틀어박혀 있던 나도 저녁이 되면 온점의 가족과 함께 뉴스나 드라마를 보며 식탁에 둘러앉았다. 온점의 아버지에게 술 동무를 해드린다는 핑계로 식사 때마다 막걸리 한두 잔을 얻어 마셨다. 그때 먹었던 고등어조림과 자리회, 각재기 구이, 성게 미역국은 도통 나아지지 않는 나의 미완성 원고로부터 든든하게 나를 지켜주었다. 얼큰하게 취해 좁은 방에 누우면 소설을 쓴다는 핑계로 그곳에 눌러살 수도 있을 것 같았다. 서울에서 나를 찾는 잡다한 일들에 신경을 끄고 사방을 둘러싼 바다가 주는 고립감을 누리며 이따금 밭에서 일하고 돌아와 글을 쓰며 사는 삶을 그려보았다.

하지만 나날이 넉넉해지는 내 살집과 다르게 소설은 도무지 완성되지 않았다. 어떻게 써도 내가 쓰는 방식이 틀렸다는 확신과 불안만 커졌다. 그동안 내 눈은 읽기에만 익숙해져 있었지, 내 문장으로 공들여 완성하는 일에는 젬병이란 사실을 쓰면 쓸수록 깨달았다. 그러니까 글을 쓴다는 건 글쓰기에 관한 내 겉치레와 허상을 깨는 일이었다. 그러니 노트북을 들여다보고 있는 내 표정이 좋을 리 없었다. 나는 음침한 낯빛으로 비관의 말을 내뱉으며 시시각각 절망했다. 그럴 때마다 온점은 세상에서 제일 맛있는 커피를 끓여주고 옥수수빵을 내 입에 물려주며 나를 격려했다. 한 번에 다 갈 순 없는 거라고, 조금씩 쓰고 또 쓰면 좋아질 거라며 내 등을 쓸어주었다. 나는 내가 만든 활자 지옥에서 가까스로 손을 뻗어 곁에 있는 온점에게로 피신했다. 온점이 나의 유일한 안식처였다. 말랑하고 보드랍고 차가운 온점의 뺨에 내 뺨을 문지르면 그 순간만큼은 소설 생각을 잊었다. 내가 좀 못 쓰는 사람이어도 괜찮았다.

"난 정말 네 뺨이 좋아."

나는 온점의 얼굴에 내 얼굴을 얹고, 팔을 만지작거리고, 그것도 모자라 아예 온점의 몸 위에 포개져 누웠다. 그러면 온점은 그야말로 내 몸에 짓눌렸다.

"멜르지 마, 멜르지 마."

어느 날 나에게 짓눌리던 온점이 말했다.

"멜르는 게 뭐야?"

"이렇게 누르는 거."

온점은 제주 사투리 '멜르다'를 말해주었다. '찌그러지게 하다'라는 뜻의 제주 방언인 그 말은 그 뒤로 우리의 애정 어린 암호가 되었다. 나는 틈만 나면 "멜를 거야, 멜를 거야" 하면서 온점의 뺨에 내 뺨을 문질렀고, 온점은 자기 비하에 휩싸인 나를 위해 기꺼이 멜라져주었다. 글을 쓰는 게 힘들 때마다 그 괴로움만큼 온점을 멜르는 시간이 기쁘고 충만해서 나는 소설을 안 써도 좋다고, 평생 소설가가 못 되어도 괜찮다고 생각했다. 나에겐 멜르기 좋은 이 사람이 있으니 이미 넘치는 행복을 받은 것이었다. 신은 나에게 멜르기 좋은 사람을 주셨구나. 그러니 글을 못 쓰는 나라고 해도 괜찮다. 절절히 감사했다.

그렇게 제주도에 있는 동안 한 해가 저물고 새해가 밝았다. 소설을 완성하기도 전에 필명을 고민하던 나는 여느 날처럼 온점의 뺨을 멜르며 말했다.

"어떤 이름으로 하지?"

내 뺨에 얼굴이 멜라진 온점이 말했다.

"어떤 뜻을 담고 싶어?"

나는 오래 고민하지 않았다.

"신은 나에게 멜르기 좋은 사람을 주셨어. 그러니 소설을 못 써도 괜찮아. 소설을 쓰든 안 쓰든 나는 행복할 거야."

나는 필명에 담고 싶은 뜻을 말했다. 그러자 온점은 몇 개의 단어를 발음했다. 멜르기 좋은 사람, 멜르다, 멜라지다…….

"멜라?"

온점이 말했다.

"오, 좋다."

그렇게 나는 소설을 못 써도 행복한 소설가 '김멜라'가 되었다.

❧

필명이 무슨 뜻이냐고 물을 때 이따금 질문한 사람은 고맙게도 그 뜻이 무엇인지 찾아봤다는 이야기를 들려준다. 멜라가 이탈리아어로 사과라는 뜻인데, 혹시 그런 의미를 담고 있느냐고 묻고, 스페인어권에서 멜라를 감탄사로 쓴다는 말도 들려준다. 내가 이름의 뜻을 말하지 않아도 사람들은 나름대로 자신이 떠올린 이미지와 뜻을 채워 넣었고, 그만큼 내 필명은 많은 의미를 갖게 되었다. 그중 만약 누군가 '혹시 그거 제주도 사투리 아니에요?'라고 물었다면 나는 손뼉을 치며 그렇다고 반갑게 답했을 것이다. 얼핏 이국어처럼 들리는 멜라는 이탈리아어나 스페인어가 아니라 제주도에서 태어나고 자란 내 애인의 입말에서 왔다고. 그곳에서 애인과 내가 뺨을 맘껏 문지르던 순간에 탄생한 것이라고. 우리가 보낸 시간, 겨울의 제주도와 솜이불이 깔린 작은 방, 오래된 책들, 두려움과 안도감이 뒤섞인 마음과 몸의 감촉, 그런 느낌들이 우연과 함께 반죽이 되어 튀어나온 거라고, 기쁘게 말했을 것이다.

필명을 짓고도 한동안 많은 이들에게 자주 불리지 못했지만, 그렇게 발아되길 기다리며 숙성되는 시간이 있었기에 나는 지금도 누군가의 입술에서 그 단어가 흘러나올 때 내 이름이 아닌 것처럼 새롭고 신기하다.

에세이 연재를 시작할 때 나는 어떤 마지막 화를 쓸지 생각했다. 마지막 글은 내 필명에 관한 이야기를 쓰자고, 사람들이 물었을 때 답하지 못했던 말을 하자고, 어렴풋하게나마 글의 마지막 내용을 그려보곤 했다. 소설가로서의 이름이 '소설을 안 써도 나는 행복하다'라는 뜻을 담고 있으니 그간 자신 있게 말하지 못했다. 소설가로 사람들 앞에 서는데 정작 소설에서 등 돌리고 있는 태도를 보이는 것 같아 겸연쩍은 마음이 들었다. 하지만 그 필명을 지을 때나 지금이나 나에게 글쓰기는 하찮게 여겨지기는커녕 여전히 어렵고 막막한 존재다. 바라보기만 할 뿐 아무리 손을 뻗어도 닿지 않는 높은 허공이다. 그 빈 손끝이 나에게 되돌아와 나 자신을 미워하게 될까봐, 잘 쓰고 싶은 욕망과 현실의 차이가 커서 그 수렁에 빠질까봐, 옥수수빵과 커피의 맛을 사소하게 여길까봐, 내 곁에 있는 온점을 보지 못할까봐, 내 중심,

나의 첫 번째, 나의 가장 소중한 것을 바로 세우고 싶었다. 글쓰기나 소설가로 사는 삶은 그다음이라고, 글을 쓰지 않더라도 내 직업이 무엇이든 그 토대를 무너뜨리지는 말자고, 마음속 다짐을 새겨두고 싶었다. 어떤 기대나 포부를 담는 대신 그런 기대를 내려놓는 가벼움으로, 명사보다는 동사로, 문지르고 비비는 접촉으로, 긴장이 풀린 휴식, 몸과 몸이 닿았을 때 저절로 새어 나오는 웃음으로, 내가 뿌리내릴 수 있는 땅과 뻗어가고 싶은 하늘을 이름에 담고 싶었다. 내가 느끼는 충만한 순간을 글로 쓸 수 있기를 바랐다. 그것이 세상에 내어 보일 수 있는 내 안의 사랑이니까. 내가 받은 선물이니까.

괜찮아, 멜라져도 돼.

그렇게 편한 얼굴로 말하고 싶었다.

부디 그 이름이 세상에서 마음껏 멜라지기를 바라며.

처음 온점이
프로필을 찍어줄 때 2

다시, 시작하며

어릴 때 언니와 집에서 「포레스트 검프」라는 영화를 본 기억이 난다. 두 시간이 넘는 긴 상영 시간에 나는 중간중간 딴짓하며, 주인공 검프가 무표정하게 탁구채를 잡고 신들린 듯 공을 튕기는 모습이나 수염이 덥수룩해지도록 끝없이 끝없이 달리는 장면에만 집중하며 띄엄띄엄 영화를 봤다. 그러다 영화가 끝나갈 무렵, 검프가 버스정류장 벤치에 앉아 누군가에게 무뚝뚝하게 건네는 편지에 언니가 놀라며 말했다.

"세상에, 길을 물어보려고 그렇게나 많은 얘길 한 거야?"

언니는 검프가 단정한 자세로 초콜릿 상자를 열어 보이며 오가는 승객들에게 자신의 이야기를 한 이유가 결국 편지에 적힌 주소 때문이었단 것에 놀랐다. 30초면 끝날 질문과 대답을 위해 그렇게 긴긴 시간을 앉아 자신의 전 생애를 얘기하다니, 그것도 생판 모르는 남한테. 지금 생각해보면 마지막에 길을 알게 되는 것은 영화의 극적 효과를 높이기 위한 스토리텔링 방식이었겠지만, 언니는 검프의 그 고지식함에 연신 감탄했다. 그때 나는 언니의 반응이나 검프의 성격에 그다지 감흥을 느끼지 못했다. 이상한 점은 그땐 무덤덤하게 지나쳤던 검프의 말하기와 언니의 느낌이 지금까지 나에게 남아 이따금 떠오른다는 것이다. 어째서 나란 사람은 현재에서 벌어지는 상황에 온전히 집중하지 못하고, 거기에서 일어나는 감정을 충분히 제때 느끼지 못한 채 한참이 지나서야 (그 비디오를 본 것은 무려 20여 년 전 일이다) 그 순간의 의미를 깨닫게 되는 걸까. 왜 언니의 혼잣말이 에세이를 마치는 이 순간에 떠올라 마치 내 운명의 한 조각처럼 특별하게 와닿는 것일까.

검프가 말하고 싶었던 것, 듣고 싶었던 것은 단순한 주소의 위치였다. 나 역시 내가 말하고 싶었던 것은 내 필명이 왜 '멜라'인지, 어쩌다 그런 이름을 갖게 되었는지다. 검프의 길고 긴 수다에 못지않게 나도 내 필명의 작명 경위를 설명하기 위해 이렇게나 많은 이야기가 필요했다. 몇 문단이면 끝날 이야기를 이리저리 에둘러 가며 한참을 빙 돌아 겨우 내가 하고 싶은 이야기를 꺼냈다. 그리고 그렇게 돌아가는 동안 글쓰기란 과정을 통해 내가 해야 할 말의 모양과 색이 갖춰졌다. 아, 그래서 검프에겐 자기의 삶을 전부 되돌아보는 긴 이야기가 필요했구나. 자기가 왜 그 집에 가야 하는지 이유를 말로 설명하면서, 검프는 이후의 삶으로 다시 나아갈 수 있었구나.

❦

이른 봄, 자주 지나가는 어느 대학교 앞에서 졸업 모자를 던지는 사람들을 봤다. 졸업생들은 검은 가운을 입고서 학교 이름이 보이는 담벼락 앞에 서서 하늘 높이 학사모를 던졌다. 그 졸업생 앞에는 사진을 찍어주는 사람이 있었는데, 모자를 높이 던지는 순간을 사진으로 포착하는 게 쉽지 않은지, 졸업생들은 몇 번이나 같은 자리에 서서 고개를 젖힌 채 모자를 던지고 또 던졌다. 사진을 찍는 사람도 찍히는 사람도 모자가 솟아오르는 포물선이 제대로 만들어지지 않으면 못내 아쉬워하며 '한 번 더 해볼까'라는 표정으로 서로를 보았다. 높이 던진 모자를 잡아채지 못해 까만 천의 학사모가 땅바닥에 떨어지면 사각의 테두리에 먼지가 묻었고, 그러면 모자의 주인은 그 티끌을 툭툭 털고 다시금 모자가 날아가는 방향을 고려하며 휘 하고 공중에 띄웠다.

어려운 일이야. 모자를 던지는 것도, 다시 잡는 것도.

나는 이른 봄 며칠간 이어지는 모자 던지기 세리머니를 보며 생각했다.

어려우면 어때. 다들 저렇게 웃고 있는데.

떠들썩한 그 자리를 지나며 오후의 거리를 걷는 동안 나는 모자에 관해 생각했다. 내가 꺼내어 던진 내 말들도 저 모자들처럼 어떤 위치로, 어떻게 떨어질지 모른다고. 뭐, 그래도 괜찮다. 잘못 떨어져 흙이 묻으면 나도 저 사람들처럼 내 말을 툭툭 털어 다시 공중에 띄우면 되니까. 비뚜름하게 날아가도, 사진이 우스꽝스럽게 나와도, 내가 그 모습에 웃을 수 있다면. 모자나 말이나 내 손을 떠나 저 혼자 날아가 떨어지는 것까지 내 마음대로 조정할 순 없다. 자유롭게 흔들리며 나아가는 게 내가 가진 좁은 의지보다 말과 글을 더 나은 흐름으로 이끌 것이라는 걸 나는 안다. 무엇보다 나에게는 언제나 내 사진을 찍어주는 온점이 있고, 어떤 방향과 속도로 떨어진다 해도 그 불규칙한 추락들도 결국 우리에게 돌아와 하나의 이야기가 될 테니까.

그렇게 홀가분한 마음으로 나는 이 글들에서 졸업한다.

는개 내리는 날,
소설 두더지의 라스트 댄스

멜라지는 마음

지은이 김멜라
펴낸이 김영정

초판 1쇄 펴낸날 2023년 11월 30일

펴낸곳 (주) 현대문학
등록번호 제1-452호
주소 06532 서울시 서초구 신반포로 321(잠원동, 미래엔)
전화 02-2017-0280
팩스 02-516-5433
홈페이지 www.hdmh.co.kr

© 2023, 김멜라

ISBN 979-11-6790-233-7 04810
ISBN 979-11-6790-194-1 (세트)

• 책값은 뒤표지에 있습니다.